Geschichten vom Tanz
aus Licht und Schatten

Bisher erschienene Geschichten vom Tanz aus Licht und Schatten

1. Buch - Der alte Tempel und die Weberin der Knochen
2. Buch - Im Reich der Herrin der Wüste

Robert Heitmann

Geschichten vom Tanz aus Licht und Schatten

2. Buch - Im Reich der Herrin der Wüste

Bibliografische Information der Deutschen Nationalbibliothek:
Die Deutsche Nationalbibliothek verzeichnet diese Publikation in
der Deutschen Nationalbibliografie; detaillierte bibliografische
Daten sind im Internet über dnb.dnb.de abrufbar.

© 2023 Robert Heitmann

Herstellung und Verlag: BoD – Books on Demand, Norderstedt

ISBN: 9783757882303

„Ein Mensch, des Herz von Zweifeln befallen ist, wird niemals aus eigener Kraft seine Träume erreichen. Nur der feste und aufrichtig Glaube an sich und die Reinheit seiner Taten vertreibt die Zweifel im Herzen und eröffnet uns den Weg zu den Sternen."

   Aus der Offenbarung der ersten Prophetin

Inhalt

1. Kapitel: Träume und andere Absonderlichkeiten............7
2. Kapitel: Der Beginn einer Reise 22
3. Kapitel: Im Reich der Herrin 26
4. Kapitel: Die Schwarze Stadt in dunkler Zeit....................41
5. Kapitel: Ein Fest des Schreckens....................................54
6. Kapitel: Zweifel im Herzen..67
7. Kapitel: Eine Frage des Vertrauens................................87
8. Kapitel: Die Macht einer Priesterin der Wüste...............99
9. Kapitel: Ehre und Mandea 115
10. Kapitel: Eine andere Sicht der Dinge 126
11. Kapitel: Andere Kulturen andere Sitten 147
12. Kapitel: Das Ende einer Reise, der Beginn einer Aufgabe..156
13. Kapitel: In der Stadt der heilenden Orakel 178
14. Kapitel: Der Sündenfall 193
15. Kapitel: Blutiger Gesang 203

1. Kapitel: Träume und andere Absonderlichkeiten
[Rabia]

Stadt Kornatan, Villa der drei Brunnen

„Niam hat sie das überlebt?" Diese Frage einer weiblichen Stimme reißt mich aus dem Schlaf. Doch sind meine Lieder noch so schwer, dass ich sie nicht offenhalten kann. In einem kurzen Blinzeln sehe ich das ich in der Villa meines Fürsten bin. Das beruhigt mich soweit das ich die Augen danach geschlossen halte und erst einmal nur zu höre. Die Antwort kann ich nicht verstehen. „Gut, dann meine nächste Frage wie bei allen Heiligen hat sie das gemacht?" Jetzt höre ich neben der Frauenstimme auch die meines Meister. „Was meinst du Dalithia?" „Was ich meine Niam ist alles, was in der Arena passiert. Deine Schülerin nimmt sechs andere Schüler im Knochenduell auseinander. Darunter meine Kalidre auf die ich große Stück halte. Das alles wie sich dann rausstellt ohne Fokus. Zum Schluss bietet sie dann Variden die Stirn. Der hätte innerhalb weniger Minuten gewinnen müssen. Seine Eisenkrieger haben im Alleingang ganze Schlachten entschieden." Eine lange Pause folgt dieses Worten. „Azzarena ist sehr talentiert, was Knochenweberei angeht, mehr als das sogar." Sagt mein Meister ausweichend. „Niam talentiert? Kalidre ist sehr talentrier und die hat grade mal zehn Minuten gegen deine Azzarena durchgehalten. Knochenmetamorphose und Regeneration kombiniert mit weiteren Mustern in einem Koloss habe wir beide nicht einmal als junge Barone hinbekommen. Warum hast du ihr das alles beigebracht?" Braust die weibliche Stimme vorwurfsvoll auf, die ich jetzt als die von Fürstin Yastrima erkenne. Mein Meister redet jetzt beruhigend auf die Fürstin ein. „Beruhige dich Dalithia. Das habe ich nicht getan. Sie hat eine grobe Beschreibung der beiden Muster und theoretischen Grundlagen in den Memoarien eines alten Webers gefunden. Diese standen ganz offen in der Schülerbibliothek. Aus den Andeutungen hat sie dann alles abgeleitet, was sie gebraucht hat, um die die Muster für sich zu nutzen. Das Buch habe ich inzwischen entfernen lassen." "Wie bitte! Du wusstest das sie das kann?" Explodiert die Fürstin. "Ja, sie hat auf meiner Expedition aus dreißig Knochenkriegern einen Koloss erschaffen, der ebenfalls über Regeneration verfügte. Dieser hat dann nacheinander zwei Ewige Steinwächter der Lichtfanatiker zerlegt. Wohl gemerkt dreißig Knochenkriegern die erst vor kurzen im Kampf gegen Truppen unter ihrem Kommando gefallen waren." Das lange Schweigen, das auf diese Worte folgt, wird von der weiblichen Stimme gebrochen. "Das Knochengedächtnis, wie hat sie?" "Sie sagt das ihre ganz normale Gehorsamkeitsmuster ausgereicht hat, um das schwache Aufblitzen von Widerstand zu brechen." "Schwaches Aufblitzen? Der vereinte Wille von dreißig Skeletten hätte ihre Kontrollen mühelos durchbrechen müssen. Sie sagte schwaches Aufblitzen?" Frag die weibliche Stimme ungläubig. "So hat Azzarena es beschrieben und ich glaube ihr das." Wieder schweigen. "Die beiden alten Knochengigagen die ich von der Expedition mitgebracht habe. Ist dir an den Mustern desjenigen den ich dir zur Untersuchung überlassen habe etwas aufgefallen?" "Altes Muster, aber alles noch sehr stabil. Einige Muster konnte ich noch nicht deuten. Sie scheinen Teil von einem Musterkomplexes außerhalb des eigentlichen Konstruktes zu sein oder gewesen zu sein. Auf jeden Fall ist die Struktur auffallend komplex." "Würdest du mir glauben, wenn ich dir sage das jemand in die Struktur eingedrungen ist, eine Art von Gehorsamkeitsmuster entfernt hat und gegen ein anderes ersetzt." "Du willst mich auf den Armen nehmen... du meinst sie hat? ... Niam das ist weit über Schülerniveau!" Ein langer Seufzer "Wieso hast du sie in die Arena geschickt?" "Du weißt das jeder Baron und jeder Fürst, der ein Schüler der Knochenkunst hat, angewiesen wurde ihn zu schicken, sofern er oder sie schnell verfügbar wäre." „Das meine ich nicht. Warum hast du das Mädchen gegen den Baron antreten lassen. Bis vorgestern habe ich geglaubt, dass sie eine engagierte, aber mittelmäßige Schülerin ist, weil du sie nach über drei Jahren noch für keine Prüfung vorgeschlagen hast. Ohne Kreis ist sie eine Anfängerin der Kunst. Aber was du jetzt erzählst und das was ich gestern gesehen habe. Bei allen Heiligen sie könnte in wenigen Jahren auf dem Stand einer Meisterin der Knochenkunst sein." Eine kurze Pause, tritt ein. „Wenn sie so lange überlebt." Ergänzt die Fürstin dann um dann mit fortzufahren. „Nach ihrer Vorstellung wird sie sehr viel Aufmerksamkeit bekommen. Schon jetzt werden viele unserer Standesgenossen überlegen, was deine talentierte Schülerin für die Bündnissysteme bedeutet. Bisher habe sie Azzarena ignoriert, weil sie keine Gefahr darstellte. Das wird sich jetzt gründlich ändern. Vor allem Variden ist nachtragend und wird auch vor drastischen Maßnahmen nicht zurückschrecken, um seine Schmach auszuradieren. Allein das er nicht sofort gewonnen hat ist für ihn wie eine Niederlage. Das sie ihm die Nase gebrochen hat und ihr viel zu selbstbewusstes Verhalten machten es noch viel schlimmer. Gut, dass sie die Stadt für eine Weile verlassen wird." „Ich weiß meine Liebe. Ich weiß" Die Worte klingen resignierend und müde. „Ich habe sie in das Duell geschickt damit sie gnadenlos untergeht. Nach ihren Siegen gegen die Schüler wollte ich nicht, dass sie arrogant und überheblich wird. Ich war mir sicher, dass sie völlig ausgelaugt wäre. Immerhin hat sie sechs Mal ohne Fokus gekämpft und deine Kalidre hat wirklich einen guten Kampf geliefert. Du kannst stolz auf sie sein." „Das bin ich auch." Erwidert Kalidres Meisterin. „Ich habe nicht damit gerecht mit welchen Mitteln Azzarena kämpft würde." „Du meinst du wusstest nicht über wie viel Ausdauer sie verfügt, aber..." Mein Meister fällt ihr ins Wort. „Das ist eine ihrer größten Stärke. Wann immer Dorga aufgeben hat, weil er keine Fäden mehr gefunden hat, die er weben konnte, hat Azzarena neben ihm noch mehre Muster hinbekommen. Du hast ihren Stil ja gesehen. Ihre Muster sind sparsam und elegant und doch sehr stark. Manchmal glaube ich das sie selbst ein Fokus für sich ist." „Ist das überhaupt möglich?" „Ich weiß es nicht. Es wäre ein Ansatz einer Erklärung für das, was Azzarena zu Wege bringt. Hätte ich gestern auch nur geahnt mit welcher Verbissenheit sie kämpft. Das sie bis zum äußerten geht, hätte ich abgelehnt. Verdammt Dalithia glaubst du ich wollte das meine Schülerin vor magischer Erschöpfung zusammenbricht und von Knochenlanzen durchbohr wird." Wieder ein tiefer Seufzer. „Das Mädchen hat als Kind schon sehr viel durchgemacht. Sie ist eine Toten Maid wie du weißt. Ihr Heimatdorf hält sie für einen wandelnden Fluch. Sie habe das Mädchen nur deshalb nicht getötet, weil sie vor ihrem rachsüchtigen Geist noch mehr Angst hatten als vor dem lebenden Kind. Sie haben sie Rabia genannt das in ihrer Mundart „Bleicher Totengeist" bedeutet. Mein Ziel war es das sie langsam lernt, dass sie als Schülerin das Leben genießen kann. So wie sie es als Kind nie gekonnt hat. Trotz aller Vorurteile die das Reich und die Priesterschaft gegen Frauen wie sie haben. Aber sie lebt nur für ihr Studium und die damit einhergehende Macht." Die Stimme von Fürstin Yastrima antwortet. „So wie wir alle." „Wie weit sie dafür bereit ist zu gehen hast du gestern ja erlebt." „Wer das Schatten Tal übersteht, ist nun einmal so, nur der Sieg zählt. Aber jetzt wird sie auf die Mission geschickt, da wird es ihr nutzen, wenn sie so ist." Auch wenn ich gerne gehört habe, hätte wie das Gespräch weitergeht, übermannt mich eine bleierne Müdigkeit und wiederumfängt mich Dunkelheit. Als ich wieder erwache muss einige Zeitvergangen sein. Ich fühle mich erholt und so fertig wie ich im Duell war muss ich mindestens einen Tag geschlafen haben. Wahrscheinlich habe ich das Gespräch sowieso nur geträumt, mein Meister würde sich nie so positiv über meine Fähigkeiten und Taten äußern. Ich mache das erste Mal seit der Arena die Augen wieder richtig auf. Ich liege in meinem Bett, im ersten Stock der Villa der drei Brunnen, durch die halb geöffnete Fenster weht das Zwitschern von Vögeln und die Strahlen der aufgehenden Sonne fallen auf mein Bett. Sie tauchen mein Zimmer in ein warmes rötliches Licht. Ein leises Klopfen an der Tür, zerreißt die friedliche Stille im Zimmer. Ohne eine Antwort abzuwarten, öffnet sich die Tür. Eine Dienerin und Kalidre stehen in der Tür. „Du bist wach!" Ein entsetzter Gesichtsausdruck huscht über das Gesicht der Schülerin. „Sehr gut und du siehst wieder menschlich aus das ist noch besser. Ich werde gleich den Fürsten Bescheid geben." Sagt die Schülerin und wendet sich hastig zum Gehen. „Warte …" mein Hals fühlt sich trocken, das Sprechen fällt mir schwer. „Warte bitte Kalidre. Was ist passiert?" Die Frau sieht mich überrascht an. „Was ist das Letzte, an das du dich erinnerst, Azzarena?" Langsam fast schon widerwillig kommt die andere Schülerin ins Zimmer zurück. Die Dienerin warte schweigend draußen. „Das mich ein Knochengeschoss in die Schulter trifft. Das ich danach nach Luft schnappe. Wie mich dann die Schmerzen überwältigen und alles schwarz wird." „Gut dann weißt du ja das meiste noch. Die Knochenlanze hat dich quer durch den Raum geschleudert, der Kampf war vorbei. Heiler und unsere Meister sind zu dir geeilt, ebenso der hohe Richter. Dein Kopftuch und Schleier hattest du verloren, als du über den Boden geschleudert wurdest. Alle haben nur noch ein Skelett in deiner Kleidung gesehen. Manche glaubten Variden hat verbotene Magie eingesetzt. Der Richter begann den Baron mit dem vollen Zorn des Gerichtes zu drohen als das Skelett, du plötzlich hochgeschreckt ist. Deine Augen loderten vor grünen Flammen und du hast nach Luft geschnappt wie ein Fisch auf dem Trockenen. Und geschrien, als erleidest du schon die Qualen der Höllen. Glaub mir die meisten der Umstehenden sind geflohen. Dann bist du ohnmächtig zusammengebrochen. Die Meister hatten Angst das du gar nicht mehr aufwachst." Versuchsweise bewege ich die Schulter. Es fühlt sich an, als ob ich eine riesige Prellung hätten aber nicht, als wäre ich aufgespießt worden. „Ja, der Palast hat einen der Blutweber geschickt die sich auf das Heilen verstehen. Sie hat deine tiefe Wunde geschlossen. Du behältst aber eine Narbe zurück." Sie sieht mich weiter an kommt aber nicht näher als drei Meter. „Was ist?" „Nichts" Sie dreht sich schnell um und geht. Der Respekt, den sie mir im Duell entgegengebracht hat, ist der Angst vor dem Monster in Frauen gestallt gewichen. Ich seufze, ich hasse es, wenn das passiert.

Ein paar Stunden, eine riesige Standpauke meines Meister über das Thema Selbstüberschätzung und das Kennen der eigenen Grenzen und ein sehr leckeres Essen später, stehe ich in wieder in Palast. Der Raum wird von einem riesigen Kartentisch dominiert. Im Raum stehen zwei Hochrangige Vertreter der königlichen Truppen, mein Fürst und zwei Personen von den ich keine Ahnung habe, wer sie sind. Niemand hat sie vorgestellt, keiner beachtet sie, sie beobachten alles und sagen nichts. In ihren langen dunkelbraunen Gewändern und den kahlgeschorenen Köpfen sehe sich aus wie braune Geier. „… Die Aufgabe ist simplen und äußerst anspruchsvoll zugleich. Sie, Schülerin soll zur Stadt der Heilenden Orakel reisen. Die Heiden nennen diese Schimbal. Diese muss sie bis zum Vollmond vor der Tag und Nachtgleiche erreichen. Sie soll die Stadt unentdeckt betreten. In der Nacht der Tag und Nachtgleiche das Südtor der Stadt öffnen. Es kostet mich große Mühe nicht entsetzt etwas zu schreien wie „Und wie, bei allen Höllen soll ich das verdammt noch mal machen?" So ruhig wie möglich frage ich stattdessen. „Entschuldigung Herr General, welche Mittel werde ich zur Verfügung haben, um dieses Ziel zu erreichen?" Dabei ist meine Anspannung deutlich in meiner Stimme zu hören. Es ist, seit ich den Raum betreten habe das erstmal das ich das Wort ergreife. „Euch wird ein erfahrener Kämpfer zu Verfügung gestellt. Auf dem Weg werden euch Agenten von uns an den ersten Wegestationen erwarten. Danach seid ihr aber auf euch gestellt. Sobald Ihr die Stadt erreich habt, ist geplant das ihr mittels eurer Kunst das Südtor einnehmt und haltet. Ihr sollt in einem Feuer, das von außerhalb der Mauern zu sehen ist, Roskariumpulver verbrennen. Das wird das Feuer blau färben. Das wird das Signal sein, das ihr erfolgt hattet. Um die Reise und eure Unternehmung in der Stadt zu erleichtern, wird euch ein Beutel Silber zur Verfügung gestellt." Antwortet der zweite Offizier, ein Hauptmann. Bei der Prophetin ich musste ja unbedingt gewinnen. „Welcher erfahrene Kämpfer wir mich begleiten?" Der Hauptmann ergreift wieder das Wort. „Wir haben einige sehr fähige Gladiatoren ausgewählt. Sie sind es gewohnt allein zu kämpfen, ihr könnt euch den aussuchen der euch zusagt." „Bei allem Respekt Herr Hauptmann, ich möchte jemanden vorschlagen. Ihr habt sicher sehr fähige Leute ausgewählt, daran zweifle ich nicht. Nur kenne ich Niemanden davon." „Ihr habt jemanden im Sinn, den ihr vorschlagen wollt, Schülerin." Frag der Mann pikiert. Den warnenden Blick meines Meister ignoriere ich vorsätzlich als ich weiterspreche. „Ich möchte gern den Dafiri der Mando Spähklinge vorschlagen, der in der Expedition meines Meister gedient hat. Sein Name ist Laran von der Sippe der Großen Bären. Der Mann hat gezeigt das er kämpfen kann, außerdem weiß er was Mut und Treue bedeuten. Als Späher kann er mich sicherlich schnell und sicher durch die Wüste bringen und außerdem sind Mando überall, um die Wüste herum anzutreffen. Er würde also wenig auffallen." Meine Argumente werden kurz diskutiert, es wird erörtert, ob jemand den Mann kennt, ob er verfügbar ist. Vor allem aber, ob ein Mando für diese wichtige Aufgabe Vertrauenswürdig genug ist. Adjutanten werden gerufen und mit befehlen wieder fortgeschickt. „Wir werden euren Vorschlag prüfen, sollte der Mann geeignet und verfügbar sein informieren wir euch. Wichtig ist das ihr euer Gepäck und eure Kleidung dem entsprechend wählt das nichts auf unser Reich hindeutet. Wir müssen sie das fragen, habt sie irgendwelche Tätowierungen,

Brandzeichen oder ähnliches, das euch mit uns in Verbindung bringt? Ich meine deshalb haben wir Schüler ausgewählt, sie haben noch keine Zeichen der Adelswürde und Meistergrade am Körper." Ich schüttle den Kopf, mein Herr ich habe keinerlei Körperbemalungen oder Zeichen am Körper. So dass nichts auf unser Reich hinweisen wird." „Stellt sicher das eure Begleitung, wer es auch sein wird, ebenfalls nichts dergleichen trägt." Der General räuspert sich. „Schülerin Azzarena, die Wichtigkeit eurer Mission kann nicht hoch genug eingeschätzt werden und wir übergeben sie euch. Enttäuscht uns nicht." Ernst antworte ich. „Das werde ich nicht, Herr." Dann verlassen mein Meister und ich schweigend den Palast. Beim Rausgehen denke ich bei mir, das ist doch Irrsinn. Ich soll unauffällig vorgehen. Wo ich doch überall auffalle, egal wo ich bin. Ganz toll gemacht Rabia!

[Laran]

Kornatan, Villa der drei Brunnen

Ich stehe im Vorzimmer des Fürsten. Was bei allen Höllen ist jetzt los, warum kommt ein Bote des Fürsten zu meinem Kaslik in die Kaserne mit der Anweisung das ich mich umgehend in der Villa der drei Brunnen beim Fürsten zu melden habe. Mein Kaslik, ein Veteran, dem seine langen Jahre im Militärdienst anzusehen sind, hat mich nach dem der Bote gegangen war zur Seite genommen und mich erst einmal gefragt, ob ich irgendwas Dummes angestellt habe. „Nichts, ihr wisst das ich mich vom Adel fernhalte so gut es geht. Ich habe schon genug Probleme mit meiner eigenen Sippe, da brauche ich nicht auch noch Ärger mit den verdammten Webern." Habe ich ihm ehrlich geantwortet. „Dann solltest du unsern Fürsten nicht warten lassen. Und Laran, du solltest deine Meinung über unseren Gebieter nicht zu laut aussprechen." War sein freundschaftlicher

Rat gewesen. Nach den Gesprächen habe ich mich umgezogen, meine Rüstung gereinigt und bin quer durch die quirlige Stadt zur Villa des Fürsten marschiert. Das Anwesen ist riesig und von einer hohen Mauer umgeben. Einige Bäume die diese noch überragten sprachen dafür das sich hinter der eigentlichen Villa ein großer Garten oder Park erstreckt. Am schmiedeeisernen Tor haben mich Männer aus der Leibwache des Fürsten in Empfang genommen. Sie haben mir meine Waffen abgenommen und gründlich durchsucht. Danach hat mir einer der Diener den Weg bis ins Vorzimmer gezeigt. Denn ganze Weg über hat er mir Benimmregeln angedeihen lassen, während er mich abfällig musterte, vor allem das Armband aus gewebt bunten Fäden. Das einzige Zeichen, das ich Mando bin, dass ich an der Uniform habe, die hier in Kornatan von Soldaten erwartet wird. Jeder Blick, jedes Wort in dieser affektierten Sprache sagen mir das er sich für etwas Besseres hält. Er ist ein einfacher Diener aber in seinen Augen bin ich ein Vagabund, Abschaum. Etwas, was grade so über einen Sklaven steht, wenn überhaupt. Im Wartezimmer lässt er mich allein. Obwohl ich das Gefühl habe nicht unbeobachtet zu sein. Normalerweise hätte ich das Zimmer, in dem ich warte, bestaunt. Die Säulen aus poliertem, hellem Stein die mit glänzenden Messingbändern verziert, oder ist das wirkliche Gold? Die Wände sind weiß getüncht und mit Blumen und Vögeln bunt bemalt oder mit Wandteppichen behängt. Die offenen Fenster gewähren einen Blick auf grüne Gärten, in denen die Vögel zwitschern. Leider findet mein Geist keine Ruhe, um die Schönheit zu genießen. Wenn die einfachen Menschen in die angelegen des Adels gezogen werden, geht es nie gut für die einfachen Menschen aus. Ein Diener in blau und gelb den Farben des Fürsten, mit sehr kurz geschnittenem Haar und kleinen dunklen Augen öffnet die Tür. Seltsame Schmucknarben zieren seine Wangen und Stirn, bilden mir völlig unbekannte Muster. Diese Muster scheinen sich zu verändern, wenn er spricht. Unwillkürlich muss ich schlucken. Dieser Mann obwohl augenscheinlich nur ein Diener ruft ein Unbehagen bei mir hervor. Adlige schmücken sich oft mit exotischen und seltsamen Diener, das erzählt man sich wenigstens in den Kasernen und Tavernen der Stadt. „Die Herrschaften empfangen euch jetzt Dafiri." Auch wenn ich meine Lederrüstung gereinigt, eingefettet und poliert habe das sie glänzt und darunter ein sauberes Sandfarbene Tunika trage, fühle ich mich schmutzig und in Lumpen gehüllt, als ich in eine Art Arbeitszimmer eintrete. Dieser Raum stellt das Wartezimmer an Eleganz und reicher Ausstattung in den Schatten. Am hinteren Ende des fünfeckigen Raums sitzt der Fürst hinter einem großen Schreitisch aus dunklem Holz. Der Tisch ist aufwändig mit Schnitzereien verziert. Schräg hinter ihm zu seiner linken steht die Schülerin. Es ist das erste Mal, dass ich sie nicht in einem weiten Reisegewand sehe. Heute trägt sie ein dunkelgrünes Kleid, farblich passend zu ihren Augen. Das helle Haar ist zu einem strengen Zopf geflochten und zu einem Dutt hochgesteckt. Durch das tiefe Grün der Kleidung wirkt ihre weiße Haut noch heller. Da sie heute auch auf einen Schleier verzichtet hat, sehe ich das erste Mal deutlich ihr Gesicht. Ihre Nase ist markant, der lange Nasenrücken und der leichten Neigung zu Adlernase. Ihre Sandfarbenen Augenbrauen falle trotz ihrer Breite auf der hellen Haut kaum auf. Ihre schmalen sehr hellen Lippen und der intensive Blick ihrer tiefgrünen Augen künden von ihrer strengen, kompromisslosen Art. Welche ich vor einigen Wochen auf der Expedition erlebt habe. Durch den strengen Schnitt des Kleides und ihre aufrechte Haltung werden ihre weiblichen Formen betont, die wirklich wohl proportioniert sind. Ein Gedanke der mir bei einer Weberin irgendwie unpassend erscheint. Der Fürst trägt ein blutrotes Gewand, reich mit Gold und Silberfäden verziert. Das alles registriere ich, während ich die paar Schritte durch Zimmer mache. Drei Schritte vor dem Tisch falle ich auf die Knie. „Mein Fürst." „Er kann sich erheben." „Er ist Laran aus der Bärensippe vom Volk der Mando und dient in meinem Heer als Dafiri einer Späherklinge?" Was sollen die Fragen? Das weiß er doch alles seit dem Einsatz im Tal, laut sage ich. „So ist es mein Fürst." Er liest diese Informationen von einem Blatt Pergament ab. Unwillkürlich schlucke ich, warum sollte sich jemand die Mühe machen all das niederzuschreiben. Das kann nichts Gutes bedeuten. Nur Richter und Steuerbeamte schreiben so etwas extra auf. „Er hat mir gute Dienste während der letzten Expedition geleistet. Heute habe ich einen weiteren Auftrag für ihn. Diese ist sehr wichtig, er soll meiner Schülerin als Leibwächter auf einer wichtigen Reise dienen. Ich übergebe ihn in ihre Dienste. Er wird ihr persönlich die Treue schwören! Alles weitere wird sie ihm erklären. Schülerin du kannst gehen." „Wie ihr wünscht Meister." Saget sie in ihrer weichen für eine Frau recht dunklen Stimme. Die für mich immer irgendwie gütig klingt. Auch wenn ich inzwischen weiß, dass Güte ein Wort ist, was sie nicht kennt. Sie verneigt sich in Richtung ihres Lehrers, das Gesicht eine starre, kalte, weiße Maske. Was bei allen Höllen soll das? Mit diesen knappen Worten hat der Fürst mich praktisch aus seinem Heer geworfen. In dem er mich angewiesen hat der geringsten unter seinem Schüler die Treue zuschwören, hat er gleichzeitig meinem Schwur ihm gegenüber aufgehoben. Obwohl er einen Moment zu vor noch meine guten Dienste betont hat. Wenn das meine Sippe erfährt, werden einige von ihnen voller Häme fragen, womit ich das provoziert habe. Als die Schülerin an mir vorbei kommt sagt sie. „Komme er mit, Dafiri!" Kurz darauf finde ich mich vor einem sehr viel kleinere Arbeitszimmer wieder. Durch die offene Tür sehe ich ein Schreibtisch, eine Werkbank, ein paar Regale und zwei Stühle. Diese paar Möbel füllen das Zimmer fast komplett aus. Kein Prunk, kein Reichtum, alles ist zweckmäßig und zeigt spuren häufiger Benutzung. Ich kenne einige Handwerker deren Werkstätten mehr als drei Mal so groß und viel reicher ausgestattet sind. Mit einer Geste bedeutet sie mir einzutreten.

Hinter mir fällt die Tür ins Schloss. In dem kleinen Bereich zwischen Tür und Tisch bleibe ich stehen, den Blick eine Hand breit über die nun am Tisch sitzende Weberin gerichtet. Bloß nicht starren, ich habe nicht vergessen, was diese Frau mit Männern macht, die ihr keinen Respekt erweisen. Das ganze Zimmer riecht nach Minze und Zitrone. Eine irdene Teekanne und eine einzelne Tasse stehen auf einer schmalen Fensterbank hinter dem Schreibtisch. Sie blickt mich direkt an, mit einer Intensität als können diese grünen Augen durch Haut, Fleisch und Knochen direkt in meine Seele blicken. „Er hat gehört das er mich auf einer Reise begleiten soll. Kennt er die Stadt Namens Schimbal?" Ich nicke. „Hat er seine Zunge verloren?" fragt sie gereizt. „Nein, Herr ... Gebieterin. Ja, ich kenne die Stadt, aber es ist Jahre her, das ich dort war." Ich gewöhne mich besser schon mal an die neue Anrede, wenn ich ihr die Treue schwören soll. Verdammt, muss diese Frau den niemals blinzeln? „Ich muss bis zur Nacht vor der Tag und Nachtgleiche dort sein. Inkognito weder ich noch er dürfen irgendetwas bei uns tragen das uns auf irgendeine Weise mit dem Reich der 1.000 Blätter in Verbindung bringt. Das gilt natürlich auch für Tätowierungen oder andere Zeichen auf seinem Körper." Wir sind also als Spione unterwegs. Ich glaube nicht das ich in so etwas verwickelt sein möchte. Natürlich habe ich aber keine Wahl. Mein Leben gehört nun einmal nicht mir. „Ist er dazu in der Lage mich rechtzeitig dort hinzubringen?" Sofort versuche ich mir die Strecke vorzustellen, so wie alternativ Routen von verschiedenen Punkten aus. Genau wie ich es seit meiner Kindheit gelernt habe. „Ja, das bin ich Gebieterin. Darf ich fragen, was unsere Geschichte wird? Warum reisen zwei Menschen quer durch die Wüste in die Stadt Schimbal?" Beeile ich mich zu erklären. Sie zieht eine Augenbraue hoch. So rede ich schnell weiter. „Wir müssen in einige Oasen und Wegestationen einkehren, um unsere Vorräte und Wasser aufzustocken. Die Fragen von wo und wohin werden fast immer gestellt. Die Menschen sind neugierig und reden gerne." Eine Pause entsteht. Eine kleine Falte zeichnet sich zwischen ihren Augenbrauen ab. „Eine Pilgerfahrt sollte immer eine Idee sein, doch wie angesehen ist der Glaube an die Herrin der Wüste in den Städten der Lichtfanatiker?" Ich zucke nur mit den Schultern. „In der Wüste wird er wohl toleriert, in Schimbal weiß ich es nicht." Wieder schweigen. „Gebieterin dürfte ich einen Vorschlag machen?" Mit einem Nicken gibt sie mir ihre Zustimmung. „Schimbal ist neben dem Salz auch für seine Heiler bekannt. Wir könnten eine Geschichte darauf fußen lassen das einer von uns Heilung von einem Leiden benötigt." Ich spreche die Worte unsicher und langsam aus, fürchte ich doch, dass sich die Weberin angegriffen fühlt. Ein kurzer durchdringender Blick. „Er meint meine Erscheinung wäre prädestiniert um als heilungsbedürftig durchzugehen?" Plötzlich steck mir ein Klotz im Hals, wenn sie es so formuliert, war meine Idee sehr beleidigend. „Es wäre eine Möglichkeit, natürliche werde ich versuchen etwas vorzutäuschen, wenn …" Sie unterbricht mich. „Es ist die offensichtlichste Möglichkeit. Die dann auch keine Erklärung oder Schauspielkunst erfordert." Allerdings werden ihre Stimme und ihr Blick kalt. Da habe ich wohl einen wunden Punkt getroffen. „Es gibt aber noch andere Themen, von wo kommen wir und warum Reisen wir zusammen. Nach Allem, was ich gelesen habe, ist es dort, wo wir hinreisen, eher unüblich, dass Männer sich Frauen unterordnen?" Der fragende Ton ermuntert mich zu einer Antwort „So ist es, wenn eine Frau die wenigsten einen gewissen Anstand hat, reist dann so gut wie immer mit einem männlichen Verwandten. Dem sie sich dann unterordnet. Das von wo ist noch einfach. Wir könnten meine Sippe oder die Madateas Sippe nehmen. Jedem der am Rand der Wüste lebt ist klar, dass wir Mando viel reisen." Langsam und bedächtig nickt sie. „Aber wird man nicht erkenne das ich keine Mando bin? Von äußeren Mal ganz abgesehen, spreche ich weder eure Sprache noch habe ich das Wissen über eure Sippen und Kultur. Es muss nur ein Neugieriger, der das Volk der Mando etwas besser kennt, geben und alles fliegt auf. Nein…" Eine Pause folgt, in der sie die Stirn in Falten legt als sie angestrengt nachdenkt. „Es sein den … wir würden als Ehepaar reisen." Es klingt wie eine Feststellung. Sowie ein Feldscherer einen verwundeten Soldaten sagt das er sterben wird. Genauso beherrscht, kalt, emotionslos, sachlich spricht sie die Worte aus. Doch in ihren Augen flammt kalter Zorn auf. Wieder muss ich unwillkürlich schlucken und mache einen Schritt rückwärts. Bilder schießen mir durch den Kopf wie sie einem Jungen, der sie bestohlen hat, die rechte Hand abhacken lässt, wie sie die verwundeten Berger hinrichten lässt. Auch wenn diese in ihrem Zustand die folgende Zwangsarbeit Niemals überlebt hätten, von der Reise durch die Wüste ganz zu schweigen, lassen mich diese Bilder auch nach Wochen einfach nicht los. Was sie wohl mit mir machen wird. Herzschläge dehnen sich zu Minuten. „Als Geschichte vertretbar, solange er nicht vergisst, wo sein Platz ist, wem sein Respekt gebührt!" „Gebieterin mein Respekt und meine Treue gehören euch wenn ihr mich in eure Dienste nehmt, wie es unser Fürst befohlen hat." Beeile ich mich zu versichern. Vor ihrem Tisch falle ich, wie mit einem Mühlstein um den Hals, auf ein Knie. „Herrin Azzarena, meine Gebieterin ich, Laran aus der Sippe der großen Bären vom Volk der Mando, diene euch als Dafiri. Als euer Schild und Speer um es in der alten Weise auszudrücken. Ich schwöre bei meinem Blut und meiner Ehre das ich euch treu dienen werde. Ihr seid meine Gebieterin, euer Wort wird mein Gesetz sein. Solange ich atme, werde ich euch schützen. Solange ich eine Waffe halten kann, werde ich eure Feinde bekämpfe. Dasch schwöre ich vor den zwölf Richtern und meinen Ahnen." Es sind die alten Worte, die zu den Zeiten meiner Vorfahren gesprochen wurden. Auch wenn solche Eide damals freiwillig geleistet wurden, wenn ein Schild und Speer auf eine Gebieterin, ob Weberin oder nicht eingeschworen wurde. Die Schülerin steht auf, kommt um den

Tisch herum. „Ich, Rabia Azzarena Weberin der Knochen nehme deinen Schwur, vor den Augen der Herrin der Wüste und ihren zwölf Richtern, an. Deine Treue soll belohnt werden. Doch Pflichtvergessenheit und Verrat werde ich aufs härteste bestrafen. Bis du stirbst oder ich dich aus meinen Diensten freigebe bist du Teil meines Hauses. Dafiri Laran aus der Sippe der großen Bären vom Volk der Mando. Das schwöre ich bei meiner Ehre und meinem Knochen. Die Herrin der Wüste und ihre zwölf Richter seien meine Zeuge!" Feierliche Worte, die fast vergessen lassen, dass sie nur eine Schülerin ist, ohne eigenes Haus oder großen Besitz. Doch bin ich jetzt an sie gebunden, lebe und sterbe nach ihrem Willen. Ihr Ahnen steht mir bei!

Im Anschluss an diese „Zeremonie" folgen Stunden der Planung, was wird benötigt, welche Route nehmen wir. Meine neue Gebieterin deutet an das es ihr lieb wäre auf anderen Pfaden zu reisen als den vom Palast vorgesehenen. Ich vermute, anhand ihrer spärlichen Andeutungen, dass ein anderer Weber eine Fehde mit ihr hat. Das sind unheimlich gute Aussichten, in den Diensten einer Frau zustehen, die es ständig schafft, das andere Weber ihren Tod wünschen. Wir definieren die Geschichte von unserer „Ehe" und die Gründe unserer Reise. Viele Dinge wurden von den Leuten, die die Reise ersonnen haben, schon in die Wege geleitet. Reittiere, Vorräte, Wasser und die meiste Ausrüstung sind schon vorhanden. Wir können schon morgen im ersten Licht des Tages aufbrechen. Der Fürst wird meinem Leuten Bescheid geben das ich für ein Sonderkommando abkommandiert bin und auf unbestimmte Zeit fort sein werde. Seine Diener holen, während die Schülerin und ich unsere Planung machen meine Feldkiste aus der Kaserne. So werde ich alle meine persönlichen Sachen auf die Reise mitnehmen können. Unteranderem meine Mandokleidung und meine Beile. Aufgrund der Geheimhaltung soll ich diese Nacht hier in der Villa verbringen. Kein Kontakt mit Außenstehenden bis zur Abreise, ist der klare Befehl meiner Gebieterin. Allerdings kann ich meine die Schülerin dazu überreden das unser Weg durch die Stadt an einem bestimmten Marktstand vorbei führt. Wir Mando sind immer misstrauisch, wenn einer der unseren plötzlich verschwindet. Wir sind nie lange an einem Ort Willkommen, am Ende passen wir gegenseitig auf uns auf, denn Niemand anders tut das sonst.

2. Kapitel: Der Beginn einer Reise
[Laran]

Kornatan, die Villa der drei Brunnen

Die Reise beginnt im Morgengrauen, vier Kamele stehen vor den Stallungen der Villa bereit. Zwei sind zu reiten gesattelt, zwei mit Trageschirren für das Gepäck. Meine Gebieterin und ich tragen weite Sandfarbenen Reisegewänder sehr ähnlich denen die ich während der Tempeloperation getragen habe, von uns sind nur noch die Augen zusehen. Vor den Ställen haben sich einige Leute eingefunden. Fürst Jolga, Dorga dieser Mistkerl eines Schülers, der wohl gestern Abend zurückgekehrt von den Gütern des Fürsten ist. Diener, Soldaten und Männer in feinen braunen Gewändern, die keiner vorstellt, die keiner beachtet. Es wirkt als seinen alle hier, auch der Fürst nur Schüler, die etwas unter den Augen ihrer strengen Lehrer in braun tun. Lehrer, die sehen, aber sich nicht einmischen nur alles kritisch beobachten und beurteilen. Sie registrieren alles sagen aber nichts. Sie sind absolut unheimlich. Der Fürst gibt seiner Schülerin einen Reisesegen als Abschied mit auf den Weg. Von dem ich allein schon durch die verwendete Sprache Astarak ausgeschlossen werden soll.

Möge die Herrin deine Reise segnen,

Im Reich der Herrin der Wüste

Mögen die Richter deine Taten gutheißen,

Mögen die Sterne dich leiten, wo immer dich dein Weg hinführen mag,

Möge dir Sonne und Mond gewogen sein und dir stets den vor dir liegende Weg erhellen.

Mögen uns die Wege, die wir beschreiten wieder zusammen führen Azzarena,

Ich wünsche dir eine Gute Reise durch das Reich unserer Herrin.

Mit diesem Segen verlassen wir das Gelände der Villa. In der langsam erwachenden Stadt reihen wir uns in den Verkehr von Handelskarren, Trägern und Kamelen ein, die sich nach der Nacht durch die Straßen schieben. Kurz vor einem bestimmten Marktstand nehme ich das Tuch ab, dass mein Gesicht verdeckt. Der bewusste Marktstand wird grade aufgebaut und wie immer steht einer von uns dort als Wache. Ich suche seinen Blick, nicke ihm zu. Wie zufällig lasse ich meine linke Hand auf dem rechten Handgelenk liegen, lege den zeige Finger auf den Mittelfinger der rechten. Unser Zeichen das alles in Ordnung ist. Ohne offensichtlich in meine Richtung zu schauen, antwortet er mir mit einem anderen Handzeichen. Erlegt die linke Handfläche auf die Brust. Das Zeichen für gut Reise.

Nach den Stadttoren bleiben wir noch zwei Stunden auf der ursprünglich vom Palast geplanten Route, danach wenden wir uns nach Norden. Während die Karawanenroute nach Südwesten führt. Ab jetzt sind wir in der Hand der Herrin wie es im Volksmund heißt. Unser erstes Ziel ist ein Lager meines Volkes. Wir reiten hintereinander, ich als Führer vorneweg eines der Lasttiere langen Zügel führend dann meine Gebieterin, die das zweite Tier auf gleiche weiße führt. Die weite, stille der Wüste, die sich vor uns erstreckt, hat etwas Beruhigendes und zutiefst Einsames. Das Reich unserer Göttin, die Heimat des Tores zur Anderwelt. Durch das jeder von uns einmal diese Welt verlassen wird wenn seine Zeit gekommen ist.

Das Lager erreichen wir nach etwa sechs Stunden. Ein Zeltlager, das sich um einen Brunnen schart. Die Madateas Sippe sind Händler und gelegentlich nicht zimperlich in der Waren Beschaffung. Manche würden sie als Räuber bezeichnen. Ihre Wachen und Späher beobachten uns schon lange bevor wir das Lager erreichen. Nur die wachsamen überleben außerhalb der Mauern der großen Städte und befestigen Oasen. So werden wir von einer Gruppe von Bewaffneten und einem Mitglied des Ältestenrates der Sippe am Rand des Lagers empfangen. „Ich grüße die Sippe vom Roten Baum. Möge die Herrin und Ahnen euch segnen. Mögen eure Klingen stehts scharf und eure Beutel voll sein." Intoniere ich die Traditionelle Grußformel. Dabei nehme ich das Tuch vom Gesicht und mache ein Handzeichen des Grußes. „Gegrüßt seist du Laran von den Großen Bären. Es ist viele Monde her das deine Wege zu uns geführt haben. Was führt dich zu uns und wer ist deine Begleitung?" fragt Tikaman den ich von meinem früheren Besuchen bei der Sippe kenne. „Ein Dienst für den Fürsten, führt mich und meine Begleitung durch die Wüste." Der Sprecher macht eine einladende Geste mit der linken Hand. „Seit unsere Gäste und trinkt Tee mit uns." Als Rabia und ich wieder auf unseren eigenen Beinen stehen raune ich ihr zu. „Bitte erst sprechen, wenn wir den Tee getrunken haben Gebieterin" Im Zelt des Anführers werden uns Becher mit dunklem Tee angeboten. Um zum Trinken, nimmt Rabia ihren Schleier ab. Einige der Anwesenden verschlucken sich, andere starren. Es herrscht toten Stille. Alle Blicke richten sich auf sie. „Bei der Herrin was ist mit deinem Gesicht passiert Mädchen?" Hier sprechen alle Mando, so dass Rabia nicht viel davon versteht. Doch natürlich kann sie die Reaktionen deuten. Ihr Blick wird hart und kalt. Bevor ich antworte, trinke ich den bitteren, starken, dunklen Tee aus. Der stammt sicher von den Hängen der Knochenberge. Das ist der beste Tee. Meine Gebieterin folgt meinem Beispiel glücklicherweise. Was viele Außenstehende nicht wissen, selbst wenn man wie wir eingeladen wurde Gäste zu sein, gilt das erste, nach dem man Tee mit Oberen der Sippe getrunken hat und nur als vollwertiger Gast kann man sicher sein nicht ausgeraubt zu werden. „Sie ist ein Mündel des Fürsten, ich soll sie zu den Heilern am Westrand bringen." Erkläre ich unsere Geschichte. Da ich bei der Sippe bekannt bin, verzichten ich auf die Lüge unserer Ehe. „Eine Ehrenwerte und schwierige Pflicht." Ich wende mich zu meiner Begleiterin und spreche jetzt die Zunge der Karawanen. „Rabia darf ich dir den Nogar der Sippe vorstellen, er ist der Cousin meiner Mutter und hört auf den Namen Alkumar." Sein von Alter und dem harten Leben, das er führt, gezeichnetes Gesicht verzieht sich zu einem Lächeln. Sein weißer Bart zittert dabei, wodurch sein Gesicht noch schiefer wirkt. Einige Narben, die der Bart verdeckt lassen seine Mimik immer seltsam wirken. Obwohl sein Gesicht immer hart wirkt Lächeln seine dunklen Augen. Die Fältchen rund die Augen verraten das der alte Mann gerne lächelt und lacht. Markant ist auch seine Nase die im Laufe seines bewegten Lebens mehrfach gebrochen und nur schlecht gerichtet wurde. „Setzt euch und dann erzählt mir was du brauchst Laran." Auch er bedient sich jetzt der Karawanensprache, aus Höflichkeit gegenüber seinen Gästen. Für einen Augenblick zögert sie, doch wurden wir aufgefordert uns zu setzen und das schließt sie mit ein. Auch wenn ihr Standesdünkel wohl nicht glücklich ist, sich mit einer Schar Mando auf den Boden zu setzen, auf dem Felle und einige Kissen liegen. Kurz kreuzen sich unsere Blicke, in den grünen Augen steht eine Warnung. Das ich an meine Stellung und unsere Mission denken soll. „Wir wollen ein Teil unserer Ausrüstung gegen Mandowerk tauschen. In der Wüste vertraue ich unserem Handwerk mehr als dem aus der Grünen Stadt.

Außerdem weißt du doch das Mando auf den Wegen die vor uns liegen Mando meist in Ruhe gelassen werden." Der Alte nickt wissen. „Dann braucht ihr Kleidung, Sattelzeug, euer Tier müssen wir uns erst einmal ansehen. Aber das sollten wir hinbekommen." Nach dem unsere Ausrüstung getauscht wurde und ich Zeit hatte meine eigene Kleidung anzuziehen die mich als Mando ausweist, tauschen wir Geschichten aus. Was seit unserem letzten Treffen passiert ist und wie es gemeinsamen Bekannten geht. Nach dem ich noch einmal darauf hingewiesen habe das Rabia kein Mando versteht wird wenigstens ein Teil der Geschichten in der Karawanensprache erzählt. Allerdings mit so vielen unserer Worte aus dem Mando das sie wohl trotzdem nicht viel versteht. Irgendwann wird sie von einigen Frauen mitgenommen, um für sie passende Kleidung zu suchen. „Glaubst du wirklich das sie in am Westrand Heilung findet?" fragt mein Onkel nun wieder auf Mando. Ich zuck mit den Schultern. „Das weiß ich nicht, der Fürst wünscht diese Reise. So haben wir beide keine Wahl." „Dann hoffe ich, dass sie die Reise auf unseren Pfaden übersteht, Kranke haben in den tiefsten Tiefen der Wüste nichts zu suchen. Die Nordroute, die ihr nehmen wollt wie ich meine, wenn ihr von Kornatan zu uns kommt, ist die gefährlichste Route von allen. Laran, nur offene Wüste, keine Felsen, nichts, um sich vor den Stürmen zu verstecken. Wenn euch die Stürm nicht umbringen, dann wird es die Hitze und die gnadenlose Sonne tun. Es ist nicht die Zeit, um die Nordroute zu nutzen. Meine Antwort ist ein langes Schweigen. All das weiß ich selbst.

3. Kapitel: Im Reich der Herrin

[Laran]

Irgendwo in der Wüste auf dem Weg nach Schimbal, Nordroute der Mando

Im Reich der Herrin der Wüste

Wir sind jetzt seit Tagen unterwegs und langsam, sehr langsam, taut meine neue Gebieterin auf. Im Lager der Sippe vom Roten Baum hat sie sich sehr zurückgehalten. Außerhalb war sie wieder die arrogante Adlige, aber dieser Panzer aus Arroganz und adligen Gehabe bekommt Risse. Wenn man den ganzen Tag auf dem Rücken seines Kamels in den grenzenlosen Dünnen allein ist, dann will wohl jeder irgendwann reden. Kamele sind zwar gute Zuhörer, aber nicht für ihre geistreichen Kommentare bekannt, da bleibe nur ich übrig. Unsere Gespräche sind zwar meist nur kurz, werden aber Stück für Stück länger. Obwohl ich mehrfach zuhören bekomme das meine Bildung mich weit von der eines Kamels entfernt ist. Die Strapazen der Reise fordern nicht nur in dieser Hinsicht ihren Tribut. Das rationierte Wasser, die Hitze am Tag, die Kälte der Nacht und das Bewusstsein der eigenen Vergänglichkeit nagen an unseren Körpern und Seelen. Für eine Weberin, die sonst nur die Macht anderer Weber und die Götter fürchten muss, muss das noch viel schlimmer sein als für mich Gemeinen. Wenn sie mit mir am Feuer spricht, wirkt sie gereizt und verfällt immer wieder in das ER, obwohl wir uns geeinigt haben das meine „Frau" mich duzt. Auch ich muss mich immer noch zwingen normal mit ihre zu reden. Ich bin ihr eingeschworener Schild und Speer und sie meine Gebieterin, ich ein Mando, sie eine Weberin. Im Reich würde ich es nie wagen ohne Aufforderung mit ihr zusprechen und nicht mehr als nötig. Nur unsere Legende, das wir als Ehepaar reisen, zwingt mich sie wie meines gleichen zu behandeln. Es fühlt sich einfach komisch an. Langsam frage ich mich, ob es eine gute Idee war auf den Wüstenpfaden der Mando zu reisen und nicht auf den Karawanen und Militärrouten des Reiches. Unsere Wege sind schneller, aber auch sehr viel gefährlicher und wenn man ohne Aufmerksamkeit reisen will, ist das die beste Route. Außerdem hat meine Gebieterin anklingen lassen das sie wegen irgendeinem Vorfall in Kornatan die Rache eines Barons fürchte. Jedoch sehe ich jeden Tag wie die Reise an ihr zerrt. „Rabia heute am Nachmittag sollten wir die Oase Magtaly erreichen. Dann kannst du mal wieder durchschlafen und muss nicht ertragen, was ich koche." Sage ich halb im Scherz, mir ist nicht entgangen, dass sie mit dem Essen aus haltbaren Dingen ihre Probleme hat. „Das heißt noch lange nicht das es genießbarer ist, als dass was du essen nennst." Wieder eine kurze unfreundlich Antwort, die gedämpft durch den Schleier vor ihrem Mund dringt. Nur ihre tiefgrünen Augen und ein ganz kleiner Teil ihrer weißen Haut ist zwischen Kopftuch und Schleier zu sehn. „Die Oase wird von über einen Dutzend Familien bewohnt, die hier friedlich leben. Sie kennen die Mando, aber ob sie vom Reich wissen, kann ich nicht sagen. Also bitte denk an unsere Legende." Obwohl ich freundlich klingen will, schaffe ich es beim letzten Teil nicht eine gewisse Dringlichkeit zu unterdrücken. „Keine Sorge, ich werde schon daran denken, dass ich deine Ehefrau bin. Das ich meinem Onkel Jolga in alle Ewigkeiten dankbar sein muss das er mich dir losgeschickt hat." Die Worte triefen nur so vor Sarkasmus und Spot. Wenn Sie mich nicht als Leibwächter haben will, warum hat sie dann nicht bei ihrem Meister insistiert? Frauen, ich werde Sie wohl nie verstehen. Was ein seltsamer Gedanke ist. Das ich diese Adlige als Frau sehe, sonst sehe ich Adlige immer als Wesen aus einer anderen Welt. Welche mit meiner eigenen wenig zu tun hat. Diese arroganten Wesen, die andere Kleidung tragen, eine andere Sprache sprechen und die mit uns Gemeinen spielen wie mit Schachfiguren.

Endlich ragen die Dattelpalmen der Oase vor uns auf. Ich hatte schon Angst mich irgendwo verirrt zuhaben. Der Ort ist ein großer Palmenhain umgeben von einer Mauer aus Dornensträuchern. Die Häuser sind aus Sandstein erbaut. Hohe Türme gegen die Hitze, welche weiß getüncht sind, sehen von weitem aus, wie Elfenbein, das aus dem Sand ragt. An der Oasengrenze bleiben wir stehen. Ich steige ab und warten auf die uns entgegenkommenden Bewohner. Damit folge ich den Traditionen meines Volkes. Wir betreten keine Oase nicht einfach so wie wir unsere Lager nicht einfach betreten. Es sind Männer und Frauen, die auf uns kommen und alle tragen sie Waffen. „Ich grüße euch, mögen die Herrin eure Oase segnen und die Ahnen auf euch herab lächeln." Bei diesen Worten breite ich die Arme aus, um zu zeigen, dass ich nichts Böses will. Eine Frau in mittleren Jahren tritt aus der Gruppe der unfreundlich schauenden Bewohner heraus. Große dunkle Augen blicken hart auf uns, unter ihrem hellen Kopftuch schauen ein paar schwarze und einige graue Haarsträhnen hervor. In ihrer Jugend wurde sie mit ihrer Stupsnase wahrscheinlich oft als süß bezeichnet. Heute strahl sie für das Prädikat allerdings viel zu viel Autorität aus. Obwohl sie immer noch eine schöne Frau ist, hat die Härte eines Wüstenleben ihre Spuren in dem fast schon hageren Gesicht hinterlassen. „Ich grüße euch Reisende. Eure Kleidung und eure Art zusprechen sind Mando. Also sagt uns was ist eurer begehr Mando?" Ihre Worte sind ebenso ungastlich wie ihr Blick, beides habe ich so nicht erwartet. „Ja, wir sind Mando, wir würden hier gerne für eine Nacht und einen Tag Station machen. Meine Gemahlin braucht etwas Erholung von der Reise, außerdem wollen wir unsere Vorräte auffüllen, gegen Silber versteht sich. Wir bitten euch im Namen der Herrin der Wüste um Gastfreundschaft nach althergebrachter Sitte." Die Gesichter bleiben weiterhin hart, die Waffen gezogen. „Zeigt mir eure Gesichter und ihr werde eure Waffen ablegen, in Zeiten wie diesen geht die Sicherheit meiner Oase vor." Als Zeichen, das ich ihren Wünschen nachkommen werde, lege ich Tuch und Turban ab, drehe mich halb um, um nach Rabia zuschauen die knapp hintern mir noch auf ihrem Kamel sitzt. Sie löst nur Ihren Schleier, aber schon das erschreckt die Oasen Bewohner. Alle hier haben die Schattierungen von Kupfer als Hautfarbe, wie die überwiegende Mehrheit der Wüstenbewohner. Rabia hingegen hat eine Haut so weiß wie Schnee oder Milch. Ihre dunkelgrünen Augen stechen in einem Meer aus dunklen Augen hervor. Nur ihre Gesichtszüge mit der markanten Nase und dem länglichen Gesicht sehe wie die ihren aus. Sie ist eine Exotin, erschreckend anders und zu ähnlich zu gleich. Selbst wenn das Wort Toten Maid hier fällt oder hier nicht bekannt ist. „Was ist das denn?" Fragt einer der Bewohner. Er macht ein Zeichen, um das Böse abzuwehren und packt den Griff seines Knüppels fester „Auch wenn wir um eure Gastfreundschaft bitten, so erwarte ich, dass ihre meine Gemahlin mit Respekt behandelt. Ansonsten sehe mich gezwungen euch diesen Respekt zu lehren." So viel Nachdruck und Wut in meine Stimme legend, wie ich kann, donnere ich diese Worte. Der Mann Muster mich, meine breiten Schultern, das harte Wetter gegerbte Gesicht mit dem kurzen geschnittenen schwarzen Vollbart. Meine Größe im Allgemeinem. Es ist richtig zusehen, wie die Erkenntnis sich Bahnen bricht, das er gegen mich antreten müsste. Er selbst ist über einen Kopf kleiner und nur halb so breit. Ich glaube nicht, dass er ein professioneller Kämpfer ist, im Gegensatz zu mir. „Ich wollte Niemanden beleidigen. Bitte nehmt meine Entschuldigung werte Mando. Ich war nur …. Erstaunt." Auch wenn die Worte entschuldigend klingen, so ist der Ton das genaue Gegenteil. Wäre Rabia wirklich meine geliebte Ehefrau, die Dame meines Herzens hätte ich jetzt ein Duell gefordert und den Kerl in Stück geschnitten. Aber ich bin nur ihr Dafiri und so geht die Mission vor. Mich zu meiner Gebieterin umdrehend frage ich. „Kannst du die Entschuldigung dieses Mannes akzeptieren?" Sie richtet sich im Sattel auf, während ich mich neben sie stelle. „Mein Mann erzählte mir in warmen Worten von der Gastfreundschaft, die in dieser Oase herrscht. Bisher wurde ich nur beleidigt, mit Waffen bedroht und angegafft wie ein wildes Tier…" Für einen Moment bin ich mir sicher, dass sie jetzt Genugtuung fordert. Etwas in ihrer Stimme und ihrem unterkühlten Benehmen sagt mir das die Bewohner der Oase ihren wunden Punkt getroffen hatten. „Doch da wir als Gäste kommen wäre es sehr unangebracht, wenn mein Mann einen eurer Sippe verletzt und ich möchte auch nicht das Laran verletzt wird." Dabei berührt ihre Behandschuhte Hand mich leicht an der Schulter. „Daher akzeptiere ich die Entschuldigung." Die Stimmung knistert noch für einige Sekunden vor Anspruch. In mehr als einem Gesicht sehe ich die Abwägung, ob diese Worte als Beleidigung aufgefasst werden sollen oder nicht. Die Anführerin, die bisher hauptsächlich das Reden übernommen hat, ergreift wieder das Wort. „Möchtet ihr uns erklären, warum eure Gemahlin so anders aussieht?" Ich schaue wieder zu ihr. „Ich garantiere euch es besteht keine Gefahr für euch oder eure Gemeinschaft. Kein Heiler konnte uns bisher sagen warum meine Haut und mein Haar so blass sind. Aber es ist nichts Ansteckendes. Wir sind nun auf den Weg zum Westrand in der Hoffnung das die weltbekannten Heiler mir helfen können." Sie klingt dabei so gelangweilt, als habe sie das schon hundert Mal erklären müssen. Plötzlich habe ich Mitleid mit ihr. Als mir bewusst wird das sie mit ihrem Aussehen gegen mindestens genauso viele Vorurteile ankämpfen muss wie ich als Mando. Doch ich gehöre zu einer verschworenen Gemeinschaft, die sich gegenseitig beschützt. Aber sie ist damit ganz allein. Nickend stimme ich ihr zu. „Und eurem Wort sollen wir vertrauen? Niemand kennt euch, niemand weiß, was euer Wort Wert ist." Grade will ich zu einer Erwiderung ansetzen, nur kommt mir die Anführerin zu vor als sie weiterspricht. „Wir werden euch Wasser verkaufen. In so unsicheren Zeiten geht die Sicherheit der meinem vor. Weder trauen wir den Mando, seit sie eine Karawane, die zu uns wollten, überfallen haben. Noch wollen wir eine Frau bei uns haben die entweder krank oder verflucht ist." Nach diesen Worten wendet sie sich demonstrativ ab. „Wir benötigen Wasser dann werden wir gehen." Die Resignation, die Enttäuschung schwingt in meiner Stimme mit. In Richtung meiner Gebieterin zu schauen, wage ich nicht. Es dauert nicht lange bis unsere Wasserschläuche wieder gefüllt sind. In der Zeit müssen wir unter Bewachung am Oasenrand warten. „Wir werden die Kunde verbreiten das die Bewohner von Magtaly die heiligen Gesetze im Lande der Herrin nicht mehr ehren. Betet das ihr nicht in die Lage kommt das ihr auf diese heiligen Gesetzt angewiesen zu seid." Die Verachtung trifft aus jedem meiner Worte. „Die Prophetin sprach all jene die sich von der Herrin der Wüste, unsere Göttin und ihren Gesetzen abwenden sollen Kamatras genannt werden. Kein Gläubiger soll mit ihnen verkehren, nur ihr heiliger Zorn soll die Kamatras treffen. Ihre Seelen sollen in den Höllen qualvoll leiden, ihre Namen für die Dauer ihrer Qualen verflucht sein. Ehe sie in die Vergessenheit geworfen werden. " Die Kälte und Verachtung in Rabias Stimme lässt selbst mich frösteln, ohne dass ich von ihrem Fluch betroffen bin. Oder es sind die Erinnerungen an den alten Priester, der über hundert Jahre in der Finsternis seines einstigen Tempels eingesperrt war, die diese Worte wieder heraufbeschwören. Die Worte meiner Gebieterin lassen betroffenen Gesichter zurück. Sie sprach wie eine Priesterin der Herrin Wüste. Wenn jemand bei all den Stämmen, Sippen und Klans östlich des Westblutes durchweg Ansehen genießt dann sind es Priester und Priesterinnen der Herrin der Wüste. Doch bitte uns keiner doch zu bleiben. Nur böse und erschrockenen Blicke folgen uns. So lassen wir die Oase Magtaly zurück. „Jedem Mando werde ich von diesem Vorfall erzählen. Es kann durchaus sein das jetzt viele Reisende von Wüstenbanden überfallen werden. Wir sind zu weit verstreut, um anständig und schnell zurückzuschlagen, so müssen wir uns auf andere Weise rächen." Trotz mehrerer Meter Abstand, ihrem Schleier und dem Tuch um meinen Kopf bin ich mir sicher, dass ich hier veächtliches schnauben höre. „Er macht sich lächerlich, einige vereinzelte Überfälle werden die Kamatras zwar ärgern aber die Siedlung lebt größtenteils autark. Wenn ihr keine lebenswichtigen Lieferungen abfangen könnt, dann lasst es gleichbleiben. Eine

Im Reich der Herrin der Wüste

lange Belagerung ist kaum geeignet für eine angemessene Vergeltung. Der Schlag muss genau geplant werden. Meistens hat er nur einem Schlag, bevor das Opfer weiß, dass es angegriffen wird." Sie klingt, wie eine Lehrerin, die einen begriffsstutzigen Kind etwas sehr Offensichtliches beibringen will. „Das er das nicht weiß erklärt auch, warum sein Volk ihre Heimat nie zurückerobert hat." Bumm das hat gesessen als hätte sie mir mit der Faust ins Gesicht geschlagen. Wut steigt in mir auf. Wie kann sie all unsere Bemühungen und Opfer bei den versuchen das Westblut zurückzuerobern einfach abtun. Eine andere Person hätte ich jetzt angegriffen, um solch eine Beleidigung sofort zu vergelten, doch ihr bin ich verpflichtet. Meine Ehre ist mein Leben, mein wertvollster Besitz und meine größte Bürde. Ganz langsam kämpfe ich meinen Zorn nieder, zurück bleibt nur schlechte Laune und der diffuse Wunsch mich zu revanchieren.

[Rabia]

Irgendwo im Reich der Herrin der Wüste, nahe der Oase von Magtaly

Wenn der Rest der Reise genauso verläuft wie dieser Halt, dann habe ich mir doch den falschen Begleiter ausgesucht. Diese Reise ist jetzt schon ein Alptraum. Wieder werde ich von allen begafft, weil ich nicht so aussehe wie sie. Als Schülerin hat es kein Gemeiner gewagt so etwas zu tun, ich konnte sie für eine solche Respektlosigkeit zur Verantwortung ziehen. Jetzt bin ich wieder nur eine Verfluchte, eine Außenseiterin, eine Toten Maid. „Verdammt noch mal!" Warum konnte ich mein Ego nicht einmal im Zaumhalten und zweite werden. Es wäre trotzdem ein großer Erfolg gewesen. Kalidre hätte gewonnen und diese ganze Reise hätte sie bewältigen müssen. Aber nein! Ich musste ja allen zeigen, was ich kann. Dafür habe ich jetzt einen kampferfahrenen und nachtragenden Baron als Feind und bin mit diesem ungebildeten Mando allein in der Wüste unterwegs. Am Ende zählt nur der Sieg, das ist das Erste, was ich im Schattental gelernt habe. Bei uns Novizen kursierte ein Spruch. Die Straße in die Zukunft ist mit Siegen gepflastert und wird durch die Brücke der Kompromisse behindert und unterbrochen. In der Stadt habe ich die Stille meines Labors und meines Arbeitszimmers immer genossen. Hier im Reich der Herrin der Wüste ist die Stille allerdings ohrenbetäubend. Sie frisst sich in den Geist und die Seele, sie frisst Pläne und Ideen, alles wie wegeblasen. Alles, was bleibt ist leere und stille. Wie halten Menschen das bloß ihr Leben lang aus? Sie werden entweder verschroben und still wie mein Begleiter oder kehren irgendwann nicht mehr zurück. Es heißt dann sie seien dem Ruf des Tores gefolgt und Niemand stellt groß Fragen.

Laran blickt sich ab und zu mir um. „Mir geht es gut, auch ohne Rast." Meine Stimme klingt viel schärfer als ich wollte. „Malikos inkoviert allkane." Oder so etwas antwortet mein Dafiri. Mandos! „Er soll in einer Sprache sprechen, die ich verstehe!" Fauche ich ihn an. Wieder ein Wort das ich nicht verstehe. „Die Jäger sind auf unserer Fährte, Gebieterin. Bitte dreht euch nicht um. Sie folgen uns, seit die Oase hinter den Dünnen verschwunden ist. Heute Nacht müssen wir auch in der Dunkelheit reiten, bei diesem Mond kann man in den Dünen weit sehen." Wie routiniert das bei ihm klingt. Wir werden von Unbekannten verfolgt und er stellt sachlich fest das die Nacht uns keinen Vorteil bietet. „Wir können also fliehen oder Kämpfen aber uns nicht verstecken?" „So ist es Gebieterin. Sie haben wahrscheinlich die schnellsten Kamele der Oase. Diese sind ausgeruhter als unserer Tiere und können im Gegensatz zu uns einen Gewaltritt riskieren." „Dann lass sie kommen! Ein Kampf zu unseren Bedingungen. Ob es an dem Spratzen der Reise oder an meinem körperlichen Unwohlsein liegt, das vor zwei Tagen eingesetzt hat. Wie so oft kommt es im unpassendsten Zeitpunkt. Auf jedenfalls reicht es mir. Ich bin eine Adlige und eine Weberin der Knochen, wenn irgendwelche Oasenbewohner meinen mich jagen zu müssen, werden sie das bald bereuen. „Reiten wir weiter, wenn sie unseren Spuren folgen, werden sie eine kleine Überraschung vorfinden." Bevor wir aufgebrochen sind, habe ich zwei zusätzlich Gebetsketten aus Knochen eingepackt. Eine von ihnen ziehe ich aus den Tiefen meines Gewandes. Mit geübten Fingern löse ich den Verschluss und ziehe drei Perlen ab. Nach kurzem Überlegen nehme ich noch eine vierte. Einen Augenblick denke ich darüber nach was ich singe, um die Fäden auf mich einzustimmen. Am Ende entscheide ich mich für einen melancholischen Wanderlied. Etwas anderes passt grade nicht zu meinen Stimmungen. Die Fäden, wild und ungebändigt beginnen langsam im Takt meiner Melodie zu schwingen. Im Geiste fokussiere ich mich auf die Schwingungen der Fäden. Meine Hände greifen durch den Schleier, der die Welt die normale Welt, von der der Fäden trennt, berühren die geisterhaften Fäden der Magie, verweben sie zu Mustern. Wie immer, wenn ich die Fäden berühre, breit sich in mir unbeschreibliches Gefühl der Euphorie aus. Die Muster Reanimation, Regeneration in der Variante wie ich sie im Duell gegen Kalidre ausprobiert habe. Knochenwandle, stärke und Gehorsam. All diese Muster verflechten sich vormeinen Augen zu einem einzigen großen Ganzen. „Haltet meine Verfolger auf!" Flüstere ich den Knochen zu, bevor ich sie in den Sand fallen lasse. „Das wird sie aufhalten." Sage ich zu Laran. Das wohlige Gefühl seit einer gefühlten Ewigkeit mal wieder die Fäden berührt zu haben lässt meine schlechte Laune im nu verflogen. Es dauert nicht lange und es erklingen hinter uns Schrei von Menschen und Tieren. Auch wenn ich auf diese Distanz keine direkte Verbindung zu meinem Dienern habe, weiß das meine kleine Falle perfekt funktionier hat. „Die werden uns nicht mehr folgen." Sage ich zufrieden

[Laran]

Irgendwo in der Wüste auf dem Weg nach Schimbal

Als die Schreie hinter uns ertönen taucht vor meinem geistigen Auge das Bild auf, wie ihre Skelettkrieger aus dem Sand, in dem sie gewoben wurden, aufspringen. Ihre Knochenwaffen, in die nichts ahnenden Reitertiere stoßen um sie Zufall zubringen. Wie dann das dunkle Blut der Tiere langsam im hellen Sand versickert. Auch die Bilder der gnadenlosen Knochenkrieger in der Höhle kommen wieder hoch, die Ihre Herrin umgeben und jeden ihrer Befehle eiskalt ausführen. Auch wenn ich ihr Gesicht nicht sehen kann, höre ich das Lächeln in ihrer Stimme. Ein gemeines und gnadenloses Lächeln obendrein. In Momenten wie diesen verstehe ich meine Männer, die vor ihr mehr Angst hatten als vor magisch Belebten Riesenskeletten. Nach mehreren Stunden legen wir eine Rast ein. Von unseren Verfolgern ist seit den Schreien nichts mehr zu sehen. Die Nacht ist in zwischen zur Hälfte vergangen. Die Tiere sind müde von mir ganz zu schweigen. „Ihn..., dich scheint etwas zu stören. Also rede! was ist es?" Ich zucke zusammen als mich meine „Frau" so unvermittelt anspricht. Eine vage Geste gefolgt von einen Schulterzucken ist der erste Teil meiner Antwort. „Es ist nur ..., ich bin mir sicher, dass diese Reiter uns nichts Gutes wollten. Aber man kann sich nicht sicher sein und doch ..." Sie blickt mich erzürnt an. Woraufhin mir weitere Worte im Halse stecken bleiben. „Jetzt spuck es endlich aus. Du hast die Schreie von Mensch und Tier gehört. Natürlich denkst du jetzt ich habe Skelettdiener zurück gelassen die alles Leben hinter uns niedergemetzelt haben." Stumm nicke ich. „Das hätte die Reiter zwar verdient, aber ich habe ihnen nur ein paar Dornen im Sand hinterlassen." Wobei ich bei nur ein paar Dornen wieder dieses gemeine Lächeln in ihrer Stimme schleicht. Plötzlich muss ich an fingerdicke Stacheln mit langen Widerhaken denken. Die beim Entfernen mehr Schaden anrichten als beim Eindringen. „Das war gütig von euch sie am Leben zulassen. Ich meine Natürlich von dir. Es tut mir leid, dass ich unsere Abmachung bezüglich der Sprach, immer wieder missachte. Es fällt mir nur schwer dir nicht den Respekt zu zollen den du verdienst." Vor allem wenn du dich wieder wie eine rachsüchtige, leicht reizbare Adlige benimmst. Dann habe ich jedes Mal angst dich vertraulich anzusprechen. Denke ich mir. Nach einer kurzen Nacht geht es dann genauso weiter, schweigen oder sich gezwungen höflich unterhalten. Bald schweigen wir fast nur noch. Die tiefe Einsamkeit der unendlichen weite der Wüste bemächtigt sich unserer Seelen.

Eines Morgens bei ihrem allmorgendlichen Gebet, das sie immer in Astarak zelebriert, um mich auszuschließen, höre ich wie sie bittet. „Hüterin des Tores und Herrin der Wüste gewähre mir bitte die stärke diese Reise weiter durchzustehen und schenke meinem Begleiter die Weisheit uns sicher durch dein Reich zu geleiten und sich im Weg nicht zu irren." Es folgen einige ritualisierte Gebete und ein Lied. Auch wenn die unendliche Weite der Landschaft ihre Stimme großteilig verschluckt, klingt es wunder schön, wenn sie singt. Ihre Stimme ist voll und kräftig egal ob sie tief oder hoch singt. Obwohl immer etwas, ich weiß nicht melancholisches mitschwingt. Ich habe mich schon gefragt, warum sie nie ein fröhliches Lied anstimmt. Es sind immer nur getragene oder traurige Lieder. Als wenn ihr Herz nie das Glück oder die Leichtigkeit für ein fröhliches Melodie verspürt. Arme Frau, wenn das so ist, dann ist sie gefangen in einer dunklen, glücklosen Welt. Dann lebt sie jetzt schon in einer ganz besonderen Form der Hölle. Ich warte, bis sie ihre Andacht beendet hat. Bevor ich sie anspreche. „Es ist wirklich nett das du die Herrin der Wüste bittest das ich den richtigen Weg finde. Es spricht leider auch dafür, dass du kein Vertrauen in meine Fähigkeiten hast." Sie schaut mich völlig entgeistert an, als habe sie ein Kamel gesehen, das einen Bauchtanz hinlegt. Sie öffnet und schließt den Mund mehrfach, blinzelt ungläubig. „Du verstehst Astarak?" Dieses Mal antworte ich mit etwas Mühe in der Hochsprache der Gelehrten. „So ist es. Der dumme Kameltreiber kann die Sprache der Gelehrten verstehen und sprechen." Warum ich ihr das zeige weiß ich selbst nicht so genau. Vielleicht haben die letzten Tage des Schweigens mehr an mir gezerrt als ich dacht oder will ich dieser Frau zeigen, was ich kann? Auf jeden Fall ist die Wahrheit nun ausgesprochen. Sie blinzelt noch einmal, aber ihren Gesichtsausdruck kann ich nicht mehr deuten. „Dummer Kameltreiber habe ich dich niemals genannt. Aber es ist nicht nett einer Dame bei ihrer Zwiesprache mit der Herrin der Wüste zu belauschen." Tadelt sie mich überraschend zurückhaltend. Keine Drohung nur dieser kleine Hinweis. Jedoch ist dieser kleine Hinweis bei einer Frau wie ihr furchterregender als laute Drohungen von jemand anders. „Aber wie kommt es das eine Dafiri, ein Sohn der Mando diese Sprache spricht?" Ich wechsle wieder in die Zunge der Karawanen. „Meine Mutter hat darauf bestanden und sie mich gelehrt. Sie sagte es sei eine Tradition in ihrer Familie." Meine Gebieterin sieht mich das erste Mal mit wirklichem Interesse an. „Das ist eine sehr ungewöhnliche Tradition außerhalb von Adelsfamilien. Wie kam es dazu?" „Früher gab es in meiner Familie in fast jeder Generation Weber wir waren von der Herrin gesegnet, wie es so schön heißt. Doch seit der Generation meiner Urgroßmutter hatte niemand in meiner Sippe mehr die Kunst des Webens im Blut. Viele glauben das ist die Strafe für unsere Unfähigkeit das Westblut gegen die Horden der Lichtfanatiker zu verteidigen oder es zurückzuerobern. Vielen unserer Sippen geht es so. Die Gabe der Kunst schwindet. Wir haben zwar noch Priester aber kaum jemand kann noch die Fäden der Magie berühren." Gestehe ich unsere Schwäche. „Der Dualismus zwischen Priesterschaft und Weberfähigkeit zerfällt auch immer mehr." Stimmt Rabia zu. „Das Reich behandelt alle Weber gleich. Für es ist die Fähigkeit des Webens und nicht die

Spielart entscheidet. Viele sehen sich nur noch als Adelige und nicht mehr als Priester der Herrin der Wüste. Vor allem die die nicht die Knochen befehligen, sondern ihr Talent in einem anderen Feld der Kunst haben. Sie sagen nur Knochenweber müssen sich mit den Aufgaben der Priester abgeben. Sie konzentrieren sich lieber ganz auf die weltlichen Aufgaben des Adels. Während auch immer mehr nicht Weber in den Tempeldienst drängen, um die entstehenden Lücken zu füllen."
„Und du? Du betest jeden Tag, webst deine Zauber rund um die Knochen. Der tote Priester nannte dich eine Tochter des Tores."
„Ja und jeder andere nennt mich eine Toten Maid oder einen wandelnden Fluch." Antworte sie scharf. „Du weißt, wie ich aussehe, wenn ich webe, ich bin dann eine wandelnde Halbtote." Fährt sie niedergeschlagen fort. „Glaubst du wirklich, Menschen wollen ihre Kinder von mir taufen lassen. Oder das Liebende vor mir ihr Eheversprechen geben wollen. Weißt du, was Rabia bedeutet?" Ich schüttle den Kopf. „Es bedeutet bleicher Totengeist." „Und doch schätz du das Leben mehr als so manch anderer Weber. Hast du über die Worte des alten Priesters nachgedacht, dass Frauen wie du früher als von der Herrin und ihren Richter auserwählt galten. Selbst die Prophetin sagt so etwas wie, beurteile einen Menschen nach seinen Taten und nicht nach seinem äußeren." „Buch des weißen Raben, die Richter werden die Seelen der Gläubigen an ihren Taten messen und richten. Weder an ihren Absichten noch an ihrem äußeren. Die reinste und rechtschaffenste Seele mag im Körper eines Kranken, entstellten und Buckligen zu finden sein." Zitiert sie die Textstelle ohne Mühe und ohne ins Stocken zukommen. „Du klingst immer wie eine Priesterin, wenn du die Schriften rezitierst." Kommentiere ich ihren Vortrag. Es folgt ein trauriges, freudloses Lachen. „Meine erste Tat in dieser Welt war es meine Mutter zu töten. Was glaubst du was das für meine Seele bedeutet?" „Ich bin kein Priester und kein Rechtsgelehrter. Ich weiß nur das viele Frauen im Kindbett sterben, ohne dass ihre

Kinder verflucht sind. Das ist der Lauf der Welt, wir Männer sterben im Felde, auf der Jagd und die Frauen im Kindbett und alle streben wir an Krankheiten, an Hunger und Durst. Das ist das Schicksal der Mensch." „Und wie viele Kinder haben mein Aussehen, wie viele sind mit solch einer Haut „gesegnet"?" Das Wort gesegnet trieft vor Abscheu, als sie mit ihrer Hand über ihre Wange fährt. „Niemand den ich kenne, doch ist es ein Fluch oder zeigt es nur deine tiefe Verbindung zur Magie? Ich habe noch nie gesehen das ein Weber so tief in die Fäden eingetaucht ist. Wenn euer Mitschüler oder euer Meister die Fäden webet. Sieht es so aus ... wie beschreibe ich es dir? Stell dir die Fäden als Fluss vor. Dein Meister taucht die Händler in den Fluss vielleicht noch die unter Arme. Der Rest von ihm steht an Ufer. Du tauchst, wenn du richtig loslegst, komplett ab. Alles, was dann noch in dieser Welt verankert ist, sind deine Knochen." „Willst du mir jetzt Nachhilfe in Magietheorie geben?" Fragt meine Reisegefährtin angriffslustig. „Nein, ich sage nur was ich sehe Tochter des Tores." „Du siehst viel Sternen Seele, vielleicht zu viel. Wir Weber schätzen es gar nicht, wenn uns das gemeine Volk so genau auf die Fingerschaut. Also lass das niemand anderes hören sonst könnte es sein das du ganz schnell nur noch geblechte Knochen in der Wüste bist." Das sagt sie nicht drohend, sondern schon fast besorgt. „Danke für die Warnung aber nur du weißt das ich die Fäden sehen kann. Denk einfach darüber nach, ob du dein Aussehen und deine Fähigkeiten nicht einmal von der anderen Seite betrachten willst. Nicht als Fluch, sondern als Preis einer besonderen Gabe. Als Zeichen, dass du die Magie und sie dich auf eine Weise berührst, die außergewöhnlich ist." Eine Pause entsteht, in der ich mit Widerspruch, Spott oder so etwas rechne. Rabia sieht auf ihre bleichen Finger, die im hellen Sonnenschein fast strahlen. Ich bin mir sicher, dass ihre Gedanken an einem weit entfernten und dunklen Ort weilen. „Wir sollten aufbrechen, wenn ich mich nicht komplett irre, dann sollten wir heute Izaron erreichen.

Eine Felsenstadt in deren Umgebung Salz gewonnen wird." Wechsele ich abrupt das Thema, um sie von dort zurück ins hier und jetzt zu holen.

4. Kapitel: Die Schwarze Stadt in dunkler Zeit
[Rabia]

Nahe Stadt Izaron,

Da denke ich die ganze Zeit das ich mit einem tumben Wüstentroll reise und dann stellt sich heraus, dass er die Sprache der Gelehrten spricht und das er sehr viel mehr denkt als ich ihm zu gestehen wollte. Vor allem, was er über das Eintauchen in die Magie gesagt hat, war interessant. Doch mit dem Rest irrt er sich. Alle Priester und Gelehrten, die mein Meister und ich konsultiert haben, waren sich einig. Meinen Zustand sei eine Strafe der Richter und Götter. Dafür die Seele meiner Mutter die ich bei meiner Geburt zu Richtern geschickt habe. Auch wenn meine eigene Seele vor dem Tor abgewiesen und zurückgeschickt wurde. Nicht einmal Zerktos der Herr der Anderwelt wollte mich in seinem Reich. So bin ich ein Fluch für diese Welt Immer wieder sagten mir die Bewohner meines Geburtsortes und später die Priester im Schattental und in die Hauptstadt. „Der Tod folgt euch Toten Maid und er hält reiche Ernte um sie herum. Und wenn ich der Welt einen Gefallen tun möchte, dann solle ich meine Existenz beenden." Manche der dieser Gelehrten gingen sogar so weit das sie mir sagten. „Euer Fleisch ist verflucht Mädchen und jeder Mann, der euch in Fleischeslust berührt verflucht sich selbst. Doch selbst wenn ihr einen findet, wird euer Schoß niemals Leben gebären. Die Götter werden nicht zulassen, dass ihre euch fortpflanzt." Genau zwei Wesen haben meinen Zustand bisher anders gesehen. Eines war seit hundert Jahren eingesperrt und schon lange Tod als es davon sprach. Das andere ist weniger als ein Gemeiner, ein Mando und doch …. Ich schüttle den Kopf als könnte ich das ganze damit aus meinen Gedanken bekommen. Wenn es doch nur so einfach wäre. Die Frage, ob ich über die Worte des Priesters, der eine Ewigkeit in seinem eigenen Tempel eingesperrt war, nachgedacht habe. Nicht wirklich, er stammte aus einer anderen Zeit. Was damals wahr war muss heute lange nicht mehr wahr sein. Worüber ich viel nachgedacht habe, war das Aussehen der Statur der ersten Prophetin mit dem silbernen Gesicht und den smaragdgrünen Augen. Warum wird die Prophetin heute anders dargestellt? Nicht zum ersten Mal stelle ich mir die Frage was in den letzten hundert Jahren passiert ist, dass den Segen in einen Fluch verkehrt hat.

Am Nachmittag erreichen wir Izaron. Einen kegelförmigen schwarzer Berg, der sich über fünfzig Meter aus dem Sand erhebt, bildet das Zentrum der Stadt. Rund um den Berg läuft eine steinerne Mauer. Die Häuser liegen auf Terrassen, die aus dem Berg geschlagen wurden. Auf seinem Gipfel erhebt sich, hoch über allen anderen Gebäuden, ein Tempel mit einer Kuppel. Eine breite Treppe oder Rampe windet sich einmal um den Berg, verbindet den Gipfel mit der Stadt. Die Mauern und Häuser sehen aus, als stammen sie aus dem Berg und das nicht im übertragenen Sinne, das gleiche schwarze Gestein. Umso näher wir kommen umso mehr sehe ich von der Bauweise. Die Mauern sind aus Bruchstein geschaffen worden, in regelmäßigen Abständen erheben sich Türme aus der sechs Meter hohen Mauer. Die Stadt sieht wehrhaft aus. Vor den Mauern sind abgeerntete Felder zu sehen und in der Stadt ragen die Kronen von Palen auf. Laran steuert das nächstgelegene Tor an. Die Wachen in ihrer Wüstenkleidung beggenen uns gelangweilt. „Seit gegrüßt Mando, von eurem Volk sehen wir in letzter Zeit nicht viele." Laran macht eine vage Geste und lächelt. „Ihr wisst doch, wir folgen den Zeichen und dem Silber." Die Wachen lachen kurz, aber herzlich. „Ja schon verstanden, über eure Angelegenheiten wollt ihr nicht sprechen. Aber wir müssen euch trotzdem fragen welche Geschäfte führen euch in unsere Stadt?" „Wir wollen hier ein paar Tage Station machen und unsere Vorräte auffüllen, dann geht's weiter nach Westen." „Wir müssen einen Blick darauf werfen, was ihr einführt." „Bitte" Laran deutet auf die Packkamele an deren Tragegestellen unsere leeren Wasserschläuche und Vorratssäcke hängen. Die Kontrolle ist bestenfalls halbherzig, als sie alles nach ihrem Gutdünken durchsucht haben weisen sie uns noch den Weg zur Karawanserei und der Herberge der Stadt. Endlich kann ich ein Bad nehmen, einmal ausschlafen und was anderes Essen als Trockenfleisch, Feigen und Couscous mit einigen Gewürzen zubereitet. Als ich im Gefolge von Fürst Jolga gereist bin gab es etwas erlesenere Küche. Trotz meiner Träumereien von all den zivilisierten Freunden, die eine Stadt verspricht, sehe ich mich auf dem Weg um. Die dunklen Häuser im gräulichen Sand wirken befremdlich, düster und beengend nach den langen Tagen in den unendlichen Weiten der hellen Wüste, eine schwarze Stadt. Aber mit glücklichen Menschen darin. Wenn die Bewohner, an denen wir vorbei kommen für alle in dieser Stadt stehen. Verwundern tut mich das sich der dunkle Stein nicht aufheizt und die Straßen zu einem Backofen werden. Bis mir die Legende von Zerktosfinger einfällt. Sie berichtet das Zerktos einst diesen Berg inmitten der Dünen wachsen ließ. Er formte ihn aus kalter Dunkelheit der Wüstennacht. Seit jenem Tag ragt der Berg als Fingerzeigt und Mahnung an alle Menschen in den Himmel empor. Als Zeichen, das der Arm des Herren der Anderwelt auch in die Welt der Sterblichen reicht und man seine Gebote und Feiertage ehren sollte. Es heißt, solange die Menschen hier sich an die Gebote halten, würde der Stein niemals unangenehm heiß werden. Aber wenn er fortgebracht wird, dann wird aus ihm normaler Stein.

Im Reich der Herrin der Wüste

„... Wir haben noch ein sehr schönes Zimmer für Eheleute, das Bett ist groß und weich. Das Fenster geht nach Norden so ist das Zimmer auch schön kühl." Laran redet mit dem Wirt des Gasthauses. Während ich dem Gespräch lausche, fällt auf mir das mein Dafiri in der Stadt mit mehr Akzent spricht, als er es normaler Weise tut. Als wolle er bewusst betonen das er Mando ist oder er will ein Klischee, das die Bewohner von den Mando haben. Meine Gedanken kommen über einen Fakt des Gesprächs aber nicht hinweg. Das Bett, Singular! Im Lager der Mando habe ich bei den nicht verheirateten Frauen geschlafen. Gut da hatten wir uns auch noch nicht als Ehepaar ausgegeben. In der Wüste hat immer einer geschlafen und einer gewacht. Da hatte jeder von uns seinen eigenen Schlafplatz mit eigenen Decken. „Wir wollen uns auch den Staub abwaschen, habt ihr eine Möglichkeit zu baden?" Mische ich mich jetzt in das Gespräch ein. „Natürlich wir haben Badezuber in einzelnen Kammern und auch eine Zuber der groß genug für zwei Personen ist." Dabei zwinkert er vor allem Laran zu. „Danke aber ein ordentliches Bett genügt unseren Ansprüchen völlig Guter Mann." Tut mein „Ehemann" das Angebot gut gelaunt ab. Laran ich werde dich langsam häuten, wenn du irgendwas versuchst, denke ich bei mir und durchbohre seinen Rücken mit einem vernichtenden Blick. Als wenn mein Dafiri meinen Blick spürt dreht er sich zu mir um, sieht mich mit einem um Verzeihung bittenden Blick an. Der Wirt führt uns eine Treppe hoch in den ersten Stock seines Gasthauses. Vor einer Tür bleibt es stehen. „Bitte meine Herrschaften das beste Zimmer, ihr habt Glück, das es noch frei ist. Wir hatten für den morgigen Festtag und Jahrmarkt mit sehr viel mehr Besuchern gerechnet." Er öffnet die Tür und lässt uns eintreten. Das Zimmer ist geräumig hat mehrere schmale mit Läden verschlossene Fenster. Ein Tisch, drei Hocker, eine größere Truhe und EIN Bett. Zwei Mal Waschgeschirr steht auf dem Tisch, hinter uns kommt eine Magd herein die das Bett bezieht. „Wenn ihr baden wollt, dann sagt der Magd Bescheid, sie kümmert sich dann um alles." Nach dem die Magd und der Wirt gegangen sind schließt Laran die Tür und schiebt den Riegel vor. „Das Zimmer ist akzeptabel Laran." Er zuckt nur hilflos mit den Schultern. „Du warst doch einverstanden als meine Frau zureisen und Eheleute schlafen nun einmal in einem Zimmer. Wenn du willst, werde ich auf den Boden schlafen." Er klingt müde, als wäre die Entschlossenheit und Energie mit der er uns sicher durch den Sand, die Dünen und Hitze geleitet hat mit einem Mal verflogen. „Das ist das erste Sinnvolle, was du in der letzten halben Stunde gesagt hast. Gibt mir die Tasche mit den Wechselsachen!" Ich suche mir ein Kleid und neue Unterwäsche heraus. „Wenn du nachher ins Bad gehst, lass deine Reisekleidung waschen. Das Baden ist übrigens ein Befehl du stinkst wie eine Kamelherde."

Die Magd zeigt mir den Raum mit einem der Zuber, er ist recht klein, von Talklichtern erhellt. Die schmalen Fenster sind fest verschlossen. Einige Bürsten hänge an einer Wand. Der Zuber wird mit Eimern gefüllt. Als alles bereit ist beginne ich mich meiner Kleider zu entledigen. Die Magd, die stumm die dreckigen, durchgeschwitzten und nach Kamel stickenden Kleidungsstücke aufsammelt starrt mich an. „Ihr seid blasser als eine Tote!" entfährt es dem Mädchen. Sie sieht überrascht aber nicht verängstigt aus. Sie selbst ist mit ihrer kupfernen Haut eine Typische Vertreterin des Wüstenvolks. Ich lächele so sanft wie ich kann, angesichts der Feldstellung. „Ich weiß Mädchen. Ich weiß, aber mir geht es gut. Ich bin nicht krank, falls du das jetzt denkst. Meine helle Haut kann dir nicht schaden. Wasche bitte meine Sachen. Ich brauche sie bis morgen Abend zurück." Sie nimmt das ganze gefaster auf als die meisten Dienstboten, die im Haus des Fürsten Jolga Dienst tun. Dort sind einige panische vor der Toten Maid geflohen. Hinter der Dienerin verriegele ich die Tür. Das erste Mal seit Tagen fühle ich mich sicher. Keine unendlich und tödliche Wüste, kein … Nein eigentlich. … Am

Anfang unserer Reise war ich mir nicht ganz sicher, ob ich mit Laran die richtige Wahl getroffen habe. Er schien jeden Schritt von mir zu belauern. Aus meiner Erfahrung habe ich einem Mann, der das tut, unlautere Absichten unterstellt. Doch in zwischen bin ich mir sicher er wollt nur sicher gehen, dass ich mich richtig bewege und verhalte. Er kennt lange Reisen durch die Wüsten ich nicht, jedenfalls nicht außerhalb der fürstlichen Karawane. Langsam gleite ich in den Zuber mit lauwarmem Wasser. Das Gefühl als mich das Wasser umgibt, diese sanfte wärme einfach wundervoll. Das Wasser spülte gefühlt eine Tonne Sand von mir ab als ich mit einer Bürste beginne meinen Körper abzuschrubben. So muss sich das Paradies anfühlen. Die Seife hier kommt zwar nicht an die Badehäuser in der Hauptstadt heran, aber sie erfüllt ihren Zweck. Lieber rieche ich nach Zitrone als nach Kamel und Schweiß. Endlich kann ich auch meine fettigen Haare waschen und wieder rieseln Tonnen von Sand von mir. Danach bleibe ich einfach im Wasser sitzen und genieß das langsam kalt werdende Wasser. Nach einer Ewigkeit verlasse ich den Zuber endlich wieder sauber und wohlriechend.

[Laran]

Stadt Izaron, Herberge

Ich werde langsam unruhige, Rabia ist schon so lange weg. Der Fluch des Leibwächters. Man kann nicht überall sein und bei einer zu schützenden Frau schon mal gar nicht. Andererseits genießt sie vielleicht einfach, mal wieder Zeit für sich zu haben. Die Tür geht auf und da ist sie. Die langen hellen Haare offen und noch feucht, liegen auf den Schultern. Besser gesagt auf einem Handtuch, das sie über die Schultern gelegt hat. Ihre schmalen hellen Lippen zeigen ein sehr zufriedenes Lächeln. Das Kleid, was sie trägt, ist von der Machart Mando. Der Stoff hat ein dunkles erdiges Braun, die Ränder sind mit bunter Borte in komplizierten Mustern abgesetzt. Es reicht ihr bis zu den Knöcheln, um die Taille liegt ein Gürtel, der ebenfalls aus verwobenen bunten Fäden besteht. Die Gürtelschnalle ist aus Bronze, das Gegenstück aus Knochen. Knapp unter der Brust hat das Kleid noch eine bunte Borte, die das Kleid dort etwas rafft. Schnelle suche ich ihren Blick, bevor ich noch anfange zu starren. „Das Kleid steht dir wirklich gut, Rabia." Sofort taxieren mich ihre Augen, gnadenlos wie eine Schlange eine Maus taxiert. „Spar dir das, nur weil wir so tun, als ob verbunden sind, musst du nicht den interessierten Ehemann geben." Einen Moment starre ich zurück, dann senke ich den Blick. Ihr starrer Blick ist härter als Stahl. „Wie du wünschst, aber warum glaubst du das ich das nur gesagt habe, weil das von mir erwartet wird?" Jetzt blinzelt sie. „Brauchst du Hilfe beim Kämmen oder Haarflechten?" Zur Abwechslung schaut meine „Gemahlin" mal echt verdutzt aus der Wäsche. „Hast du mit so etwas Erfahrung?" Ich nicke kurz, absolut sicher, dass Sie ablehnen wird. Zu meiner großen Überraschung geht sie zu ihrer Tasche und holt einen Kamm aus Elfenbein heraus. „Du darfst zeigen, was du kannst, ich hoffe du zeigst mehr Kunstfertigkeit als bei der eigenen Frisur." Sie sitz auf einem der Hocker, während ich ihr überraschend dickes Haar kämme. Obwohl noch leicht feucht fließt es zwischen meinen Finger wie Seide. Mitten im Flechten ihres Haars bricht sie das Schweigen. „Wie kommt es das du sowas kannst? Wartet in den Zelten deiner Sippe eine dunkelhaarige Schönheit sehnsüchtig auf deine Rückkehr?" Meine Antwort kommt nicht sofort. „Nein, das war einmal so. Für eine kurze Zeit wartet wirklich eine dunkle Schönheit auf mich. Aber die Zeit ist schon lange vorbei." Meine Stimme klingt rau bei diesen Worten. „Heute freuen sich nur wenige Personen in meiner Familie, wenn ich nach Hause komme." Sage ich traurig. „AU, pass doch auf du Trampel!" Entführt es meine Gebieterin als ich etwas fester als beabsichtig an einer der

Strähne ziehe. „Entschuldigung, das Thema wühlt mich nur immer auf." „Vor meinem Onkel bittest du für deine Sippe, gibst Belohnungen, die dir zustehen an sie weiter, aber du sprichst das Wort zuhause mit so viel Bitterkeit aus. Warum tust du dann so viel für sie?" Fragt Sie irritiert. „Sie sind meine Familie, meine Ahnen und viel in meiner Sippe sind gute Menschen, nur ..." „Nur was?" Bohrt sie nach. „Nur meine Familie, außer meiner Mutter, freut sich nicht, wenn ich komme. Der Zopf ist fertig." Schnell mache ich zwei Schritte nachhinten. Am liebsten würde ich vor dem Thema fliehen nur das eine Flucht vor meiner Gebieterin nichts bringen würde. Lange, schlanke, weiße, feingliedrige Finger prüfen den Sitz des Zopfes. Dann dreht sie sich auf dem Hocker um. „Auch wenn ihr Mando recht schweigsam seid, jetzt möchte ich das du redest. Du weißt das ich Möglichkeiten habe meinem Wunschnachdruck zu verleihen." Das Letzte, was ich will, ist die Erinnerungen noch einmal erleben. Wie es aber mit den dunklen Geistern der Vergangenheit ist, einmal gerufen wird man sie nicht mehr so einfach los. Ein tiefer Seufzer entfährt mir. „Ist das ein Befehl?" „JA!" kommt die prompte, unerbittlich Antwort. „So lausche meiner Stimme und folge meinem Worten. In das Dorf der Mando Karnach. Das an einem der vielen kleinen Seitenarmen des Knochenfluss liegt, also in den Flusslanden. Es war damals nichts als eine einzige große Baustelle. Meine Sippe, die großen Bären hatte das Land grade erst vom Fürst Jolga bekommen. Damals hatte ich eine Verlobte, ihr Name war Stajajinnna. Ich nannte sie immer nur Jinn. Sie hatte mir damals komplett den Kopf verdreht. Ihre dunklen Augen sprühten vor Schalk und Lebensfreunde, ihre feinen Züge und ihre Stupsnase habe ich seiner Zeit schon fast mit dem Ebenbild einer Göttin gleichgesetzt." Ich mache eine lange Pause, um die Bilder unserer Zweisamkeit wieder in die Tiefen meiner Seele zu verbannen. Bilder ihrer schmalen Taille, ihres strammen Hinterns und ihr Brüste, die nicht größer waren als Orangen.

Erinnerungen an ihre Haut, die wie poliertes Kupfer war und glänzt vor allem wenn wir uns leidenschaftlich geliebt haben. Aber die Erinnerungen, die am meisten schmerzt, ist die an ihr glockenhelles fröhliches Lachen. Langsam schüttelte ich den Kopf, als könnte ich damit all die Bilder abschütteln. „In der Zeit stellte mein Vater, der Nogar unserer Sippe auch die Klinge zusammen, die du zum Großteil im Tempeltal gesehen hast. Es stand nur noch zur Debatte, ob Joru oder ich das Kommando führen sollte. Joru ist mein älterer Halbbruder. Seine Mutter starb kurz nach der Geburt im Kindbett am Fieber wie es heißt." Kurz sehe ich zu Rabia, um zu sehen, wie sie auf diesen Fakt reagiert. Aber ihr Gesicht zeigt keine Reaktion. „Mein Vater verkündete dann irgendwann das Joru sein erstgeborener Sohn sein Nachfolger sein sollte. Du musst wissen das mein Vater und ich uns nie gut verstanden haben. Es stand immer etwas zwischen uns das ich nie wirklich einordnen konnte. Heute nehme ich an das Joru ihn bearbeitet hat, um mich als Rivalen loszuwerden. Am Ende verkündete mein Vater jedenfalls das ich, sein zweiter Sohn, die Pflichten gegenüber unserem Fürsten wahrnehmen und die Klinge führen sollte. Die ist Teil der Abgaben und Pflichten, die mit dem Lehen verbunden sind, auf dem meine Sippe nun lebt. Daraufhin begann Joru ständig Dinge zusagen wie. „Das Beste behält der weise Mann den Rest gibt er fort." Ich mache eine Pause das Sprechen fällt mir plötzlich schwer. „Doch trotz allem waren es glückliche Tage, ich hatte eine Verlobte die ich über alles Liebte. Mir Jinns Liebe und Loyalität völlig sicher wollte ich das wir noch vor meinem Weggang heiraten und dass sie mich als meine Frau begleitet. Als ich diese Erwartung ihr gegenübersprach war das das letzte Mal, dass sie über meine Worte herzlich gelacht hat. „Glaubst du wirklich das ich einem Mann folge, der in einer fremden Armee als niedriger Offizier Frondienst leistet, wenn mir der Erbe unserer Sippe ebenfalls einen Antrag gemacht hat. Jorus zweite Frau zu sein ist eine größere Ehre und ein höherer

Aufstieg als deine erste Frau zu werden. Das ein Mann mehrere Frauen hat ist bei uns möglich. Vor allem bei Sippen die Söldnerdienste verrichten oder aus anderen Gründen deutlich weniger Männer als Frauen haben. Auch wenn beides bei uns damals nicht zu traf nutzen Jinn und mein Bruder die Möglichkeit. Sie erwartete das ich unsere Verlobung löse. Du musst wissen Rabia bei uns muss eine Verlobung von beiden Seiten gelöst werden. Aber ich weigerte mich, mein Kopf konnte ihre Anwesenheit nicht mehr ertragen, aber mein Herz sehnte sich danach. In seinem Zorn über meine Sturheit forderte mich mein Bruder zu Duell. Der Preis sollte Jinn sein, wenn er gewinnen würde, sollte ich die Verlobung lösen. Wenn ich gewinne, sollte Jinn mir gehören. Das Duell fand statt, meine Eltern, die erste Frau von Joru, Jinn und die ältesten der Sippe waren als Zeugen und Richter anwesend. Die Regeln waren wie üblich, gekämpft wurde mit Speer, Schild und Beil. Alle erwarteten das Joru schnell gewinnen würde. Er war damals der erfahrenere und bessere Duellant." „Gegen Dorga hast du dich nicht schlecht angestellt." Wirft Rabia überraschend ein. „Ich habe gekämpft wie noch nie, der Kampf woge hin und her. In einem günstigen Augenblick wirft mir Joru Sand ins Gesicht, was angeblich niemand gesehen hat. Blind schlage ich mit meinem Speer um mich, dabei treffe ich Joru am Ohr und an der Schulter, er mich danach am Kopf. Der Treffer war hart genug das ich kurz das Bewusst sein verloren habe. Am Ende hat er ein Großteil seines rechten Ohres verloren, sein Schlüsselbein war angebrochen und Jinn war endgültig weg. Mein Vater hat mir nie verziehen das ich meinen Bruder an dem Tag fast umgebracht habe. Das ich seinen Erben verstümmelt habe, wie er es heute nennt. Es war ein Duell so hat mich meine Sippe nicht verstoßen oder so etwas, aber der Zorn des Nogar auf mir zu wissen ist schlimm genug. Meine Mutter hat mir nahegelegt, dass ich vorerst fernbleiben soll. Das sich mein Vater schon beruhigen würde. Darauf warte ich bis heute. Wann immer ich zurückgekehrt bin, war ich in seinem Haus nicht willkommen, genauso wenig in dem meines Bruders." „Und doch hilfst du deiner Sippe, damit auch deinem Vater und deinem Halbbruder von dessen zweiter Frau ganz zu schweigen." Sie fragt nicht warum, aber es hängt in der Luft. „Du kannst das vielleicht nicht verstehen, aber die Sippe bedeutet uns Mando sehr viel. Am Ende ist sie alles, was wir haben. Wir ziehen durchs Land, nirgendwo lange geduldet. Jeder von uns hilft seiner Sippe, jeder meiner Männer hat ein Teil von dem, was er bei der Expedition erbeutet hat, nach Hause geschickt. Entweder als Geld oder hat es in Kornatan gegen etwas getauscht das das Dorf braucht, obwohl keiner von ihnen es reich ist. Ja, es gibt auch jene die diese Pflicht nicht so genau nehmen und nur an ihren eigenen Vorteil denken. Aber das sind nur wenige." Ich verfalle erneut in Schweigen, die dunklen Geister der Vergangenheit haben sich endgültig erhoben. Der Satz Atrast Mando'a klingt jedes Mal wie ein Schimpfwort, wenn ich an die Ereignisse denke. „Ich denke du willst dich einfach nicht deinen Geistern der Vergangenheit stellen. Es ist einfach für dich zusagen das dein Vater und dein Bruder dir nicht verzeihen. Deine Sippe unterstütz du als offensichtlich Buße." Sie sagt als Feststellung, als unumstößliche Wahrheit. „Willst du sagen ich bin zu feige mich meiner Familie und meiner Vergangenheit zustellen?" Es ist das erste Mal, das ich laut gegenüber meiner Gebieterin werde. „Du vergisst dich Mando! Ich glaube das du nicht gegen deine ganz persönlichen Dämonen antreten willst." „Dann sind wir schon zwei." Gebe ich knurrend zurück. „Was hast du gesagt Mando?" Ihre Stimme ist plötzlich kalt wie Eis. „‚ Dass du keinen Deut besser bist als ich. Wenn ich zu feige bin mich meinen Dämonen zustellen schau in einen Spiegel und sag mir, ob du dich den deinen stellst." Wir starren uns wütend an. Keiner will sich die Blöße geben und den Blickkontakt beenden. Langsam, ganz langsam beginnt mein Verstand wieder zu arbeiten. Mir wird bewusst, was ich getan habe, dass ich grade meine Gebieterin angeschrien habe. „Verzeiht, ich war laut und ungehalten das soll nicht wieder vorkommen." gestehe ich reumütig, gefolgt von einem geflüsterten. „Gebieterin." Für einen Moment schauen mich diese exotischen grünen Augen noch intensiv und kampflustig an. Als sie merkt das ich nichts mehr sagen werde, dass sie den Kampf gewonnen hat, wendet sie sich gelangweilt ab. Eine düstere Stille breite sich im Zimmer aus, als jeder von uns seinen Gedanken nachhängt, verfolgt von seinen Dämonen. Erst ein Klopfen an der Tür reißt mich aus den Bildern der Vergangenheit. Die Magd von vorhin tritt ein. „Das Essen steht unten für die Herrschaften bereit." Sie scheint zu merken das sie in etwas hereingeplatzt ist. „Ich wollte wirklich nicht stören." Stammelt sie und macht zwei Schritte rückwärts. „Wir kommen gleich, Mädchen." Sagt Rabia und erhebt sich von dem Hocker, um sich ein Kopftuch anzulegen. Als sie damit fertig ist wendet sie sich zum Gehen. „Kommst du?" fragt sie fast im Vergleich zu vorhin fast schon sanft. „Oder soll ich alles allein essen?" Sie hat sich wohl entscheiden unseren Streit erst einmal auf sich beruhen zu lassen. Frauen ich werde sie wohl nie verstehen.

Auf dem Tisch in der Wirtsstube steht ein Festmahl, ein Korb mit frisch gebackenen Fladenbroten. Gegrilltes Gemüse und Fleisch an Spießen, Couscous, Obst und Honig. Ich bin mir sicher das Rabia dem Wirt auf den Weg ins Bad gesagt hat er soll alle Register ziehen. Das Essen ist köstlich, nach der kargen Kost der letzten Zeit ist es himmlisch all diese Köstlichkeiten zu essen. Mit jedem Bissen verschwindet ein Stück mehr düsteren Stimmung. Rabia stürzt sich wie ein ausgehungerter Wolf auf die Speisen, futtert sich mit einem Appetit und Elan durch die Speisen wie ich es seit langen nicht mehr bei einer Frau gesehen habe. Sie muss meinen Blick bemerkt haben. „Was?" Ich schüttle amüsiert den Kopf. „Nichts, ich habe dich nur noch nie so essen gesehen." Sie sieht auf ihre schon fast leere Schüssel, die vor ihr auf dem Tisch steht und den Fleischspieß in ihrer Hand. „Wenn du besser kochen könntest, würde ich vielleicht auch bei deinem Essen mehr zulangen." Ich zucke nur mit den Schultern. „Da musst du dich bei deinem Onkel beschweren das er dir keinen Mann ausgesucht hat, der die Kunst erlernt hat, Zutaten für einen solchen Festschmaus haltbar durch die Wüste zu transportieren." Sie lacht herzlich auf, es ist das erste Mal, dass ich sie unbeschwert lachen höre. Es klingt, als wenn ihr Mund vergessen hätte, wie man unbeschwert lacht und jetzt das erstmal dieses ungewohnte Geräusch ausstößt. „Nein, ich denke nicht. In den meisten anderen Dingen, auf die es ankommt, bist du recht passabel." Ein solches Lob aus ihrem Mund? Was ein wenig Luxus doch bei ihrer Laune bewirkt. Der Wirt kommt von einem der anderen belegten Tische lächelnd zu uns, ich vermute er hat ein Teil unseres Gespräches mitbekommen und will dem sich kabelnden Ehepaar noch etwas anbieten. Rabia sitzt mit dem Rück zum Schankraum, so dass die anderen Gäste so wenig nie möglich von ihrer weißen Haut sehen. „Darf es etwa Wein nach dem Essen sein." Ich wäre etwas Wein oder Bier nicht abgeneigt, doch Rabia ist schneller. „Nein, kein Alkohol am Vorabend des Halek Retat Festes." Sagt Rabia sehr bestimmt. „Verzeiht ich wusste nicht dass ihr die Regeln so streng befolgt." „Das tun wir." Schade ein guter Tropfen wäre nett gewesen, die Regel das man vor dem eigentlichen Fest nichts trinken soll haben wir nie sehr ernst genommen. Mir hätte aber klar sein können das Rabia, die wahrscheinlich jedes Wort der Prophetin das je niedergeschrieben wurde auswendig kann das etwas anders sieht. Ich mache nur eine Geste das meine Frau schon alles zu dem Thema gesagt hat. Irgendwann kann keiner mehr auch nur noch einen Krümel essen, ohne zu platzen. Ich werde ganz schläfrig und meine „Frau" unterdrückt ein Gähnen. „Willst du dich zurückziehen? Ich bleibe noch ein Augenblick hier sitzen." „Gut aber mach nicht mehr zu lange. Und keinen Alkohol!" Dann erhebt sie sich und geht Richtung Treppe, wobei sie sich ihr Schleier vors Gesicht hält. Ich lasse ihr etwas Zeit für sich. „Eure Frau ist etwas Besonderes, nicht wahr?" Der Wirt hat steht neben dem Tisch und sieht ebenfalls Rabia nach. Seine Frage klingt nach echter Bewunderung und nicht nach Sarkasmus. „Ja das ist sie, in mehr als einer Hinsicht." Bestätige ich, ohne selbst genau zu wissen, was ich damit sagen will.

5. Kapitel: Ein Fest des Schreckens
[Rabia]

Stadt Izaron

Das Essen hat richtig gutgetan. Endlich mal wieder ordentliches und nicht rationiertes Essen. Auf der Reise hat Laran immer darauf geachtet, dass wir mit Wasser und Nahrung haushalten. Auch wenn ich die Notwendigkeit verstehe, muss mir das noch lange nicht gefallen. Ich mache mich in Ruhe Bett fertig. Dann lege ich mich in das große Doppelbett. Wie ich doch ein ordentliches Bett auf der Reise vermisst habe. Die Müdigkeit überwältigt mich nach diesem Gelage schon fast, als es leise an der Tür klopft. Laut genug das ich es höre, wenn ich wach bin und leise genug das es mich nicht weckt, wenn ich schon schlafen würde. „Ja!" Laran betritt leise das Zimmer. „Du kannst reinkommen, ich schlafe noch nicht." Er geht zu unserem Gepäck, nimmt die Decken heraus. Die wir in der Wüste benutzen, wenn wir auf freiem Feld kampieren. Wortlos breitet er sich in einer Ecke des Zimmers aus. Allein von hinsehen bekomme ich schon Rückenschmerzen. Für seine Frechheit von vor dem Essen hätte er es verdient morgen stocksteif aufzuwachen, damit jede Bewegung eine Qual für ihn ist. Andererseits ist es üblich das Schwurleute für gute Dienste belohnt werden. Diese Reise war, soweit Laran sie Beeinflussen konnte, hervorragend. Er hat die Wasserstellen in einem Ozean aus Sand so sicher gefunden, als wäre er einer Straße gefolgt. Außerdem habe ich es immer gehasst, wenn mein Meister meine Leistungen nicht anerkannt hat. Und doch beginne ich genauso zu Handeln wie er. „Laran du kannst mit im Bett schlafen." Ich bin versucht ihm noch eine Warnung mitzugeben, doch will ich ihn wirklich so beleidigen? Ich habe vorhin schon an seiner Ehre gekratzt, die ihm alles bedeutet. So viel habe ich über meinen Schild und Speer schon gelernt. „Bist du dir sicher, dass du meine Anwesenheit erträgst?" fragt er zögerlich. „Das Bett ist groß genug." Bei diesen Worten rutsche ich von der Mitte auf die rechte Seite. „Komm mir nicht zu nahe und es gibt keine Probleme. Dein Schnarchen höre ich egal wo schläfst." Er zieht sich bis auf die Unterkleidung aus nimmt nur eine der Decken von Boden als Zudecke und über lässt mir damit die große Bettdecke die normalerweise zwei Leute wärmen soll. Es wird eine seltsame Nacht. Ich bin es nicht gewohnt das im gleichen Bett neben mir jemand schläft. Auch wenn diese Person ein sehr ruhiger Schlaf hat und sich wenig bewegt. Das ruhige Atmen neben mir, das leise Schnarchen. Das alles macht mich nervös. Morgen ist Halek Retat einer meiner ungeliebtesten Feiertage. Alle Menschen erinnern sich an ihre Familie, erzählen Geschichten, lachen und weinen aber sie erinnern sich. Ich kann mich an niemanden erinnern. Meine Mutter habe ich nie gekannt, wer mein Vater konnte, oder wollte mir Niemand sagen. Ich bin im Haus des Dorfvorstehers groß geworden, allerdings als ungeliebtes dritte Kind und jeder hat mir klar gemacht, dass ich eine Abscheulichkeit bin. Selbst mein Nachname zeigt das Azzarena war der Vorname meiner Mutter. Keine Familie im Dorf wollte mir ihren Namen geben. Am Ende bin ich der bleche Totengeist, ohne Familie, der aber dem Namen der Frau trägt, die er getötet hat. Meine Mutter hat dafür das sie mir das Leben schenke für das Dorf aufgehört zu existieren. Ihr Andenken wurde mit ihr zusammen begraben. Und danach … eigentlich hatte ich noch nie etwas, was an eine Familie herankommt. Eigentlich haben sich die meisten Menschen vor mir gefürchtet, entweder vor dem als was ich geboren wurde oder vor dem zu dem ich ausgebildet werde. Ob es wirklich eine Zeit gab in der Toten Maiden anerkannt waren? Die Frage lässt mich seit dem Tempel nicht mehr los. Eine Zeit, wo ich ein normales Leben hätte führen können?

Am nächsten Morgen schläft mein Dafiri noch, irgendwie wirkt es so als habe er sich die ganze Nacht keinen Fingerbreit bewegt. Vorsichtig stehe ich auf und ziehe mich an, dann lasse ich den Dolch, der unter mein Kissen liegt, wieder in der Scheide an meinem Unterarm verschwinden. „Guten Morgen." ertönt verschlafen Larans Stimme hinter mir. „Auch endlich wach Schlafmütze. Ich warte schon ewig das du endlich aufwachst. Wir wollen in den Tempel." Er springt auf und ist innerhalb von ein paar Sekunden voll da, ob er das als Soldat gelernt hat? „Können wir wenigstens noch frühstücken." Fragt er hoffnungsvoll. „Das kannst du gleiche vergessen, heute wird bis zum Abend gefastet. Ich weiß ja nicht, wie du das sonst gehandhabt hast aber solange du mit mir reist wird du dich an die Gebote halten!" „Wie du befiehlst." Seine Stimme kling resignierend.

Nachdem sich Laran sich angezogen hat, folgen wir der Hauptstraße, in Richtung Nordwest Tor. Dem Tempeltor wie ich erfahren habe als ich nach dem Weg gefragt habe. Zwischen dem Tor und dem Beginn der großen Treppe erstreckt sich ein großer Platz, auf dem ab morgen ein Jahrmarkt stattfinden wird. Heute verbieten die Bräuche ein solches Spektakel aber noch. Was die Schausteller und fahrenden Händler nicht davon abhält schon ihre Stände und eine kleine Bühne aufzubauen. In den Straßen hängt schon der Geruch nach Essen, das für das Fastenbrechen am Abend vorbereitet wird. Laran passt das Fasten heute Morgen gar nicht. Ich sehe ihn immer wieder sehnsüchtig zu den zu den Häuser schauen aus den der Essenduft steigt. „Laran, jetzt komm schon. In der Wüste hast du doch auch alles rationiert. Dass ist jetzt nichts anderes." Sage ich

Im Reich der Herrin der Wüste

irgendwann genervt von seiner Trödelei. „Nein, in der Wüste ist das Haushalten mit Essen eine Notwendigkeit, hier fällt mir das schwer. Die ganzen Gerüche nach Festtagsessen." Seine Stimme klingt sehsüchtig. „Keine Sorge. Wenn du es wünscht werde ich fasten." Schiebt er schnell hinterher als er meinen strengen Blick bemerkt.

Der Pfad des Glaubens ist hier auf den Stufen der breiten Treppe angelegt, die zum Tempel hinaufführt. Jede Statur steht auf einem Treppenabsatz. Zwischen den Absätzen oder Plattformen sind breite Stufen angelegt. Die ganze Treppe windet sich um den kegelförmigen Berg. Sie beginnt im Westen und endet im Osten. Die Gläubigen folgen dem Pfad der Sonne durch die Dunkelheit bis zur Wiedergeburt des Lichts, während sie langsam die Stufen erklimmen. Die erste Figur stellt jemanden dar den ich nicht kenne, wohl ein Lokaler Heiliger. Der Glaube an die Herrin der Wüste ist lokal unterschiedlich. Wir glauben alle an die gleichen Grundlagen. An die Offenbarungen und Lehren der ersten Prophetin und die zwölf Seelenrichter. Aber jede Region und teilweise jede Gemeinde hat unterschiedlich Heilige. Es gibt keine zentrale Instanz die alles Regelt, wie andere Religionen eine haben sollen. Das kommt wohl aus der Zeit als die Gläubigen Hauptsächlich in den weit voneinander Entfernten Oasen lebten. Wie schon im Tempel Tal ziehe ich meine Stiefel aus. Barfuß auf den noch kühlen Steinen beginne ich den Pfad. Knie vor den Statuen nieder, bete und vollziehe die Rituale. So wie ich sie für die Position im Pfad kenne. Mein Begleiter folgt meinem Beispiel mit sehr viel weniger Elan. Immer wieder wirkt er abgelenkt und unkonzentriert. „Laran, wenn du nicht bald mehr bei der Sache bist, fangen wir von vorne an." Fahre ich ihn gereizt an. „Solange du hier draußen deine Gebete sprichst und deine Konzentration deinen Ritualen gilt, bin ich in erster Linie dein Schild. Deine Sicherheit ist bei all diesen unbekannten Menschen und offene weiteinsehbare

Flächen meine Hauptaufgabe. Vergib mir, wenn ich da beim Beten nicht ganz bei der Sache bin." Sagt er, während er eine Gruppe vermummter Gestallten im Auge behält. Daran hatte ich gar nicht gedacht. Im Reich und in Kornatan im speziellen gilt das ungeschriebene Gesetz, das auf dem Boden der Tempel kein Attentat versucht werden darf. Sollte sich es jemand versuchen würden die Priester mit aller Macht unerbittlich zurückschlagen. Dem Vernehmen nach hat das letzte Mal ein Blutmagier vor siebenundvierzig Jahren diese Regel gebrochen. Woraufhin seine Familie bis hin zum dritten Glied, seine Verbündeten und Freunde ausgelöscht wurden. Dorga hat es im alten Tempel mit seinem Hinterhalt versucht, weil es kein aktiver Tempel mehr war. Dort gab es Keine Priester, die ihm zur Verantwortung hätten ziehen können. Aber unser Meister war sehr streng mit ihm, nach unserer Rückkehr in die Hauptstadt. Hier so weit vom Reich entfern gilt das natürlich nicht, da hat mein Schild und Speer schon recht. „Du hast recht, hier gelten die Regeln von zuhause nicht. Aber dafür sind auch die Feinde von zu Hause nicht hier. Lass uns weiter gehen." Fort an ignoriere ich Larans geringen Elan. Auch der Staub und Sand in der Luft ist, trübt meine Stimmung, es könnten die Vorboten für einen heftigen Sandsturm sein, dann würden wir hier Tage lang festsitzen.

Die Eingangsportale des Tempels zeigen nach Südosten. Es liegt damit auf einer Achse mit dem Tor, durch das wir gestern die Stadt betreten habe. Der Ausblick vom Gipfel des Kegelberges reicht weit. Auch wenn von Westen eine Wolke des grauen Sandes in der Luft hängt. Dort wütet ein Sturm, der sich langsam der Stadt nährt. Von weitem habe ich gesehen das der Tempel ein kreisrundes Gebäude ist. Jetzt sehe ich das, dass nicht ganz stimmt. Das Gebäude hat die Form einer Blühte. Jedes Blütenblatt ist ein Flügel des Tempels. Die schweren Tore stehen weit offen, eine Einladung an die Gläubigen hereinzuströmen, sobald sie ihre frommen Pflichten am Pfad beendet haben.

Hinter dem Portal liegt eine Halle in den Schüsseln mit Sand und Wasser stehen. Um sich nach den Pflichten Füße und Hände rituell zu reinigen. Anschließend gehe ich durch ein weiteres Portal in die runde Haupthalle des Tempels. Sie ist ein Wunder der Baukunst, eine große Kuppel überspannt die ganze Halle, getragen von zwölf mächtigen Säulen. Jede von ihnen sieht aus wie eine Statur eines der zwölf Richter, die mit aus gestreckten Armen die Decke halten. In der Kuppel ist in hellen und kräftigen Farben unsere Herrin dargestellt. Sinnbildlich tragen die zwölf Richter die Herrin der Wüste. „Laran Sie dir diese Deckenbemalung an. Die leuchtenden Farben in der unsere Herrin erstrahlt." Eine schöne Frau unbestimmbaren Alters blickt mit dem strengen Blick einer Mutter auf die Menschen hinab. Während sie die Arme ausstreckt als wolle sie die ganze Welt in eine mütterliche, schützende Umarmung nehmen. Haut, Haare und Augen in den Farben gehalten die so typisch sind für das Wüstenvolk. Das strahlend weiße Gewand ist mit goldenen Monden und Sonnen verziert. Die wie Sterne am Nachthimmel glänzen. Die Baumeister im Reich leisten großartiges, aber so etwas habe ich noch nie gesehen. Laran ist still geworden. Sein Blick folgt zwar gehorsam der Richtung, die ich ihm weise, aber meine Begeisterung schafft es nicht ihn anzustecken. Von der Halle gehen vier weiter Durchgänge ab. Einer der zweite auf der rechten Seite ist mit einer Tür verschlossen. Alle anderen sind offen Türbögen. Einige Menschen stehen oder sitzen schon in der Halle und unterhalten sich leise. Zwischen ihnen laufen zwei Skelette und schleppen Wassereimer zum Eingangsprotal. Jedes von ihnen ächzt unter der Last des vollen Eimers. Ihre Bewegungen sind kantig und ihre Reaktionen sind sehr langsam, so dass sie immer wieder mit Menschen zusammenstoßen. Die dunkelorangen Flämmchen in ihren Augen sind fast nicht zusehen. Wer immer diese Diener erschaffen hat, ist ein wirklich schlechter Weber der Knochen oder ein blutiger Anfänger. Von Kunst kann hier noch nicht einmal die Rede sein. Wenn das das

Beste ist, was die Prieser hier hinbekommen haben, sind sie nur bemitleidenswert „Nicht jeder hat eu ... dein Talent." Sagt Laran hinter mir. Schnell drehe ich mich um. Er scheint genau zu wissen, was ich gedacht habe, und hat sich beinahe verplappert. Das ist ihm in den letzten Tagen nicht mehr passiert. Noch immer sucht er nach Feinden. „Laran hier gibt es keine Feinde! Wir sind weit weg von zu Hause, außer uns kennt niemand unsere Route. Entspann dich und genieß diesen Anblick." Fahre ich ihn an, seine Anspannung mach mich noch wahnsinnig. Er hebt kurz fragend eine Augenbraue dann zuckt er andeutungsweise mit Schulter. Seine Mine wird zum Steingesicht, seine Haltung noch steifer als ohne hin schon. Jetzt ist er wieder der Mando aus dem Tempeltal, professionell und distanziert. Aber er hört auf überall nach Feinden zu suchen. „Es ist noch Zeit komme, wir schauen uns den Rest vom Tempel an." Auch die angrenzenden Räume sind großartig. In der rechten Kammer steht eine Figur von Abrina der Göttin des Lebens und der Schöpfung. Verkörpert durch eine halbsitzende, halb liegende schöne Frau. Die wie ihre Tochter in der Haupthalle von unbestimmbarem Alter ist. Ihr langes Haar fällt auf ihre Schulter und auf ihre üppige Oberweite. Auch der Rest der Statur hat üppige Formen. Die Mutter der Welt hat halt die Figur einer Mutter. Ihre Kleidung wird aus Blättern und Ranken gebildet. Diese wiederum bilden verschnörkelte Muster. Immer wenn ich denke das ich eines erkenne, muss ich feststellen das es doch wieder aus einer weiteren Schicht gebildet wird. Das hat etwas Hypnotisches. Zu ihren Füßen das doppelte Taufbecken aus dem gleichen weißen Stein der auch der Göttin ihre Gestallt gibt. Eine Seite des Beckens ist gefüllt mit Wasser das andere mit Sand. Fenster lassen sicher das erste Licht des Tages herein. „Am Morgen wird der ganze Raum bestimmt im warmen Licht der ersten Sonnenstrahlen erstrahlen, meinst du nicht auch?" „Sicher." Kommt die knappe Antwort. Der Kammer der Muttergöttin gegenüber, auf der Westseite liegt die Kammer ihres Gemahles. Zerktos der Gott des Todes, der Herr der Anderwelt dargestellt durch eine sanft Lächelnde Statur, geformt aus dem schwarzen Stein, der in ganze Stadt verbaut wurde. Das Lächeln wirkt als wolle die Figure sagen der Tod ist nichts Schlimmes. Nichts vor dem Man sich fürchten muss. Ein Vater der jedes Kind am Ende des Weges bei sich begrüßt. Zu seinen Füßen anstelle des Taufbeckens steht ihre eine steinerde Bare. Hier werden die Toten aufgebahrt das sich die Lebenden von ihnen verabschieden können. Bevor sie in die Knochenkammern kommen, die für gewöhnlich unter dem Tempel liegen. „Ich habe hundert Gesichter, tausend Namen. Wenige bitten um mein Kommen, viele versuchen sich vor mir zu verstecken. Doch mit der Unausweichlichkeit der Nacht, die auf den Tag folgt, komme ich zu jedem." Dieser Vers kommt von Laran. „Wie bitte?" War das Toten Gedicht? Hat mein Dafiri sich auch mit Poesie beschäftigt oder hat er es aufgeschnappt? Er schüttelt nur den Kopf. „Nicht wichtig." Danach schaut er stur geradeaus, durch eines der schmalen Fenster, durch die das Mondlicht in die Kammer fallen kann. Der letzte offene Raum ist die Kapelle. Traditionell werden hier Hochzeiten und andere Segensfeiern unter dem Antlitz der ersten Prophetin abgehalten. Der gleiche helle Stein, der auch bei Abrinas Statue verwendet wurde, erinnert mich an der Figur von ihr, die ich im Allerheiligsten des Temels im Tempel Tal gesehen habe. Hier wird sie durch eine sehr schöne Frau in den Dreißigern dargestellt, die jeden der ihre Kapelle betritt, sanft und unaufdringlich anlächelt. Als freue sie sich über jedem Besucher. Der ihre Kappel betritt. Der Rabe auf ihrem linken Arm scheint sich grade in die Luft erheben zu wollen. Um ihre Offenbarungen in die Welt hinauszutragen. Die Taube schmiegt ihren Kopf an den Kopf der Frau. „Wir sehen hier in letzter Zeit selten Mandos. Die dann auch noch die frommen Pflichten absolvieren noch viel seltener. Willkommen meine Kinder, ich bin Mutter Olkalia. Es erfreut mein Herz, wenn Reisenden unser

Im Reich der Herrin der Wüste

Tempel so gefällt." Eine mittelgroße etwas dickliche Frau, in einem hellen Gewand und den Insignien einer Priesterin und Tempelvorsteherin steht in Türbogen. Ein breites Lächeln auf dem gutmütigen kupferfarbenen Gesicht. „Ich grüße die Bewahrerin des Glaubens und der Knochen, ehrwürdige Mutter." Bei den Worten neige ich leicht den Kopf. Laran nickt ihr nur kurz zu bleibt aber stumm. Die Priesterin kichert amüsiert. „Ihr seid wirklich nicht aus der Gegend, diese alte Anrede benutzen wir schon lange nicht mehr. Nennt mich einfach Mutter Olkalia. Das tun alle in meiner Gemeinde." Sie deutet auf Laran. „Was ich sagen wollte, die meisten Mando sind eher wie eurer …?" Sie lässt den Satz offen erwartet anscheint das ich die Lücke schließe. „Mein Mann und ich haben unterschiedlich Ausdrucksformen unseres Glaubens, aber wir sind beide Gläubige der Herrin der Wüste." Dabei werfe ich Laran einen Blick zu, der klar machen soll das er nicht zu widersprechen hat. „Das freut mich. Ich weiß das die Mando viel Reisen und viele Länder gesehen haben. Hier ist es aber nicht üblich das sich die Gläubigen in den Hallen der Götter verschleiern, egal ob Frau oder Mann. Oder besteht ihr darauf mein Sohn?" Laran schüttelt den Kopf. „Meine Gemahlin ist in ihrer Entscheidung absolut frei, Mutter" Dabei sieht er mich nicht an, aber von der Seite sehe ich das er ein freudloses, düsteres Gesicht macht. Langsam löse ich den Schleier. „Ich wollte eurer Gemeine meinen Anblick ersparen. Mutter Olkalia. Sie zuckt nur mit den Schultern. Ihr seid nicht entstellt, ganz im Gegenteil und eure Hautfarbe. Nun ja ich glaub nicht, dass sich die Menschen hier groß daran stören werden. Da haben wir hier schon ganze anderes gesehen, weitaus schlimmeres." Ich schaue sie erstaunt an. „Meint ihr das im Ernst?" Sie nickt. „Meine Tochter ich bin seit fünfundzwanzig Jahren hier im Tempel und seit sieben Jahren der Vorsteherin. Da lernt man Menschen sich auf seine Menschenkenntnis zu verlassen. Wir sind die letzte Siedlung vor der unendlichen Wüste. Nach uns kommen nur noch Nomadenlager und Einsiedler. Hier kommen immer wieder Menschen, durch die nach Westen wollen. Zu den Heilern, den Salzfelder und den Sklavenmärkten. Also ja ich glaube nicht, dass du hier große Anfeindungen wegen deinem Aussehen erleiden wirst." Unwillkürlich muss ich an mein gestriges Bad denken, wo die Magd mein Aussehen sehr viel besser verkraftet, hat als die Diener in der Villa meines Meisters. „Danke Mutter Olkalia." Ein Gong ertönt, er ruft dazu sich in der Haupthalle einzufinden. „Entschuldigt mich die Pflicht ruft." Dann eilt die Priesterin in Richtung Haupthalle davon. Ich folge ihr mit einem schweigenden Laran im Schlepptau.

Die Predigt hat begonnen und ich muss sagen das Mutter Okalia gut reden kann. Plötzlich entsteht hinter mir Unruhe. Das Portal wird aufgestoßen, hastige Schritte hallen vom steinernen Boden wider. Ein Mann in der Kleidung der Stadtwache, in Leder gerüstet und bewaffnet kommt hindurch und läuft eilig zur Priesterin. Diese steht auf einem kleinen Podest, das sie über die versammelten Gläubigen schauen kann, während sie spricht. Der Wächter redet leise und eindringlich auf sie ein, kaum dass sie das Podest verlassen hat. Ihre Haltung verändert sich, plötzlich ist sie angespannt. Die Priesterin scheint eine schlechte Nachricht bekommen zu haben. In der Halle ist es totenstill. Als das Gespräch beendet ist kehrt die Priesterin wieder auf das Podest zurück. „Liebe Gemeinde, Reisende von nah und fern. Wir alle sind hier zusammengekommen, um heute unserer Ahnen und Familie zu gedenken und um das Leben zu feiern. Leider muss ich euch nun mitteilen das die Stadt sich in einer großen Gefahr befindet. Ihr habe sicher alle die Staubwolke im Westen gesehen als ihr hier heraufgekommen seid. In ihrem Schutz hat sich eine sehr große Zahl…" Sie stockt, kann anscheint selbst nicht glauben, was sie jetzt sagen muss. „… eine sehr große Zahl wandelnder Leichen unbemerkt genährt. Sie haben das Morgentor schon fast erreicht und nähren sich auch schon dem Tempeltor. Wir bitten jeden der eine Waffe führen kann sich bei Hauptmann Likramal zu melden, um die Verteidigung zu unterstützen. Er steht bei der Karawanserei." Sofort entsteht Unruhe. „Wenn das Tor noch offen ist, müssen wir fliehen, wir haben schnelle Kamel. Kommt wir gehen sofort!" Ein älterer Mann und drei junge Männer, wohl seine Söhne springen auf und eilen zum Ausgang. Andere fallen auf die Knie und betten. Wieder andere stehen ratlos oder wie gelähmt da. Dann wird aus dem Schock Unruhe und Chaos. Alle reden und schreien durcheinander. Weitere Menschen eilen zum Ausgang, während Mutter Okalia versucht alle zu beruhigen, die noch da sind. „Komm Laran! Ich will die Lage mit eigenen Augen sehen." Sage ich. Mein Dafiri bannt mir durch das Chaos einen Weg. In dem er einfach stur geradeaus geht und jeden der nicht von selbst aus dem Weg geht, unsanft wegschiebt.

Draußen vor dem Tempel reicht der Blick weit, wie ich beim Aufstieg schon festgestellt habe. Normalerweise könnte sich kein Feind der Stadt nähren ohne Kilometer vor den Mauern entdeckt zu werden. Nur heute bläst ein starker Wind grauen Staub in die Luft. In der Wolke, die ich schon beim vorhin gesehen habe, sind nun undeutlich dunkle Schemen zu erkennen. Die Horde kommt aus Südwesten auf die Stadt zu, an der Stadtmauer teilen sie sich, um auf beide Toren zu zuhalten. „Die Gestalten im Staub haben das Südosttor wirklich schon fast erreicht. „Dafiri, das Nordwest Tor scheint noch frei zu sein, wenn wir hier nicht eingeschlossen werden wollen, müssen wir uns beeilen." Unbewusst verfalle ich wieder in die Anrede seines Ranges anstatt seines Namens. Schnell wende ich mich zur Treppe. Als Larans Stimme mich Stoppt. „Das bringt nichts." Ist dann aber alles, was er sagt. „Wie bitte?" frage ich, seine Wortkargheit verfluchen. „Erkläre dich, wenn du dich schon weigerst meine Befehle auszuführen." „Ich weigere mich nicht.

Ich weise nur darauf hin, dass dieser Befehl nichts bringt. Wir müssen zur Karawanserei, dann die Kamele satteln, bis dahin haben die ersten Leichen das Tor längst erreicht. Die Wachen müssen es schließen. Außerdem haben wir unsere Vorräte noch nicht aufgestockt und unser Gepäck und Ausrüstung liegt noch im Gasthaus. Wir würden in der Wüste sterben lange bevor wir eine andere Siedlung erreichen. Aber selbst, wenn wir gesattelt und beladene Tiere hätten, sollen wir wirklich gehen?" „Wie meist du das?" Immer noch erschein mir die Flucht durch das Tor als unsere beste Option. „Die Stadt steht allein, die Miliz hat ohne Vorbereitung überhaupt keine Chance gegen eine solche untote Flut. Wir beide wissen, wie zäh Untote sind. Stiche und Pfeile stören sie so gut wie gar nicht. Sie werden früher oder später die Tore durchbrechen. Was dann folgt ist ein Straßenkampf, den die Bewohner nicht gewinnen können. Nicht gegen so viele." Laran stellt das alles mit solcher Ruhe fest. Nicht zum ersten Mal frage ich mich, was dieser Mann erlebt haben muss, um in Angesicht solcher Schrecken so ruhig zu bleiben. „Was willst du tun?" „Ich werde kämpfen, versuchen die Flut auszudünnen. Du kannst mit deiner Kunst sicher noch mehr erreichen als ich mit meinen Waffen. Ich habe gesehen, wozu du im Stande bist." Ich schüttle den Kopf. „Du weißt, was die Oberste Maßgabe der Reise ist. Wenn ich jetzt meine Kunst offen zeige, gefährde ich alles." „Dann gefährde es! Die Menschen hier werden alle sterben." Jetzt ist es mit Larans ruhe vorbei, jedes Wort verrät wie aufgewühlt er ist. „Menschen sterben, das ist die Natur des Lebens. Das hast du mir selbst gesagt. Ich werde meine Reise und meine Befehle nicht gefährden. Du weißt nicht was ich durch gemacht habe um diese Chance zubekommen." Laran sieht mich wütend an. „Wer soll sie dann beschützen?" Er deutet einmal rund um als und schließt damit die ganze Stadt eine. „Ihre Priester mit den Knochen ihrer Ahnen. Das ist deren Pflicht und Privileg." Entgegne ich jetzt auch nicht mehr ruhig. Mein Dafiri vergisst langsam seine Position. „Hörst du dir selbst überhaupt zu? Du predigst die Worte der ersten Prophetin, kennst jede Silbe ihrer Worte die je niedergeschrieben wurde auswendig. Doch spürst du tief in dir drinnen etwas, wenn du betest? Bist du Adel oder Priester?" „Du wagst es meinen Glauben in frage zustellen Mando!" Fauche ich wütend Laran an. „Ich stelle nicht euren Glauben infrage Gebieterin, ich frage nur wie ernst es euch mit dem Leben eures Glaubens ist. Also Adel und Priester?" „Weder noch, ich habe keine Weihen erhalten, verdammt ich habe noch nicht einmal meine Ausbildung abgeschlossen. So bin ich noch nicht einmal richtig adlig." „Eine Weihe vertreibt keine Zweifel im Herzen. Im bin kein besonders gläubiger Mensch und kein großer Krieger. Ich bin nur ein einfacher Mann, aber ich stelle mich gegen die Flut." Dieses Mal dreht er sich Richtung der Treppe. „Dafiri du hast mir bei deiner Ehre etwas geschworen." Er dreht sich zu mir um. „Das Stimmt Gebieterin, nur zieht ihr meine Ehre doch schon seit Tagen immer wieder in Zweifel." „Was tue ich?" Frage ich verdutzt, ob dieser Anschuldigung. „Ihr bittet die Herrin mir das die Weisheit zu schenken das ich mich nicht verlaufe. Obwohl ich euch nie fehlgeleitet habe, seit ich euch diene. Ihr schlaft mit einem Dolch unter eurem Kissen. Ich habe gesehen, wie ihr ihn heute Morgen weggesteckt habt. Erst dachte ich ihr fürchtet einen Angriff, nur vorhin im Tempel sagtet ihr selbst hier gibt es keine Feinde. Das heißt die Klinge war für mich bestimmt, wenn ich etwas Ehrloses tue. Was ihr offensichtlich erwartet habt." Er sieht mich herausfordernd an. Das er wieder zur alten anrede zurückkehrt zeigt wie auf gebracht er ist. Männer entweder sie denken nur mit ihrem Schwanz oder sie sind wegen jeder Kleinigkeit beleidigt. Er stellt mit seinem Verhalten meine Autorität in Frage und das kann ich nicht dulden. „Er hat sich mir und meinen Wünschen zu beugen!" Wenn ich ihn jetzt zu sehr unterdrucksetze, wird er offen rebellieren, aber er darf auch nicht mit seinem verhalten durchkommen sonst ist meine Autorität endgültig hinüber. Was kann ich tun? So gebe ich ihm den einzigen Befehl, der mir einfällt, den er vielleicht noch befolgen wird. „Dafiri ich befehle ihm sich für weitere Befehle in Bereitschaft zu halten!" Sein Blick ist mörderisch. Plötzlich kann ich Rea das erste Mal wirklich verstehen. Die kleine Traumweberin hatte bis zum Schluss panische Angst vor dem Zorn dieses Mando gehabt. Bisher habe ich sie für feige gehalten, aber nun verstehe ich sie. Der Zorn dieses Mannes ist wahrlich furchteinflößend. Er umgibt ihn wie eine fast greifbare Aura aus kalter kontrollierter Wut. „Ich werde mich in der Stadt in Bereitschaft halten." Sagt er mit kaum unterdrücktem Zorn und stürmt Richtung Stadt davon.

6. Kapitel: Zweifel im Herzen
[Laran]

Stadt Izaron

Es war so klar, sie schwingt wie alle Adlige große Reden. Aber an Ende interessiert sie das Schicksal von uns Gemeinen einen Dreck, solange ihre Mission gut verläuft. Wie kann sie nur denken das sich diese Stadt allein verteidigen kann, solange nicht jeder der hier eingeschlossen ist, mithilft. Wie konnte ich nur hoffen sie könnte anders sein als die ganzen andern Weber in Kornatan. Ich bin solch ein Narr. So schnell ich kann eile ich zu unserer Unterkunft, um meine Ausrüstung zu holen. Unterwegs sehe ich wie Wachen jedes Haus abklappern. Die Bewohner zum Tempel oder zur Miliz schicken. Damit ich schneller bei der Miliz bin, legen ich meine Ausrüstung aber noch nicht an. Im Innenhof der Karawanserei sammelt sich alles, was Kampftauglich ist. Nun ja, mehr oder weniger Kampftauglich. Jeder Mann über fünfzehn scheint hier zu sein, um eine Waffe zu empfangen. Bei uns Mando wäre auch so manche Frau hier. Wenn die Sippe angegriffen wird, dann greift jeder zur Waffe um die Sippe zur verteidigen egal ob Mann oder Frau. Die regulären Wachen sind wohl schon an den Toren. Nur zwei Offiziere stehen neben der offenen Waffenkammer aus der hauptsächlich Speere heraus gereicht werden. Hier im Innenhof beginne ich meine Ausrüstung anzulegen. „Hört mir genau zu ich bin Hauptmann Likramal und das ist meine rechte Hand Speermeister Jakos. Wir bilden jetzt zwei Gruppen. Ich werde eine führen, Jakos die andere. Jede Gruppe wird ein Tor verteidigen, da beide angegriffen werden." Einige der Männer sehen meine abgetragene Rüstung der man ansieht das sie viele Kämpfe in den letzten Jahren mitgemacht hat. Der Hauptmann zählt die Hälfte der Männer ab. „Wenn alle eine Waffe haben, dann folgt mir." Auch der Speermeister will abrücken. „Entschuldigt Herr, aber die Männer sollten eine zweite Waffe bekommen. Beile, Äxte oder Streitkolben. Ein Speer ist gegen einen wandelnden Toten nicht sehr hilfreich." Ich spreche ruhig und höflich, aber bestimmt. Alle sehen mich überrascht an. „Als wenn ihr Erfahrung gegen solche Ungeheuer habt." Kontert der Speermeister, der etwa so alte sein dürfte wie ich selbst, spottend. „Glaubt mir ich habe schon gegen so etwas gekämpft. Aber das ist euer Kommando ich möchte euch nur einen Rat geben, Herr." Bevor der Mann eine Entscheidung treffen kann, nehmen sich einige der Männer schon die von mir empfohlene Waffen. Andere Männer sehen auf den Offizier, erwarten seine Entscheidung. Es ist ihm anzusehen das sein Ego mit seiner Angst vor dem Kampf gegen solch ein Feind ringt. „In Ordnung alle Mann nehmen sich Beile und Äxte und dann Abmarsch zum Tempeltor!"

Am Tor sehe ich wie Männer von den Mauern auf die Feinde mit Bögen schießen. Eine Verschwendung von Pfeilen und Kraft. Ich habe einmal eine wandelnde Leiche gesehen, die war mit Pfeilen gespickt und doch hat sie unbeirrt weitergekämpft. Ich hatte damals gehofft nie wieder gegen solche Feinde antreten zu müssen. Wieder wende ich mich an den Speermeister, der mit uns etwas ratlos vor dem Tor steht. „Herr wenn der Feind noch nicht dichtgedrängt vor dem Tor steht, sollten wir die Flut ausdünnen." „Wie soll das von Statten gehen dieses „ausdünnen"?" Fragt er zweifelnd. „Gebt mir sechs Männer und lasst mich durch eine Ausfallpforte nach draußen und ich zeige euch wie man gegen diesen Schrecken kämpft." Wieder erwarte ich Widerspruch und wieder überrascht mich der Mann. „Gut nehmt euch die Männer, wir beobachten euch von der Mauer, aber ich werde keine anderen Leben riskieren, um euch zu retten, wenn was schief geht." „Ich verstehe, bitte sagt den Bogenschützen sie sollen nicht in unsere Nähe Schießen. Am besten sie würden Brandpfeile verwenden und dann auf alle Leichen zielen, die alt und trocken aussehen." Die sechs Mann die ich mir aussuche sind normale Zivilisten, ich wähle sie bewusst aus, um alle zu zeigen, dass jeder eine wandelnde Leich besiegen kann. Obwohl sie mir nur widerwillig folgen. Erst der Befehl des Speermeisters beendet ihr Gezeter. Vor der Mauer stehen und wanken Duzende Leiche, sie bilden eine lockere Gruppe, die nur dazu da ist, um jeden an der Flucht zu hindern. Einem koordinierten Gegenangriff werden sie aber nicht standhalten können. „Männer wir nehmen uns einzelnstehenden Ziele vor. Folgt meinem Beispiel." Automatisch verfalle ich in den befehlsgewohnten Tonfall den ich als Dafiri benutze. Mit meinem Speerschaft schlage ich dem Untoten in die Kniekehle, auch wenn er keinen Schmerz mehr verspürt, folgt sein Körper doch noch den alten Regeln. Er geht in die Knie, bevor er wieder hochkommen kann, ramme ich ihm den Speer in den Rücken. und drücke ihn mit meiner Kraft und meinem Körpergewicht zu Boden. Mit zuckenden Armen und Beinen versucht er sich zu befreien. Doch sein vertrockneter Körper ist viel zu schwach, um sich gegen mich zu behaupten. „Los hackt ihm die Gliedmaßen ab oder zertrümmert sie." Ängstlich und zaghaft gehen die Männer an die Arbeit. „Nein, du hackt mit dem Beil auf die Gelenke nicht auf den Knochen. Du mit dem Streitkolben nur die Knochen brechen. Ja genau so. Du jetzt noch den Hals durchschlagen." Leite ich sieh bei ihrer Arbeit an, während ich weiterhin mit meinem Gewicht die mit Pfeilen gespickte, vertrocknete Leiche eines Mannes am Boden halte. „Gut genauso bekämpfen wir sie. Ohne Beine können sie nicht mehr Laufen, ohne Arme können sie euch nicht schlagen und packen und ohne Kopf können sie euch nicht beißen. Solange sie zwei von diesen Dingen noch haben können sie noch kämpfen. Also wir bilden zwei Gruppen und immer darauf achten das euch keiner in den Rück fällt." Systematisch gehen wir an die Arbeit, drei von uns gegen einen von ihnen. Als die Männer mehr Selbstvertrauen haben bilden sie zwei Mann Gruppen. Auch die Männer auf der Mauer sehen, wie wir die Schrecken niederkämpfen. Schon nach kurzer Zeit ist ein Dutzend ohne große Gegenwehr gefallen. Die Angst lässt ein wenig nach. Ein Feind der fällt ohne das Kameraden sterben erzeugt Mut oder mindert zumindest die Angst. Einige der Zuschauer fassen sich ein Herz und helfen uns. An ihnen nehmen sich dann die nächsten ein Beispiel. Bald kommen weitere Männer zu uns, um uns bei unsere Schlachterarbeit zu helfen. Mehr als die Hälfte der Miliz, die das Tor verteidigen soll, schließt sich unserem Ausfall. Auch der Feind bleibt nicht untätig. Immer mehr kommen und sie schließen die Reihen. Der Freiraum für unsere Manöver wird knapp. Bald laufen wir Gefahr in Mann gegen Mann Kämpfe verstrickt zu werden und da könne wir nur verlieren. „Alle Männer Rückzug! Es werden zu viele. Zurück zum Tor!" Vier Mann kämpfen schon rücken anrücken umringt von Feinden. „Blut, Blut für das Westblut!" Mit dem Schlachtruf meiner Ahnen auf den Lippen stürze ich mich auf den Feind, den Ersten Nagel ich mit meinem Speer am Boden fest, der Speer steckt so tief im Boden das ich ihn zurücklassen muss. Danach kämpfe ich mit zwei Beilen, hacke auf Beine und Hälse ein, bis eine Lück frei ist. „Los, sofort weg hier!" Zusammen rennen was wir können zum Tor. Wo immer ich kann, versetze ich den Untoten auf dem Weg noch Schläge noch Schläge. Hinter dem geschlossenen Tor schnappe ich nach Luft. „Verdammt das war knapp." Zwischen zwei keuchende Atemzüge sage ich den Männern das sie, was trinken sollen. Der Offizier und einige andere Wächter kommen zu mir. „Wo habt ihr so kämpfen gelernt?" Ich winke ab. „Wo immer meine Sippe lagerte, wo immer sie bedroht wurde." sage ich dann unverbindlich, aber wahrheitsgemäß. Bevor wir uns auf den Ländereien des Fürsten niedergelassen haben, zogen wir wie die anderen Sippen als Nomaden durchs Land. Wir habe unsere Waffen oft in den Dienst anderer gestellt, um eine Weile geduldet zu werden. Oder wir haben unsere Waffen genutzt, um uns einen Platz eine Weile zu nehmen bis der Widerstand zu groß wurde. Aber eines haben wir immer, gekämpft. Jeder Mando lernt eine Waffe zu führen. Egal ob er oder sie das Kind von Handwerkern, einer Köchin oder der Sohn des Nogar ist. Jeder kann durch eine Waffe sterben, also sollte sich auch jeder mit einer Waffe wehren können. Ein notwendiges Kredo, wenn man nirgendwo ein festes Heim und Mauern die einen schützen hat. Ein älterer Mann in weiter Wüstenkleidung beginnt zu lachen. „Gesprochen wie es einem Mando zu kommt. Deshalb mein Sohn sage ich dir immer, lass die Mando in Ruhe. Sie mögen oft aussehen wie räudige Hunde aber sie kämpfen wie Löwen." Sagt er zu seinem jungen Begleiter. Dessen Lederverstärktes Gewand aussieht, als habe er es erst gestern beim Schneider erstanden. „Auf die Mauer, benutz die Wurfsteine, versucht weitere Knochen zu brechen, jeder dritte bleibt am Tor." Schaltet sich der Offizier ein der ganz offensichtlich versuch seine Autorität zu waren. „Alle hier am Tor, versuch das Tor abzustützen und zu verbarrikadieren." Die anderen Männer verteilen sich, um die Befehle auszuführen. „Herr Mando wie soll ich euch nennen?" fragt der Speermeister mich, als wir mehr oder weniger allein sind. Mir fällt auf das er mich auf einmal Herr nennt. Das heißt dass er mich auf mindestens der gleichen Stufe sieht wie sich selbst. „Nennt mich Laran, Herr." „Gut Herr Laran, ihr scheint wirklich zu wissen wie wir gegen diese, wie habt ihr es genannt Flut, kämpfen können. Was würdet ihr mir als nächstes raten?" Was will er jetzt hören, nur weil ich weiß, wie ich gegen wandelnde Leichen im Feld vorgehe weiß ich noch lange, wie ich eine Stadt verteidige. Aber einiges könnte ich ableiten. „Wir brauchen eine Rückfall Position. Die Flut wird das Tor durchbrechen oder über die Mauerkommen, dann brauch wir einen Ort, an den wir uns zurückziehen können." „Da gibt es nur die Karawanserei, sie ist wie eine Festung erbaut. Aber alle Bewohner der Stadt die nicht kämpfen sind im Tempel." Rabia ist dort oben und auch wenn sie eine arrogante, selbst verliebe Weberin ist, so habe ich geschworen sie zu beschützen. „Dann müssen wir die Treppe auf Höhe der ersten oder zweiten Plattform verbarrikadieren. Auf der Treppe könne sie uns wenigstens nicht von allen Seiten überrennen." Der Mann schluckt bei diesen Worten. Nickt dann aber. „Gut, Herr Laran nehmt euch ein Dutzend Männer von der Miliz und baut Barrikaden. Nutzt die Zeit, die wir noch haben so gut ihr könnt." Schon donnern die ersten Schläge gegen das Tor. „Herr Jakos stellt euch nicht im offenen Kampf der Flut. Das wäre, als wolltet ihr nackt ein Sandsturm trotzen. Nutzt Hindernisse und Barrikaden. Die Herrin segne euren Kampf."

[Rabia]

Stadt Izaron

Laran ist wütend abgezogen, ich habe ihn nicht aufgehalten. Wie hätte ich auch? Sein verfluchtes Ehrgefühl hatte ihn fest im Griff. Ich benötige seine Gefolgschaft, wenn ich Schimbal erreichen will. Im Reich hätte ich ihn an die kurze Leine gelegt und ihm gezeigt wer die Befehle gibt. Hier hätte er in diesem Moment rebelliert oder ich hätte seine Gefolgschaft endgültig verloren, seinen Willen seine Treueschwüre einzuhalten. Hier draußen fern der Hauptstadt und der Flusslande muss ich mich auf ihn verlassen und das kann ich nur wenn er mir aus freien Stücken folgt. Das aber macht er nur wenn es ihm seine Ehre weiterhin gebietet. Verfluchtes Ehrgefühl, langsam begreife ich warum der alte Priester sagte die Ehre ist ein zweischneidiges Schwert. Ohnmächtig schaue ich zu wie die untote Flut schneller als ich erwartet hätte das Tor erreicht. Die Wachen schließen es damit sich kein Toter herein schleicht. Einige Kamele stehen auf der innen Seite des Tores, sie waren zu langsam und haben es nicht mehr raus geschafft. Eine Gruppe von fünf Reitern hat es vorher geschafft durchs Tor zu kommen. Ich sollte unter ihnen sein. Anstatt hier auf diesem Berg zu stehen und zu zusehen, wie sie in die Freiheit entkommen. Einige Augenblicke später passiert es, die Kamele vor dem Tor drehen durch, bocken und gehorchen keinem befehlt mehr, sobald sie einer der Leichen nahekommen. Diese müssen etwas an sich haben was die Tiere verrückt werden lässt. Das Ende für die kleine Gruppe kommt schnell. Es entkommt ein einzelner Reiter, seine vier Kameraden liegen abgeschlachtet vor dem geschlossenen Tor. Mir ist so als könnte ich ihre verzweifle Schreie selbst hier oben noch hören. Der letzte Ausweg ist damit verschlossen, ich sitze hier fest. Meine Füße tragen mich wieder in den Tempel ohne, dass es mir wirklich bewusstwird. Meine Gedanken rasen. Bevor ich mich versehe, kniee ich in der ansonsten leeren Kapelle der ersten Prophetin. Meine Gebetserlen klappern rhythmisch während ich versuche meinen Geist zu beruhigen. Normaler weise funktioniert das sehr gut meine Gedanken auf diese Weise zu fokussieren und alles, was mich ablenkt auszublenden. Nur heute funktioniert es leider gar nicht. Meine Gedanken drehen sich weiterhin im Kreis, obwohl eine Perle nach der anderen klappert. Eine andere Person in weiten Kleidern und Kapuze kniet sich neben mich. Ich hatte gar nicht bemerkt wie sie den Raum betreten hat. Auch sie bete mit einer Gebetskette. Allein am Takt ihrer Kette erkenne ich das sie immer abwechseln ein Gebet oder Führbitte spricht dann ein Gebot rezitiert. Genauso mache ich das auch immer. Halblaut höre ich ihre Worte. „Hohe gnädige Herrin, Wächterin des Tores ich bitte euch sende uns Hilfe. Lasse nicht zu das wir alle so früh vor eure Richter treten und unsere Körper zu einem Frevel in euren Augen werden." Eine Perle klickt. „Die Herrin gewähr uns, ihren treuen Diener die Macht die unter Sonne der Wüster gebleichten Knoch zum Schutz der Gläubigen zu befehligen." Bei diesen Zeilen kommt mir Larans Frage wieder in den Sinn. „Bist du Adel oder Priester?" Auch meine Ausführungen für ihn von vor ein paar Tagen über den Dualismus zwischen den beiden. Meine Finger lassen eine weitere Perle in meinem normalen Takt klappern, ohne dass ich ein Gebet oder eine Führbitte geäußert habe. Eigentlich wäre die Offenbarung des weißen Raben dran gewesen, die Richter werden die Seelen der Gläubigen an ihren Taten messen und richten. Weder an ihren Absichten noch an ihren äußeren. Die reinste und rechtschaffenste Seele mag im Körper eines Kranken, entstellten und buckligen zu finden sein. Aber ich habe eine Mission übernommen, zu der mir mein Meister klar gemacht hat, dass es das Wichtigste ist, das ich unerkannt reise. Niemand darf dich mit uns in Verbindungen bringen. Hat er mir mehrfach eingeschärft. Aber die Stadt glaubt an die Herrin und es gibt hier Weber. Würde ich dann mit meiner Kunst überhaupt auffallen? Verdammt noch mal ich falle überall auf. „Entschuldigt, wenn ich eure Andacht störe, aber ihr strahlt eine Ruhe aus wo alle anderen vor Angst zittern." Die Stimme der Frau ist dunkel und rau. Ihr Akzent klingt seltsam, ich kann ihn nicht Zuordnen, obwohl er irgendwie vertraut klingt. „Das sieht nur so aus." Dann füge ich noch hinzu. „Meine Gedanken kommen einfach nicht zur Ruhe." „Wie sollen der Geist auch zur Ruhe kommen, wenn das eigene Leben und das seiner Lieben in den Händen von Fremden liegt. Fremde Männer, die dafür kämpfen das wir weiterleben, während sie daraus vermutlich sterben. Mir entfährt ein Seufzer. Nicht nur fremde Männer kämpfen da unten. Auch mein Schwurmann kämpft am Tor. Mein ganzes Haus kämpft oder ist schon gefallen. „Das ist ein Teil davon was mich bewegt." Jetzt wende ich mich zu ihr um aber im Halbdunkel der Kapelle, das hier herrscht, seit die Fensterläden gegen den Sand geschlossen wurden, kann ich immer noch nicht mehr sehen als ihre Kleidung. Edler dunkelgrüner Stoff mit einer hellen Borte abgesetzt, dass ihr Gesicht komplett im Schatten der Kapuze liegt, mag Zufall sein oder aber höchste Schneiderkunst. „Mich bewegt, wie unsere strenge, aber gerechte Herrin so etwas zulassen kann. Ich bete zur ihr und flehe sie an das sie uns Hilfe schickt." Bekennt mein gegenüber ohne Scham. „Die Priester der Stadt sollten ein Frevel wie jenen vor der Mauer vom Angesicht der Erde tilgen." Gebe ich im Brustton der Überzeugung zurück. „So hat es die Prophetin vor so vielen Jahren verkündet, habt ihr die Diener in diesem Tempel gesehen?" Ich zucke mit der Schulter. „Ja, sie wirken schwach." Ein Moment der Stille entsteht. Ich habe das Gefühl, das sie mich von der Seite aus den Schatten ihrer Kapuze mustert. Als sie weiter spricht klingt ihre Stimme gedankenverloren und leise. „Früher haben sich die Leute immer Geschichten davon erzählt, wie die Gra'schika die Gläubigen bewahrten. Vor marodierenden Horden und Freveln wie vor der Mauer. Es hieß immer sie würden von den Weissagungen und Omen der Herrin der Wüste geführt. Umgeben von ihren Getreuen reisten sie durchs Land. Tapfere Herzen und unerschütterlich in ihrem Glauben waren sie alles, was die Wenigen, die unsere Herrin verehrten, hatten. Heute haben wir Priester und doch hält niemand diese Abscheulichkeiten auf. Ich wünschte wir hätten jetzt eine Gra'schika hier." In ihrer Stimme liegt etwas das ich nicht zu deuten vermag. Während ich mich frage, was eine Gra'schika eigentlich ist. Mir ist dieser Name fremd. „Wisst ihr für mich war die Kernaussage der Offenbarung von schwarz und weiß immer das die Diener unserer Herrin die Gläubigen beschützen." Erzählt die Fremde weiter. Das stimmt die Prophetin bezieht sich in vielen ihre Sinnsprüche und Geboten darauf das die Diener unserer Herrin, die Priester, die Weber der Knochen ihre Macht erhielten, um jene zu schützen die die Herrin der Wüste verehrten. Aber wer schützt heute die Tempel und die Menschen, wenn selbst die Priester ohnmächtig zuschauen, wie eine Horde aus Toten die Stadt bedroht? Ich schweige da ich auf diese Frage selbst keine Antwort habe. Die Prophetin offenbarte einst das das Herz und die Seele der Menschen der Tempel der Herrin, den die Priester schützen müssen. Ein Gebäude kann wieder aufgebaut werden. Ein beendetes Leben ist auf ewig verloren. Im Reich wären die Fürsten gegen eine solche Horde ins Feld gezogen, um diese niederzuwerfen und alle die an ihre Erschaffung beteilig waren zu den Richtern zuschicken. Doch Izaron steht allein, kein Fürst und kein Heer von außen wird der Stadt zu Hilfe kommen. Die Bürger allein sind zu schwach, um das Unheil aufzuhalten, da hatte mein Dafiri vollkommen recht. „Das Tor erwartet uns dann könne wir die Richter fragen." Kommt es aus der schattenhaften Kapuze. „Sie werden uns unbeeindruckt davon richten. Nur nach unseren Taten, sowie es ihre göttliche Aufgabe ist." Entgegne ich, dann lächele ich traurig. „Eine Weihe vertreibt keine Zweifel." Flüstere ich, der Satz lässt mich einfach nicht los. „Nein, nur der feste und aufrichtig Glaube an sich und die Reinheit seiner Taten vertreibt die Zweifel im Herzen und eröffnet uns den Weg zu den Sternen." Erwidert die Fremde sanft. Wenn die Stadt fällt, kann ich entkommen, da bin ich mir sicher. Die Horde wird keine Zeugen für meine Kunst hinterlassen, die reden können. Nur habe ich dann die göttlichen Gesetze gebrochen und bin eine Kamatras, auf ewig verdammt in den schlimmsten der Höllen zu leiden. Bis ich dann dem Vergessen anheimfalle. „Ich werde mit der Priesterin reden, vielleicht kann sie doch noch etwas tun." Immer noch habe ich die vage Hoffnung das die bemitleidenswerten Knochendiener nicht von Olkalia stammen. Sondern von einem Schüler den ich einfach noch nicht gesehen habe.

In der Haupthalle herrscht dichtes Gedränge, grade werden verwundete Männer hereingetragen und in die Kapelle der Muttergöttin gebracht und einige in die ihres Mannes. Mutter Olkalia, Anscheint die einzige Priesterin in der ganzen Stadt versucht grade einig Kinder und ihre Mütter zu beruhigen. Überall sehe ich Angst, stumme Gebete und Hoffnungslosigkeit, die mit jedem Verletzten, der rein getragen wird, größer wird. „Mutter darf ich euch kurz stören?" „Sicher. Ich komme gleich wieder mein Kleiner." Sagt sie in Richtung eines Kindes und erhebt sich vom Boden, auf dem sie neben dem Kind gekniet hat. „Was kann ich für die tun meine Tochter?" Ich sehe ihr direkt in die Augen. „Warum helft ihr mit euren Knochendienern nicht bei der Verteidigung der Stadt?" Die Priesterin schaut mich, auf meine doch sehr unhöfliche Frage kurz vorwurfsvoll, dann traurig an. Schnell blickt sie zu Boden unfähig meinem anklagenden Blick lange standzuhalten. „Die Tempeldiener sind schwach und anfällig. Die Herrin hat mich nicht mit einem großen Talent in der Knochenkunst gesegnet." Ich runzle die Stirn. „Aber als Priesterin obliegt es euch die Knochen der Ahnen zu rufen, um die Gemeinde und den Tempel zu schützen." Sie nickt. „Ich weiß das das meine Pflicht ist. Doch das Weben ist eine hohe und langwierige Kunst. Bevor ich in einem Ritual auch nur einen weiteren Diener erschaffen hätte, ist die Stadt gefallen. Die Tore sind es schon." So schlimm steht es also, Laran hat wirklich recht. Die Miliz kann die Flut nicht aufhalten. „Es ist meine Bürde in einer Zeit zu Leben in der es keine mächtigen Priester und Weber als mich mehr gibt. Mir mag es an Macht und Können fehlen, aber ich werde das Schicksal meiner Gemeinde teilen. Bis dahin kann ich ihr nur beistehen, aber nicht beschützen." Die Stimme der Priesterin klingt erschöpft und der Verzweiflung nahe. Alle Umstehenden sehen zu uns. Auch sie haben die Worte gehört, dass es keine Hoffnung mehr gibt. Aber was erzählt die Frau für einen Unsinn? Einen Knochenkrieger ohne weiter Kreise erschaffe ich praktisch im Vorbeigehen. Wieder entfährt mir ein Seufzer. Verdammt, Verdammt! Was mache ich jetzt? Ich kann mich nicht gegen die Befehle meines Meister stellen und die Mission gefährden. Und sollte es westlich der Wüste wirklich keine Knochenweber geben die mächtiger sind als Olkalia, dann wird meine Kunst auffallen wie ein Leuchtfeuer in tiefster Nacht. Doch das Einzige, was mir in den letzten Jahren geholfen meine Ausbildung und alles andere durchzustehen war mein Glaube. Wann immer ich aufgeben und alles beenden wollte, gaben mir die Worte der ersten Prophetin Kraft weiterzumachen. Gebe ich das alles auf nur um eine Mission zu beenden? Der Glaube vertreibt die Zweifel. Dann muss mein Dafiri ein sehr gläubiger Mann sein. Seit ich ihn kenne habe ich nie erlebt das er Zweifel zeigt. Allerdings ist seine Welt auch erheblich einfacher als meine. Er muss sich nicht mit Aufträgen aus dem Palast rumschlagen und seine Stellung gegen andere Schüler behaupten. Ich schließe die Augen, konzentriere mich auf mich selbst. Ja, ich spüre etwas tief in mir drin, wenn ich bete. Auch wenn ich meine Entscheidung später mit Sicherheit bereuen werde. „Beurteilt mich nach meinen Taten erhabene Richter!" flüstere ich. Mutter Olkalia sieht mich verständnislos an.

Mitten im Hauptraum, fast unter dem Zentrum der Kuppel, beginne ich mit dem Lied von „Tanz von Licht und Schatten" zu singen. Es handelt davon das egal wie dunkel die Stunden sind, es immer Hoffnung gibt. Meine Stimme halt durch den Raum, schraubt sich hoch bis zur Kuppel und dring in jeden Winkel des Tempels. Alle anderen Geräusche ersterben, das Weinen, das Beten. Viele Augen sehen mich verwirrt an, als ich mich langsam und ohne Schleier um die eigene Achse drehe um einmal den ganzen Raum zusehen. Einige scheinen die Lippen leicht zubewegen, als sängen sie mit. Leise nur damit sie meine Darbietung nicht stören. Als der letzte Ton verklingt sehe ich in manchen Augen so etwa wie vage Hoffnung. Nur ein kleiner Funke in der tiefschwarzen Nacht wie es in dem Lied heißt. Doch ein Funke ist ein Anfang, aus dem ein mächtiges Feuer werden kann. „Du kannst sehr gut singen Tochter." Sagt die Priesterin anerkennend. Aber jetzt bin ich nicht mehr ihre „Tochter" jetzt muss ich eine Weberin sein, eine Priesterin ohne Weihen und ohne Zweifel. So beginne ich mit meiner Kunst, gleichzeitig spreche mit gebieterischer Stimme. „Ich verkünde die Worte der ersten Prophetin. Die Herrin gewährt uns, ihren treuen Diener die Macht die unter der Sonne der Wüster gebleichten Knochen zum Schutz der Gläubigen zu befehligen. Verzagt nicht, verliert nicht euren Glauben und euren Mut. Solange wir leben, gibt es Hoffnung!" Meine Worte hallen laut und kraftvoll durch den totenstillen Raum. „Ich werde mir eure Tempeldiener ausleihen müssen Bewahrerin des Glaubens und der Knochen." Die Priesterin sieht mich Verständnislos an. „Das ist nicht möglich, sie gehorchen nur …" In diesem Moment verlöschen die Flämmchen in den Augenhöhlen, die Schädel sinken nach vorn, als seien die Diener mitten in der Bewegung eingeschlafen. „Nein!" Raunen einige Menschen entsetzt und verängstigt, in dem Glauben, das die Herrin der Wüste uns jetzt auch noch ihr letzte schwache Gunst entzogen hätte. Wieder laut und gebieterisch befehle ich ihnen. „Antreten meine Krieger wir müssen die Gemeinde und Tempel schützen!" Mit einem lauten Fauchen lodert smaragdgrünes Feuer in ihren Augenhöhlen auf, füllen sie fast komplett aus. Sofort lassen sie alles, was sie grade in den Händen haben fallen und kommen zu mir. Mit jedem Schritt, den sie auf mich zukommen entfalten die Muster, die ich auf sie gewoben habe, ihre Wirkung. Regeneration, um mehr Knochen zu erschaffen, Rüstung und Stärke. Als sie mich erreichen, gebe ich jedem eine Knochenperle. Diese werden, während wir auf das offene Portal zu eilen, in ihren Händen zu mannshohen Schwertern. Während auch sie immer weiterwachsen. Zum Glück können die Menschen mich im Gegenlicht des offenen Portals nicht richtig sehen und ich wende ihnen auch nur den Rücken zu, sonst sähen sie jetzt nur ein durscheinendes Monster. Es kosten viel Konzentration und Kraft vier wirklich mies erschaffene Diener zu kampfbereiten Soldaten zu machen. Es wäre so viel einfacher gewesen neue Diener zu erschaffen. Doch um die Knochen der Gemeinde zu verwenden, fehlt mir das Recht. Nur die Priester des Tempels dürfen dies. Das ist ihre Pflicht und ihr Privileg. Das Licht hier draußen ist trotz des Staubes grell im Gegensatz zur Düsternis des Tempels. Was ich sehe, gefällt mir gar nicht. Die Tore stehen offen und ein Strom aus wankenden Körpern erfüllt die breiten Hauptstraßen. Die schwarze Stadt ist zu einer Totenstadt geworden. Eine große Horde Leichen hält genau auf den Beginn der Treppe zu. Verdammt wo ist mein Dafiri? In dem Chaos da unten könnte ich ihn gut brauchen. Auch wenn er ein aufsässiger, stur Mando ist, so behält er auch in solchen Situationen die Nerven. So schnell ich kann eile ich die Treppe hinab, immer darauf gefasst das schon auf dem nächsten Absatz Tote stehen. Doch die Treppe ist unerklärlicher Weise noch immer frei. Meine Streiter folgen mir. Inzwischen haben die Muster ihre volle Wirkung, aus den schwachen Skeletten sind zweieinhalb Meter hohe Kampfmaschinen geworden. Bewaffnet mit genauso langen Schwertern und gepanzert mit Knochenplatten. Erst kurz vor dem Ende der Treppe sehe ich, warum mein Weg noch nicht überrannt wurde. Ein letztes Aufgebot der Verteidiger stemmt sich noch gegen die Flut. Eine Art Barrikade und ein improvisierter Schildwall sind ein zerbrechlicher Damm gegen die Flut. Aus ihm zucken immer wieder Waffen, um nach Gliedern oder Köpfen zu schlagen. Doch die Männer können dem Druck nicht standhalten. Sie werden samt ihrer Barrikade Stück um Stück zurückgeschoben.

Die Leiche Schlagen gegen das Holz, grapschen nach den Waffen und Armen. Wann immer diese rauskommen, versuchen die toten Hände sie zu packen oder untote Münder zu zubeißen. Ihre leblosen Finger greifen auch nach den Schildkanten, nur das schnelle Abschlagen retten die Verteidiger vor einer Lücke in ihrer Hauchdünnen Holzmauer. Als ich noch einen Absatz entfernt bin rufe ich ihnen zu. „Rückzug! Hinter meine Knochenkrieger, sofort!" Dabei lege ich so viel Autorität in meine Stimme wie ich kann. Einen langen Moment wirktes so als haben mich die armen Seelen nicht gehört. Im Gegenteil sie werfen sich mit aller Kraft gegen die Horde. Die Tatsächlich für einen Herzschlag aus dem Tritt kommt. In diesem einem Moment wendet sich die Truppe geschlossen zur Flucht, sie lassen ihre Schilde zurück und rennen, was sie können. Einfach vorbei an mir und meinen Streitern. Die auf dem Beginn des dritten Absatzes eine Linie bilden und ihre großen Krummsäbel in beiden Händen halten. Sie laufen in Richtung Tempel, als könne er sie alle schützen. Nur einer der Soldaten die die Treppe gegen die Horde verteidigten stellt sich hinter mich. „Du lebst also noch." Stelle ich fest als ich kurz nachhinten sehen „Solange ihr es wünscht Gebieterin." keucht mein Dafiri. Laran ist mit Blut und wer weiß was noch beschmiert. Er sieht aus, als würde er jeden Moment zusammenbrechen, nur in seinen Augen steht noch immer der ungebrochenen Kampfeswillen dieses Mannes. „Wir müssen einen Kampf gewinnen Dafiri und das kann ich nicht ohne meinen treuen Schild und Speer. Habe ich noch einen?" Nach unserem Streit bin ich mir nicht mehr ganz sicher. „Wenn ihr mich noch haben wollt. Bin ich euer treuer Diener, Gebieterin." Kommt die keuchende, aber prompte Antwort. Jetzt hat die Flut meine Streiter erreicht. Ihre Schwerter heben und senken sich wie Sensen auf einem Kornfeld und halten eine erreiche Ernte. Leichenteile Fliegen durch die Luft werden gegen die Felswand auf der linken geschleudert oder falle auf der rechten über das Geländer der Treppe in die Tiefe. Nur zur Sicherheit webe ich weitere Verstärkungen auf meine Streiter.

Jetzt aus der Nähe sehe ich den ganzen Frevel dieser Horde. Es sind tote Körper, an denen noch immer die Kleidung hängt, in der sie starben. Das Fleisch verfault langsam unter der erbarmungslosen Wüstensonne oder trocknet aus. Viele von ihnen haben riesige Wunden in ihrem Fleisch oder gebrochene Glieder, die in seltsamen Winkel abstehen. Spuren ihres gewaltsamen Todes. Ihre Totenaugen sind milchig weiß oder nur noch leere Augenhöhlen. An einige der Kreaturen hat der Sand schon große Partien abgeschmirgelt. Mir wird bei diesem Anblick schlecht. Der Gestank derjenigen die noch frisch sind tut ein Übriges. Hätte ich heute Morgen gefrühstückt, hätte ich mich jetzt sicher übergeben. Langsam gelingt es mir den Würgereiz zu unterdrücken. Ich tauche ein in die Welt der Fäden, betrachte sie dort. Die Muster wirken einfach, keine Finesse, kaum Kreise. Sie haben nichts, was sie schützt. Es sind gottlose, seelenlose Scheußlichkeiten also brennt. „Ich verkünde die Worte der Prophetin wandelnde Leichen sind ein Frevel vor den Augen der Herrin der Wüste sie sollen vernichtet werden, wo immer sie den Gläubigen unter die Augen kommen." Ich webe ein einziges Muster, totes Fleisch brenne. Normaler weise säubere ich damit die Knochen, bevor ich sie für mich nutze. Heute gehe ich das erste Mal damit in die Offensive. Die Leiche, auf die ich das Muster anwende, steht sofort in smaragdgrünen Flammen. Die Flammen, verzehren das faulende Fleisch, Haut, Sehen und Haare, alles, was bleibt sind dreckige Lumpen und saubere Knochen, die zu Boden fallen und ... liegen bleiben. Die Seele ist der Schutz eines Menschen gegen solche Magie, aber das sind seelenlose Kreaturen, so brennen sie in den reinigenden den Flammen!

Eine ganze Weile halte ich nur Stand. Die Horde scheint unbedingt in den Tempel zu wollen. Wie Hyänen die von einem

Aas angezogen werden. Sie versuchen meine Diener einfach zu überrennen, wie sie es mit der Miliz getan haben. Aber keine dieser Kreaturen ist meiner Kunst gewachsen. smaragdgrüne Flächenbrände vernichten ganz Gruppen, während meine Streiter wie Felsen in der Brandung stehen. Mein Dafiri hat sich direkt hinter den Knochenkriegern positioniert, um das Geschehen im Auge zu behalten. Er beteiligt sich nicht am Kampf, sondern versucht erst einmal wieder zu Atem zu kommen. Während ich in der Welt der Magie den Kampfführe. „Gebieterin runter!" Der Ruf kommt grade noch rechtzeitig, um einer Bewegung die Welt der Fäden zu verlassen und mich auf den Boden fallen zu lassen. Ein eiterfarbenes Geschoss jagt über mich hinweg. „Was war das?" Frage ich, während ich liegen bleibe und mich suchend umschaue. „In der Horde stehen drei Männer, mindestens ein Weber." Beantwortet Laran die Frage. „Etwa fünfzig Meter entfernt, am Tor." Wieder einmal staune ich über Larans Gelassenheit in solchen Situationen. „Gut dann hat sich wenigstens die Frage geklärt, wer die Horde leitet." Versuche ich so ruhig wie möglich festzustellen. „Wir stehen hier, wie auf dem Präsentierteller und ich habe kein Schild, um euch zu schützen." „Das ist schlecht ein Schild und Speer ohne Schild oder Speer." Kommentiere ich trocken. Ein weiteres Geschoss rast in unsere Richtung, dieses Mal ist es gegen einen meiner Streiter gerichtet. Ein ekelhaft flatschendes Geräusch ertönt als das Geschoss einschlägt. Einige Knochen knacken und ächzten. Die schiere Wucht des Angriffs lässt das Skelett zurück taumeln. Sofort wogt die Flut nach vorne, in die Lücke in der beinernen Mauer. Einige Tote brechen durch die Bresche bevor der Streiter sich wieder der Verteidigung anschließen kann. „Schließt die Lücke! Ich kümmere mich um die die durchgekommen sind." Ruft Laran, während er mit einem Beil in jeder Hand wie ein Sturm über die untoten Feinde kommt. So schnell ich kann mache ich die Lücke mit grünem Feuer frei. Der Streiter schließt zu seinen Kameraden auf. Noch ein paar weitere von diesen Geschossen und ich bin gezwungen meine Kräfte mit Regeneration aufzubrauchen. Aber als erstes muss ich meinen Dafiri ausstatten. Es ist das erste Mal, das ich Knochenausrüstung für einen Lebenden erschaffe. Dabei versuche ich mich so gut wie möglich an Larans Ausrüstung im Tempeltal und auf unserer Reise zu erinnern. Allerdings muss ich mir eingestehen, dass mich die profanen Waffen meines Leibwächters nie interessiert haben. Sie kamen mir immer so plump und langweilig im Vergleich zur Webkunst vor. Die Überreste seiner Opfer dienen mir als Material. „Dafiri kommst du hier mit zurecht?" Im Schutze meiner Streiter probiert er Speere und Schild aus. „Es wird gehen Gebieterin, danke." Seine Zurückhaltung entgeht mir keineswegs. Aber für eine Debatte oder murren bleibt keine Zeit. „Gut, ich werde in die Offensive gehen." offenbare ich meinem Begleiter. „Eure Krieger sollen Köpfe und Gliedmaßen abhacken, wenn sie die Möglichkeit haben. Diese Position darf nicht fallen ich schlage vor das die großen Jungs hierbleiben und die Treppe halten." Langsam habe ich das Gefühl, das mein Dafiri mir Befehle erteilt und nicht umgekehrt und die Entwicklung gefällt mir gar nicht. „Dafiri denkst du das habe ich nicht schon längst bedacht." Entgegen betont würde voll. Der Feind hat einen großen Fehler begangen als er mir Dutzende von menschlichen Skeletten zur Verfügung gestellt hat. Sie sind durch mein Feuer gereinigt und warten nur noch darauf das ich sie gegen ihre Mörder führe. Die Knochenkrieger müssen nicht einmal viel hochgerüstet werden um mit diesen wandelnden Leichen fertig zu werden. „Dafiri ich brauche Zeit, um die Fäden auf mich einzustimmen und zu weben. Halte alles von mir fern was meine Konzentration stören könnte!" Er nickt kurz. Es dauert sehr lange bis ich die Fäden für eine solch große Demonstration meiner Kunst auf mich eingestimmt habe. Irgendwas hier ist wie eine ständige Dissonanz, nicht nur dass die anderen Weber die Fäden auf sich einstimmen. Es ist viel durchdringender wie das Kreischen von

Metall in einem Harfenkonzert. Eine Stimme in meinem Selbst, bei der es sich nur um einen Rest klaren Verstandes handeln kann, sagt mir wie irre ich sein muss. Mit geschlossen Augen auf einem Schlachtfeld zu stehen und zu singen, während feindliche Weber auf mich anlegen. Aber all das muss ich ausblenden, obwohl jede Faser meines Körpers sich dagegen wehrt, muss ich jetzt etwas tun das ich mein ganzes Leben noch nie getan habe. Ich muss mich komplett auf einen anderen Menschen verlassen. Darauf vertrauen, dass er mich schützt. Das Weben beginnt, während ich weiterhin singe, um die Fäden zu halten die auf mich eingestimmt sind. Eine Kombination von einigen Muster in großer Zahl simultan auszuführen ist eine schwierige Kunst. Die mehr Konzentration erfordert als eine einzelne vielkreisigere Kreation.

[Laran]

Stadt Izaron, Fuß der Trepper

Rabia hat die Augen geschlossen, ihr Stimme klingt über ein gespenstisch stilles Schlachtfeld. Keine Trommeln, keine Hörner, keine Schlachtrufe. Anstelle von Schmerzensschreien und Jammern der Verwundeten sind nur das Knacken von Knochen und das Reißen von Haut und totem, eingetrocknetem Fleisch zu hören. Jedes Mal, wenn ein großer Säbel niederfährt, ertönen die Geräusche erneut. In dieser trügerischen Stille versuche ich ein Gefühlt für den Speer und das Schild zubekommen. Beide sind absurd leicht, aber strotzen vor Magie. Wer weiß was Rabia alles darin verwoben hat. Unsere Feinde bleiben auch nicht untätig. Sie sehen Rabia singen und weben. Die Antwort ist ein konzentrierter Angriff aller drei Weber. Die synchronen Bewegungen der drei Gestallten erinnern mich an den Waffen Drill in der Kaserne. Wo die Rekruten in einer Reihe stehen und alle gleichzeitig die gleichen Bewegungen ausführen. Die Geschosse aus dieser ekelhaften Flüssigkeit scheinen sie aus dem Körper frisch Verstorbener zu formen. Von denen es nach unserem Kampf an den Toren leider mehr als genug in ihren Reihen gibt. Jeder sammelt mehre Kugeln um sich die sie dann gleichzeitig losschnellen lassen. Ihr Ziel ist Rabia die eindeutig gefährlichste Person auf dem Schlachtfeld. Der Geschosshagel rast im flachen Bogen über die Köpfe der Flut hinweg und geht über unsere Stellung nieder. Einige Geschoss treffen die Streiter, die unter den Einschlägen wie Bäume im Sturm bedenklich wanken. Einige Geschosse sausen aber auch genau auf meine Weberin zu. Jetzt muss der Schild zeigen, was er kann. Ein letztes Mal schätze ich die Flugbahn ab, dann ducke ich mich hinter die dünne leicht gewölbte Knochenplatte und stemme mich mit aller Kraft gegen die Aufschläge. Die Einschläge treffen mich mit der Wucht eines heranstürmenden Stiers, drängen mich zurück. Beim vorletzten Geschoss verliere ich meinen festen Stand und komme ins Straucheln. Noch ein weiteres Geschoss fliegt auf Rabia zu, alles, was ich noch tun kann, ist nach dem Geschoss zu schlagen und zu hoffen das ich die Flugbahn ablenken kann. Der Schild ist auch eine Waffe, mit aller Kraft schlage ich zu. Genauso gut hätte ich gegen einen Felsschlagen können. Das Geschoss trifft in einem so ungünstigen Winkel auf meinen Schild, das mir die Arme gegen das Brustbein und die Schildkannte gegen den Kopf geschlagen werden. Jedoch wird auch das Geschoss ganz leicht ablenkt. Um eine Handbreit sausts es an meine Gebieterin vorbei. Benommen sehe ich wie mehre Tote sich durch die Lücke drängen, die zwischen den großen Knochenkriegern entstanden ist. Verdammt, meine Arme sind nach all dem Kämpfen lahm, die recht Schulter nach der Aktion mit dem Schild angeschlagen. Wenn auch nur eines der Viecher an Rabia ran kommt ist alles vorbei. Für einen Schlachtruf ist meine Kehle zu ausgedörrt. Die Streiter führen genau den Befehlt aus den sie von ihrer Erschafferin erhalten haben. Sie bilden eine Line und halten alles auf was durchwill. Das werden sie so lange tun bis sie einen anderen Befehl erhalten oder ihre Muster zerfallen. Von ihnen werde ich also keine Hilfe bekommen. So bleibt mir nur meine Waffen, mein Können und meine Ehre. Das einzige zusammen mit meiner Sturheit was mich noch auf den Beinen hält. Der Speer wird hier nicht von Nutzen sein, der Schild auch nicht. Wieder werde ich nur mit zwei kurz Beilen in den Kampf ziehen. „Ihr Ahnen gebt mir die Kraft meine Aufgabe zu erfüllen und führt meine Hände in diesem Kampf." Das stumme Stoßgebet ist alles, was ich noch zustande bringe, dann stürze ich mich in den Kampf. Der Kampf ist heftig, vier Gegner haben es durch die Verteidigung geschafft. Hier ist kaum Platz zu manövrieren. Die kleine Mauer und der Abgrund auf der einen Seite, die Felswand auf der anderen, die Knochenkrieger auf der dritten und Rabia keine sechs Meter hinter mir. Der Tanz beginnt angriff, zurückweichen, erneut angriffen, ausweichen. Dabei immer aufpassen das ich egal was passiert immer zwischen ihnen und meiner Gebieterin stehe. Mein Glück ist, das diese Viecher dumm sind. Gegen einen Menschen hätte ich in meinem Zustand keine Chance. Vier Leichen sind möglicherweise noch zu schaffen. Für die Ehre!

7. Kapitel: Eine Frage des Vertrauens
[Rabia]

Stadt Izaron, Fuß der Trepper

Die ganze Zeit erwarte ich unterbrochen zu werden. Sei es durch Schmerz, Lärm oder sonst etwas. Aber nichts passiert, ich kann konzentriert meine Kunst ausführen. Es dauert nicht lange und ich bin so in meiner Arbeit versunken das ich nicht anderes mehr mitbekomme. Als der letzte Faden im letzten Muster fest verwoben ist, lasse ich alle die Muster, die ich erschaffen habe, ihre Wirkung entfalten. „Er hebt euch meine Krieger! Nehmt

Rache an denen die euch getötet und eure Körper einen Frevel verwandelt haben. ANGRIFF!" Überall rundum den Fuß der Treppe erheben sich Knochenkrieger. Wo fünf wandelnde Leichen einem meiner Flächenbrände zum Opfer gefallen sind, erheben sich jetzt vier Knochenkrieger mit Waffen, die aus dem fünften entstanden sind. Die Horde wir überall um den Fuß der Treppe und auf den ersten beiden Absätzen in Kämpfe verwickelt. Sie verliert den Schwung, die Geschlossenheit und in sehr schneller Folge auch viele Kämpfer. Nach meinem Befehl singe ich eine letzte Strophe meines Liedes als Tribut an die Fäden. Erst als der letzte Ton verklungen ist, öffne ich meine Augen. Überall um mich herum liegt dieser widerliche Eiter auf dem Boden. Er ist in unterschiedlichen Stadien des magischen Verfalles. Meine Streiter haben erheblich Schäden erlitten, stehen aber noch immer geschlossen gegen die Flut. Laran kniet in einem Kreis aus zerstückelten Leichen, mindestens drei oder vier... „Beim Tor und allen Richtern." Entfährt es mir. „Bist du in Ordnung? " Langsam bewegt sich der Mann. Sehr leise antwortet er. „Der letzte Vieh hat mich gebissen, ich kann nicht mehr Gebieterin." Er japs nach Atem, seine Stimme kling so unendlich müde. Schweißperlen ziehen tiefe rinnen durch die Dreckschicht auf seinem Gesicht. „Auf die Beine Dafiri! Dein Platz in einer Schlacht ist an meiner Seite und nicht irgendwo hinter mir." Sein Speer liegt neben mir auf dem Boden. Ich hebe ihn auf und reiche ihn Laran. „Du kannst ihn als Krücke nehmen, aber hoch mit dir das ist ein Befehl!" Sage ich gnadenlos und streng. Wie zu erwarten war kämpfen sein Stolz und sein Ehrgefühl gegen die Erschöpfung. Bevor letzteres Gewinnen kann, reiche ich ihm meine Hand. Für einen Moment schauen mich seine dunklen Augen ungläubig an, dann greift er zu. Seine Schaufel große Pranke greift nach meiner feingliedrigen Hand. Die Hände sind rau und hart, sein Griff ist, trotz seiner Erschöpfung, noch immer stark. Ich bin keine Grazie eher im Gegenteil und ziehe mit aller Kraft und Ausnutzung meines

Im Reich der Herrin der Wüste

ganzen Körpergewichts. Doch nur weil Stolze und Ehrgefühl gewonnen haben kommt er auf die Beine und schützt sich schwer auf seine Waffe. Meine Krieger haben in zwischen den Treppenzugang geräumt. Auf dem Platz, wo heute Abend eigentlich ein Fest stattfinden sollte, um das Leben zu feiern, stehen sich jetzt zwei Untote Streitmächte gegenüber. Die Horde, die viel von ihrer Größe eingebüßt hat, seit sie sich mit mir und meiner Skeletttruppe angelegt haben. Etwa fünfzig Meter vor mir stehen rund um ein frevlerisches Feldzeichen die drei Weber. Das Feldzeichen ist grotesk. Es sieht aus als seinen drei kleinen Menschen Rücken an Rücken zu einem Dreieck zusammengenäht worden. Nur fehlen ihnen die Köpfe. Die Arme sind zur Mitte des Dreieckes gereckt. Sie halten eine Armdicke Stange die tief in das Konstrukt gerammt wurde, um mehr halt zu haben. Anderthalb Meter über den Schultern flattert ein Banner aus zusammen genähten Häuten, so wie ich das inzwischen einschätze Menschenhaut. Auf der Oberfläche wabern blutige Runen und Zeichen, alles ist ständig in Bewegung. Was es unmöglich macht zu erkennen was darauf steht. „Eure Stadt wird fallen Priesterin einer untätigen Göttin." Ruft einer der Männer. „Ihr könnte nicht gewinnen. Unsere Macht ist unbegrenzt und ihr steht allein." Fügt einer der anderen hinzu. „Für deine Anmaßungen Widerstand zu leisten, wirst du lange leiden bevor wir dir erlauben zu sterben." Ruft der dritte. Ich sehe auf diese Entfernung nur Wilde Bärte und lange verfilzte Haare. Die Körper stecken in Lederner Kleidung. „Denkt ihr euer Gebell mach mir Angst. Eure Kunst ist ein Frevel an den Lehren der Prophetin von schwarz und weiß. Ich werde sie von dieser Erde tilgen. Und wie ihr seht, bin ich mit Nichten allein." Erwidere ich mit fester Stimme. Auf meinen Befehl beginnen meine furchtlosen, ergebenen Krieger den Kampf. Die Weber begingen zusammen ein Rituale, jeder webt einen Teil eines großen Ganzen. Alle Teile zusammen ergeben etwas sehr Mächtiges. So etwas erfordert viel Übung. Wie bei einem

Flussschiff, das nur schnell vorankommt, wenn die Mannschaft aufeinander eingespielt ist. Andernfalls behindert sie sich und das Schiff kommt nicht vom Fleck. Mit kombinierten Weben verhält es sich genauso. Für einen effektiven Gegenschlag muss ich näher ran. Immer knapp hinter meinen Kriegern und Laran bleibend nähere ich mich langsam dem Feind. Es ist gefährlich meine Kraft dafür zu verwenden, trotzdem unterstütze ich meine Krieger mit weiteren Flächenbränden. Umso dichter ich an die Weber und ihr abscheuliches Feldzeichen komme umso weniger kann ich die Fäden auf mich einstimmen. Die Dissonanz wird immer stärker. Doch für den Moment läuft der Vormarsch gut. Die Knochenäxte verrichten ihr zerstörerisches Werk. Auf der anderen Seite werfen die wandelnden Leichen meine Skelette zu Boden, wo immer sie können, trampeln auf ihnen herum bis die Knochen splittern und die Muster zerfallen. Es ist ein Gemetzel auf beiden Seiten. Die Horde drängt sich immer dichter um ihre Meister zusammen, bildet eine Mauer aus Leibern. Noch immer sind die Weber außerhalb meiner Reichweite. „Gebieterin Vorsicht! Die Fäden sammeln sich in der ersten Reihe der Horde. Ich kann aber nicht sagen, was sie vorhaben." Genau für so etwas wollte ich eine Sternenseele dabeihaben. „Tritt dicht hinter mich!" Mit etwas Mühe webe ich das Muster für Schutz, eine Kuppel von etwas zweieinhalb Meter im Radius entsteht rund um mich. Larans Atem streif meinen Nacken. So dicht steht er hinter mir. Für eine Moment passiert nichts. Hat er sich geirrt? Nein, bisher war jede seiner Beobachtungen immer akkurat, wenn er sie geäußert hat. Bumm, Bumm, Bumm eine Reihe von Donnerschlägen zerfetzt die erste Reihe der Horde und einen Großteil meiner Knochenkrieger. Gleichzeitig flimmert eine große Schutzkuppel rund um das Feldzeichen und fast die Gesamte noch bestehende Horde. Die Druckwelle schleudert die Körper umher, als seien sie Strohpuppen, Leichenteile, Knochensplitter, Reste von den Ständen für heute Abend und allerlei andere Dinge fliegen durch die Luft. Verdammt, irgendeine Form von „Blutkessel". Meine Streitmacht hat sich innerhalb eines Augenblicks erlediget. Vier von fünf meiner Krieger sind zerstört, der Rest angeschlagen. Während die Meister und ihre wandelnden Leichen unter ihrer Schutzkuppel vor der Magie sicher sind. Das war wirklich sehr gut gemacht, stellt die Weberin in mir anerkennend fest. Ohne Larans Warnung hätte mich die Druckwelle eiskalt erwischt. Aus den Knochensplittern, die jetzt den Platz bedecken forme ich ein Geschoss und lasse es gegen die Kuppel fliegen. Die Muster lösen sich in dem Moment auf, indem sie sich durch die Barriere bewegen. Die nutzlosen Splitter rieseln zu Boden. Auch kann ich die Fäden innerhalb der Kuppel nicht berühren. Eine so mächtige Verteidigungsbarriere habe ich noch nie gesehen. „Linie bilden!" Gehorsam zieht sich der kümmerliche Hauf von Knochenkrieger zu einer dünnen, kurzen Linie zusammen. Mit einem Schlag bin ich ratlos. Egal was ich aus Knochenforme die Barriere wird es zerlegen. „Dafiri hast du einen Vorschlag?" Es schmerzt mich einen Gemeinen in einem Kampf der Weber um Hilfe bitten zu müssen. Aber was bleibt mir anderes übrig. Ich kann stolz untergehen oder vielleicht mit der Hilfe meiner eingeschworenen Sternenseele gewinnen. Am Ende zählt nur der Sieg. „Könnt ihr mir sagen, was diese Wand kann? Ich sehe nur viele ineinandergreifende Muster." „Sie scheint alle Muster zu zerstreuen, die mit ihr in Berührung, dadurch hebt sie die Wirkung der Kunst auf. Die Fäden im Inneren werden vor meinem Zugriff abschirmt." „Könnt ihr noch einmal ein Geschoss auf die Wand schleudern? Damit ich die Wirkung in der Welt der Fäden sehen kann?" Ich tue ihm den Gefallen, auch dieses Geschoss zerfällt, sobald es die Barriere berührt. Auch der Feind bleibt nicht untätig. Langsam, unter dem Schutz der Kuppel, rückt er vor. Schritt für Schritt kommt er näher. Noch scheint er vor meiner Kunst zu viel Angst zu haben, um den Schutz seiner Kuppel zu verlassen. Nur brauchen sie das auch nicht. Erst wird die Kuppel die letzten Reste meiner offensiven Truppe zerfallen lassen. Den Streitern auf der Treppe wird es wenig später genauso ergehen. Sobald die letzte Verteidigungslinie gefallen ist und ich auf der Treppe bin, werden ich in den Tempel gedrängt und dort sterben. Oder ich fliehe. Die Adlige in mir bevorzug diesen Weg. Die stolze Weberin und die Verehrerin der Herrin der Wüste in mir wollen kämpfen. Bei allen Höllen ist das der Einfluss dieses irren Mando? Seit wann erwäge ich auch nur solche aussichtslosen Kämpfe „Könnt ihr eure Muster in eine Rüstung stecken?" fragt Laran, ich höre seiner Stimme an das er sich zwingen muss sich zu konzentrieren. Dass er nach allen noch nicht zusammengebrochen ist, grenzt langsam an ein Wunder. „Wie meist du das?" „Wenn ich mich vor etwas schützen will, das meine Haut verletzt lege ich eine Rüstung an. Könnt ihr eure Muster mit einer Art Rüstung schützen?" Nicht mit einer Rüstung aber mit einem Kokon. Puh, wie mache ich das am besten. Bisher habe ich immer versuch meine Muster so schlank und elegant wie möglich zu weben. Jetzt muss ich versuch einen Mantel aus Müll um mein Muster zu legen. Allerdings muss ich dann Knochen möglichst schnell durch die Barriere und an sehr nahe an die Weber bekommen. „Dafiri bring mir den größten Knochen den du finden kannst. Am besten einen Oberschenkelkochen." Was für ein Muster kann ich weben? Es muss möglichst klein und einfach zu weben sein. Auf der anderen Seite muss es so tödlich wie möglich sein. Meine Gedanken rasen, mmm warum nicht das hat mir schon mehrfach gute Dienste geleistet. Bleibt nur noch die Frage der Zustellung. „Dafiri, wie weit kannst du den Knochen werfen?" Frage ich ihn als er mir einen fast unbeschädigten Oberschenkelknochen reicht. Er betrachtet ihn Skeptisch. Das kommt darauf an, wie weit er muss." Ich sehe streng an. „Natürlich so dich an die Weber wie möglich. Am besten direkt neben sie." Er schüttelt resigniert den Kopf. „Das kann ich nicht, tut mir leid." „Das gibt es doch gar nicht, muss ich mich denn um alles allein kümmern." Fluche ich. „Naja wenn wir den Knochen daran binden können, könnte ich es schaffen." Er deutet auf einen der kurzen Wurf- und Stoßspeere, mit denen die Miliz gegen die untote Flut angetreten ist. Die Druckwelle hat den Speer von irgendwo her an den Fuß der Treppe geschleudert. „Gut du besorgst was zum Befestigen und webe die Muster."

[Laran]

Stadt Izaron, am Fuß der Treppe

Die Kuppel ist in zwischen auf weniger als zwanzig Meter heran, dann noch einmal einige Meter bis ins Zentrum. Das sollte machbar sein. Speer werfen war noch nie meine Stärke, ich habe immer den bewaffneten Nahkampf bevorzugt. Rabia singt und webt und wird dabei immer blasser. Es ist das erste Mal, das ich bewusst wahrnehme, wie es geschieht. Langsam verschwindet die Farbe. Als wenn man Milch in einen dieser sündhaften teuren Kristallgläser des Adels gießt und dann immer mehr mit Wasser verdünnt. Bis am Ende nur noch die Kristallschicht zusehen ist, die das Wasser hält und selbst diese verliert immer mehr an Substanz. Im Tempeltal war selbst davon nur noch ein Hauch zu erahnen. Was ich mich schon länger frage, ist was mit ihr passiert, wenn einmal der letzte Hauch verschwinden sollte. Kommt ihr Körper dann zurück oder bleibt sie dann ein Skelett? Das andere, worum ich mir sorgen mache, ist was macht dieses Abtrauchen in die Magie mit ihr. Der Mensch kann nicht dafür geschaffen sein in der Welt der Magie zu existieren. In der Welt der Fäden ist sie aber noch genauso wie sie normalerweise aussieht. Nur umgibt sie dort ein grüner Schimmer. In dieser Welt schwindet ihr Körper immer mehr. Sie ist wieder voll in die Magie abgetaucht und das gnadenlose Lächeln, das trotz aller Konzentration ihre Lippen umspielt sagt mir das unsere Gegner eine schreckliche Überraschung erwartet. Ich bin gespannt, was sie sich für die Männer ausgedacht hat. Für die Männer die alles an das sie glaub mit

Füßen treten. Aber zurück zu meiner Aufgabe. Einige der Fetzen, die übrig geblieben sind als Rabia mit ihrer Kunst zugeschlagen hat, reiße ich in Streife. Die sollten zum Befestigen reichen. Wovor ich richtig Angst habe, ist das meine Arme und Beine nicht mehr mit machen, schon jetzt gehorchen kaum noch meinen Willen. „Hier Dafiri, mach den Knochen fest und dann wirf den Speer so dicht an einen der Weber heran, wie du kannst!" Mehrfach wiege ich den Speer mit seiner Fracht in der Hand, versuch abzuschätzen wie er sich in der Luft verhalten wird. Die Augen geschlossen, atme ich mehrmals tief ein und aus. Ein Versucht meinem Körper noch einmal eine Höchstleistung zu entlocken. „Meine verehrten Ahnen, ich bitte euch, führt meine Hand bei diesem Wurf." Dann nehme ich Anlauf, ziele auf den Weber in der Mitte und werfe den Speer mit seiner kostbaren Fracht. Als der Speer durch die flimmernde Kuppelbricht stoben gleißende weiße und orange Funken. Der Speer flieg unbeirrt weiter und auch der Knochen hat sich nicht aufgelöst. Aber sind auch die Muster meiner Gebieterin noch intakt? Was dagegen offenkundig ist das der Speer sein Ziel nicht treffen wird. Er fliegt zu weit nach rechts. Wenigsten stimmt die Weite. Die Spitze senkt sich gen Erde. Einer der Weber schätz die Flugbahn des Speeres völlig falsch ein. Er macht zwei Schritte zur Seite, um dem Speer auszuweichen. Im Nächten Moment entfährt ihm noch ein erstickter Schrei als sich die metallener Spitze tief in seine Brust bohrt. Ungläubig senkt er den Kopf, betrachtet den hölzernen Schaft mit dem Knochen daran. Erst als seine Augen sehen, was den Weg in seine Brust gefunden hat, realisiert sein Kopf das Unvermeidliche. Das kein Mensch eine solche Wunde überleben kann, nicht ohne Magie. Der getroffene Mann bricht zusammen. Die Muster entfalten keine Wirkung. Die Barriere muss die Muster in dem Knochen doch zerstört haben. Der Weber auf den ich eigentlich gezielt habe, ist sofort bei seinem Mitstreiter. Bevor er aber zu irgendwas kommt erwachen die Muster die Rabia gewebt hat doch noch zum Leben. Der Knochen wird zu einer beinernen Schlage ganz ähnlich der, die sie Dorga auf den Hals gehetzt hat. Auf die Distanz und mit der flimmernden Kuppel dazwischen kann ich nicht alles Details erkennen. Ich bin mir aber sicher einen Gliederkörper zu erkennen und fingerlange Dornen. Die Schlage schießt wie eine zubeißende Kobra auf den Hals des Mannes zu. Blitzschnell wickelt sich das Konstrukt um den Hals des Webers und rammt die Dornen in seine Nasenlöcher. Zum Schluss ruckt der, durch den Dornen gehaltene Kopf einmal stark zu Seite. Fast bin ich mir sicher das Knacken des Genicks gehört zu haben. Mit einem unnatürlich verdrehten Kopf geht der Mann zu Boden. Die Kuppel flackert einige Mal und wird schnell schwächer. Direkt nach dem Wurf geben meine Beine endgültig nach, knapp hinter der dünnen Linie aus Knochenkriegern gehe ich zu Boden. Egal wie sehr ich mich bemühe, ich komme nicht mehr hoch. Die Erschöpfung hat endgültig gewonnen. Die Kuppel flackert noch ein, zwei Mal und erlischt. Die darunter gefangene Horde setzt sich in Bewegung. Wie ein Hammer kommt die geschlossene Masse der Flut auf uns zu, der Angriff hat begonnen. Ohne die Möglichkeit zu Flucht oder Kampf liege ich hilflos am Boden. Meine Augen starr auf die Flut gerichtet, unfähig den Blick von diesem entsetzlichen Grauen abzuwenden. Hinter mir erklingt Rabias wundervolle Stimme die „Tanz von Licht und Schatten" singt. Meine singende Gebieterin bricht den Bann, endliche schaffe ich es den Kopf von der Flut abzuwenden. Lieber sehe zu Rabia die mein Requiem singt. Als zu der untoten Horde gegen die ich nichts mehr tun kann. Rabias Lied umfängt mich und ich versuche mich auf den Text und die Sängerin zu konzentrieren. „... Wenn die Sonne ihr Gesicht unter Sand versteckt und Dunkelheit sich in unsere Welt erstreckt. Wenn der Hoffnung Flamme zu erlöschen droht, beginnt er seine göttliche Wacht, der Herr der Anderwelt. Er duldet die Dunkelheit nicht ..." Ein Moment bevor der Hammer die dünne Linie aus Knochen zerschmettern kann, bricht das Inferno los. Eine komplett skelettierte Rabia mit grün lodernden Flammenaugen und in den Winden der Magie wild wehenden Haaren, bricht mit all ihrer Kunst wie eine Naturgewalt über die Flut herein. Ich habe noch nie etwas so Schreckliches und gleichzeitig so Wundervolles gesehen wie sie in diesem Augenblick. Grüne Flammen breiten sich aus wie ein Steppenbrand, doch noch bevor die Knochen den Boden berühren, erheben sie sich schon wieder als Krieger. Die Melodie ihres Liedes verändert sich immer mehr, sie ähnelt mit jeder Strophe mehr der ätherischen Melodie der Fäden. Wieder habe ich das Gefühl das ihr Gesang nicht nur die Fäden vibrieren lässt, sondern auch etwas tief in mir. Langsam fallen mir die Augen zu. Bilder unterbrochen von langen Momenten der Dunkelheit. In einem Moment ist noch die halbe Horde da, im nächsten Moment hackt ein Dutzend Knochenkrieger den letzten Weber in Stücke. Was dann folgt bleibt in der Dunkelheit verborgen.

[Rabia]

Stadt Izaron, am Fuß der Treppe

Der Speer trifft mit einer unglaublichen Zielsicherheit einen der Weber in die Brust. Meine Kunst löst nicht aus, die Knochenschlange hat die Anweisung die nächste lebende Person anzugreifen. Laran hat mit seinem Wurf, ob mit Können oder purem Glück, einen von ihm getötet. Damit hat er alle meine Anstrengungen sinnlos gemacht. Zu seinem Glück kommt einer der anderen beiden Weber zu Larans Opfer, um diesen zu helfen. Die Muster lösen aus, bei Kalidre wollte ich nicht das mein Konstrukt tötet, bei Dorga sollte es möglichste langsam vonstattengehen. Dieses Mal ist das anders, es soll so schnell und sicher wie möglich ein Leben beenden und genau das tut es jetzt. Der Weber der an diesem unglaublichen Frevel beteiligt gewesen ist stirb drei Tode. Er wird erwürgt, Fingerlange Knochendornen schieben sich durch die Nase in sein Gehirn und sein Genickt wird gebrochen. Ein viel zu schnelles und gnädiges Schicksal für sein vergehen. Doch ist das auch nur der Auftakt zu den unendlichen Qualen due ihn in den zwölf Höllen erwarten warten. Egal wie viele Fäden ein Weber zur Verfügung hat. Ohne Konzentration kann er oder sie nicht weben. Der letzte der Drei verliert seine, als innerhalb weniger Augenblicke seine Begleiter sterben. Die Verteidigungskuppel flackert und wird rapide schwächer, schließlich bricht sie komplett zusammen. An sich genau das, was ich wollte. Nur das mein Dafiri an der Kampflinie am Boden liegt und nicht mehr hochkommt. Das wollte ich ganz bestimmt nicht. Auch diese verdammte Dissonanz wird wieder stärker. Dass macht, dass was jetzt notwendig ist, noch anstrengender, aber das ist mir in diesem Moment egal. „Ich bitte euch gnädige Herrin der Wüste, lass mich erst zusammenbrechen, wenn ich diesen Kampf beendet habe." Flüstre ich ein Stoßgebet als ich alle Fäden, über die ich noch gebiete sammle, um zu einem weiteren Schlag, meinen wohl letzten Schlag auszuholen. Ohne dass ich im ersten Moment verstehe, warum, kommen unglaublich viele Fäden zu mir. Als wenn sich die Strömung der Fäden in meine Richtung geändert hätte. Fäden, die eben noch viel zu weit weg gewesen waren, um sie nutzen zu können, strömen von selbst zu mir. Sie vibrieren und lassen sich kinderleicht auf mich einstimmen. Die Herrin muss mich erhört haben. Da kommt mir ein Gedanke, die Träne. Wie war das? Sie hat dich akzeptiert Tochter des Tores. Heißt das sie hat einen eigenen Willen, bestimmt selbst wann sie mir ihr Macht leiht? Was hat der alte Priester gesagt? „Dient der Herrin der Wüste treu und ohne Zweifel in all eurem wirken." Nun genau da tue ich jetzt. Das erste Mal heute Zweifel ich nicht mehr an dem, was ich tue. Man könnte sagen das Rabia Azzarena die Adlige, die Gläubige und die stolze Weberin zusammen antreten, um eine Schlacht zu gewinnen. Ein Wille, ein Ziel. Sie wollen ihren Dafiri schützen und sich gleichzeitig gnadenlose an den Kamatras rächen. Sofort nutze ich die neuen Fäden, die sich so leicht meinen Willen fügen. Mit Feuer beginnt es, sobald ich all das tote Fleisch eingeäschert habe, nutze ich die Knochen. Mein letzter lebender Feind versucht noch etwas zu Weben. Doch dieses Mal ist die Distanz klein genug. Die Knochenlanzen graben sich tief in Bauch und schleudern ihn zu Boden. Blut quilt aus seinem Mund. Seine braunen Augen blicken mich entsetzt an, als ich über ihm stehe. „Was seid ihr?" Ein schrecklicher Hustenanfall schüttelt ihn, mehr Blut quillt aus seinem Mund und aus seinem Gewand hervor. „Hätten wir gewusst *Hust* ein Totenstern über Stadt steht *Hust* wir hätten eure Stadt niemals *Hust* Die Geister von Barowna haben gefordert *Hust*" Der Rest seines Redeschwalles gehen in einem blutigen Hustenanfall unter. „Die Knochen eurer Opfer werden euch zu den Richtern schicken, Kamatras. Für eure verfluchten, gottlosen Taten werdet ihr auf ewig in den Höllen schmoren." Sage ich mit kalter Verachtung, zu meinen Diener gewandt sage ich. „Beendet es!" Die Skelette beginnen ihr schauriges Werk. Sie zerhacken ihn regelrecht. Als es getan ist, mustere ich die drei toten Männer, oder das, was von ihnen übrig ist. Sie sind sich so ähnlich Brüder? Drillinge? Wie auch immer. „Ihr sollt kein Grab haben. Keinen Ort an dem man euer Gedenken kann. Eure Knochen sollen niemanden mehr dienen können. Ich tilge euch in dieser Welt Frevler." Ihr Fleisch brennt, danach lasse ich ihre Knochen zu Staub zerfallen und entsende einen mein Diener diesen dann außerhalb der Stadt in alle Winde zu zerstreuen.

Im Reich der Herrin der Wüste

8. Kapitel: Die Macht einer Priesterin der Wüste
[Rabia]

Izaron, am Fuß der Treppe

Jetzt ist nur noch das scheußliche und groteske Feldzeichen übrig, schon will ich mein Dienern den Befehl geben das Ding zu vernichten, um alle Spuren dieses Frevels zu tilgen, als eine geisterhafte Stimme zu mir spricht. Sie kommt ungefähr von dem Feldzeichen, nur habe ich das Gefühl, das die Stimme nicht den Umweg über meine Ohren in meinen Kopf nimmt. „Nicht große Weberin, bitte tut uns nichts." Die Stimme klingt wie die von vielen Kindern, die geeint und flehend sprechen. „Wir können euch gute Dienste leisten. Wenn ihr uns nichts tut, so wie wir den Anderen gute Dienste geleistet haben. Sie haben die Armee erschaffen, wir haben sie erhalten. Das könne wir auch für euch tun." Ein interessantes Angebot eine sich selbst erhaltene Knochenarmee ist der Traum eines jeden Knochenwebers mit Ambitionen. Das Erhalten von Mustern ist für eine Armee aus Knoch der begrenzende Faktor. Fäden sind wild und die Muster halten nicht ewig. Die einzigen Muster, die scheinbar ewig gehalten haben, waren die im Tempeltal. Aber dort waren Seelen in das Muster gewoben worden. „Euer Angebot klingt interessant. Doch wer oder was seid ihr?" „Nennt uns Amschir allek Browna." Die Sprache, aus der diese Worte stammen ist uralt. Wenn ich mich richtig an die Lektionen erinnere, bedeuten sie in etwa Essenz der Browna oder Geister der Browna. „Wir wussten das eine kluge und mächtige Weberin wie ihr das Erkennen würdet." Die Stimmen klingen jetzt selbstzufrieden. Neugierige stelle ich die Frage die mich brennend interessiert. „Wie erhaltet ihr die nicht selbst gewebten Muster?" „Das ist unsere Gabe." Kommt die ausweichende Antwort. „Nur das die Magietheorie so etwas nicht zu lässt keine Kunst kann ohne einen Preis erhalten werden. Also welchen Preis erfordert euer Angebot?" Mein Ton wir scharf bei dieser Frage. „Wir laben uns am Tod den eine Armee, wie die die ihr hier gesehen habt, bringt." Die Stimme klingt freundlich beinahe euphorisch. „Am Tod laben?" Das klingt seltsam und ein ganz schlimmer verdacht steigt in mir auf. Entsetzt frage ich daher. „Ihr verschlingt die Seelen der Sterbenden?" „Ein geringer Preis für die Macht die wir euch bieten. Mit eurer erhabenen Kunst und unserer bescheidenen Unterstützung könnt ihr über diese Stadt und sogar über ein ganzes Reich herrschen. Alles, was wir verlangen, ist unser Teil an der Beute. Etwas das ihr sonst ungenutzt verkommen lassen würdet. Ihr hättet keinen Verlust aber einen hohen Gewinn." Jetzt steigt Zorn in mir auf. „Nein! Du… ihr sprecht mit einer Gläubigen der Herrin der Wüste und Anhängerin der Verkünderin von Schwarz und Weiß. Ihre Gebote besagen ganz eindeutig das die Seelen den Göttern gehören. Jeder der sich an ihnen vergreift ist ein Kamatras." Meine Antwort ist hart und bestimmt. „Warum klammert ihr euch an solch antiquierte Regeln? Ihr habt Macht, verkündet eure eigenen Regeln, macht euch die Welt Untertan und selbst die Götter werden diese Regeln anerkennen müssen, Gebieterin der Knochen." Es ist eine Verlockung, eine solche Macht und meine Fähigkeiten. Damit könnte ich … alles verraten an das ich glaube! Wieder habe ich das Gefühl, das ein Teil meiner selbst mit einem anderen kurz streitet. „Euer Angebot ist verlockend. Nur dann wäre ich das Monster, das viele in mir sehen." Zu den wenigen Menschen die mich wie ihres Gleichen, wie einen Menschen behandelt haben, gehören die Bewohner dieser Stadt und mein Dafiri. Der diesen Handel niemals gutheißen würde, auch wenn ich mich selbst Frage, warum mir seine Meinung in dieser Frage wichtig ist. „Ich habe alles, was ich kann und was ich bin durch eigene Leistung erreicht. Warum sollte ich auf die Einflüsterungen einer grotesken Abscheulichkeit hören?" Die Stimmen antworten in schmeichlerischen Ton. „Ihr seid überaus mächtig Gebieterin der Knochen. Eure Kunst sucht in allen Ländern ihres gleichen, stellt euch vor was ihr erreichen könnt, wenn wir euch den Rücken freihalten. Ihr erschafft, wir verwalten." Manchmal bin ich ein undankbares Miststück, das weiß ich. Vor allem während der Grundausbildung im Schattental, habe ich mir genommen, was ich wollte und erreichen konnte, ohne Bedauern über den Weg. Nur das Ziel und der Erfolg zählten und heute? Heute bin ich vielleicht immer noch ein Miststück aber eines das für mehr als nur sich selbst die Verantwortung trägt. Eines das inzwischen weiß, dass manche Siege sich erst im Nachhinein zu einer Niederlage verwandeln. „Nein, um mir den Rücken freizuhalten habe ich schon jemanden der sich dabei gut macht. Außerdem was ich erschaffe, das verwalte ich selbst!" „Und wo ist eure Rückendeckung jetzt?" Werfen die Stimmen Fragen ein. „Am Ende steht ihr allein. Mit uns wäre das anders." Säuselt das Feldzeichen. „Ihr, was immer ihr auch seid, habt mir nichts zu bieten." Die Stimme geht mir langsam auf die Nerven. Diese hohen Kinderstimmen bohren sich in meinen Geist wie das Summen eines Moskitos. Das tut meinen so wie so schon beträchtlichen Kopfschmerzen nicht gut. Oder wendet er eine Kunst an, um in meinen Geist einzudringen? Als Weberin gehe ich in dieser Frage kein Risiko ein. Diese Vielstimmigkeit der Kinderstimmen gräbt sich irgendwie in meinen Kopf, so dass es mir immer schwerer fällt einen klaren Gedanken zufassen. Aber noch bin ich Herrin meiner Sinne und meines Kopfes. An meine Krieger gewandt sage ich. „Zerhackt es!" „Närrin!" Jetzt klingen die Stimmen nicht mehr kindlich und unterwürfig. Jetzt dröhnt sie dunkel und aggressiv, aber noch immer Sprechen viele Stimmen als eine. „Närrin glaubst du wirklich wir hätten die Äonen überstanden, wenn wir nicht wüssten, wie wir mit dem daher gelaufenen Abklatsch einer Priesterin umgehen müssen?" Wieder entsteht eine Verteidigungskuppel, diesmal nicht mehr als fünf Meter im Durchmesser. „Wir werden dich töten. Deine

Seele wird hundertfache Todesqualen erleiden, bevor wir sie vergehen lassen. An diesen Qualen werden wir uns laben. Dein Körper wird unsere erste Puppe in einer neuen Armee sein." Verdammt hier drin sind kaum Fäden und an die draußen komme ich nicht ran. Die Erkenntnis trifft mich wie ein Hammerschlag ins Gesicht. Am Ende bin ich wieder allein. Keine treuen Diener aus Knochen, kein Schild und Speer. Genau wie damals als Kind und im Schattental, bin ich allein. „Du wirst sterben armselige Priesterin. Sterben, weil dir die Worte einer vor Jahrhunderten verendeten alten, irrsinnigen Frau wichtiger waren als dein eigenes Leben. Aber auch sonst wärst du des Todes, du hast unsere Puppensammlung zerstört. Das werden wir dir nicht durchgehen lassen." Das Ding geht mir immer mehr auf die Nerven. Wenn ich jetzt die Kuppel verlasse, kann ich weben, doch nichts mehr gegen das Feldzeichen ausrichten. Hier drinnen, nun ich habe meinen Dolch. Noch einmal betrachte ich das Ding. Die Beine und Körper sind wohl nur für die Fortbewegung. Das Banner, mein Ziel ist das verfluchte Banner. Es hängt nur viel zu hoch als das ich mit einem Schlag Schaden anrichten könnte. Alles in mir sträubt sich dagegen diese widerlich blutige Haut auch nur zu berühren. Leider verpuffen meine grünen Flammen an dem Gebilde einfach. Wenn das Ding wirklich Seelen frisst, dann schützen diese Seelen es vermutlich vor dieser Spielart meiner Kunst. Angewidert beginne ich an dem Ding emporzuklettern. „Du bist schwach und unwürdig. Du kannst nichts tun. Du stirbst allein, ganz allein. Niemand hält dich für wichtig genug, um dir zu helfen." Säuseln jetzt wieder die kindlichen Stimmen. Als ich grade die Schultern besteige, läuft das Ding los. Direkt durch meine, über dem Platz verteilten, Skelette. Mit der linken halte ich mich am Fahnenmaßt fest, mit der Rechten ramme ich die Spitze meiner Klinge ins zähe Leder des Banners. Ein geisterhafter Schmerzensschrei, hoch und schrill ertönt. Das Ding bockt, dreht sich um sich selbst. Es versucht alles um mich abzuwerfen. Trotz all seiner Bemühungen gelingt mir ein zweiter Stich, bevor ich rücklings falle. Meine Klinge steckt immer noch im zähen Leder fest, während mich die Beine versuchen zu zertrampeln.

[Laran]

Stadt Izaron, am Fuß der Treppe

„Erwache Mando! Die Priesterin der Wüste braucht deine Hilfe." Ohne nachzudenken, ohne die Augen zu öffnen antworte ich in der Zunge, die die Sprecherin benutzt, in Mando. „Ich kann nicht mehr kämpfen. Ich kann niemanden mehr helfen. Ein Gemeiner wie ich kann keine Berge versetzen." Aus diesen Worten spricht eine tiefe Resignation. In der heutigen Schlacht habe ich immer wieder bis an meine Grenzen kämpft. Für meine Gebieterin sogar darüber hinaus. Am Ende war mir Rabia mit ihrer Kunst immer überlegen. Sie braucht mich nicht um sich zu schützen. „Ist das das Erbe der Mando'ree? Auf dem Boden liegen und jammern?" Fragt die Frauenstimme verächtlich. „Ich bin der Zorn des Westblutes, meine Ehre ist der Leitstern für meine Sippe. Solange mein Licht erstrahlt, stehen die Mando aufrecht. Was da auch kommen mag! Die Priesterin der Wüste benötigt diesen Zorn und diese Ehre. Also erhebe dich Mando'ree!" Fünf Sterne wiesen unserem Volk einst seinen Weg. Fünf Leitsterne allesamt erloschen im Kampf gegen das tödliche Licht aus dem Westen und seinen Schergen. Erloschen, aber nicht verglüht. Eines Tages werden sie wieder auf den Fünf hohen Gipfel erstrahlen und ihr Volk wieder leiten, so hat es meine Großmutter immer erzählt. Die Stimme hat recht, wie soll ich meinen Ahnen erklären das ich am Boden liege und jammere, während meine Gebieterin sich allein wer weiß was stellt. Noch einmal versuche ich alle meine Sturheit, all meinen Zorn zu sammeln. Nur so kann ich versuchen meine erschöpften Glieder zu benutzen. Langsam schaffe ich es mich zu bewegen. Jede kleinste Bewegung schmerzt höllisch. Meine Beine, Arme und Finger, alles fühlen sich so schwach und butterweich an. „Komm schon Laran, mach die verdammten Augen auf!" Schnauze ich mich selbst an. „So ist es gut Mando'ree, zeigen der Welt das die Sterne des Westblutes noch immer erstrahlen können!" Sagt die triumphierende Frauenstimme noch. Als ich es endlich schaffe die Augen aufzumachen sehe ich niemanden, nur die Sonne hoch über mir. Dabei klang die Stimme so nah, als wenn sich die Frau über mich beugt. Die Sonne steht noch hoch am Himmel, ich kann also nicht lange ohnmächtig gewesen sein. Langsam und unbeholfen versuche ich mich aufzurichten, als ich es endlich auf die Knie geschafft habe, sehe ich mich blinzelnd um. Noch immer Kämpfen verstreut Tote gegen Tote. Die Kuppel schimmert wieder, nur sehr viel kleiner als vorher. Ich dachte wir hätten sie zerstört. Mittendrin klettert Rabia auf dem Feldzeichen umher. Mein Geist, der sich nichts sehnlicher wünscht als wieder ins Dunkele abzudriften zu können, begreift langsam was die Augen sehen. Sie würde nie auf dem Ding herum klettern, wenn sie nicht in Gefahr wäre. Auf die Beine zu kommen ist unheimlich schwer. Sie zittern unter meinem Gewicht und wie ich die vielen Schritte bis zu Rabia schaffen soll, ist mir ein Rätsel. Ob Sturheit oder einfach nur noch Irrsinn, auf jeden Fall laufe ich los. Wankend und strauchelnd komme ich nur im Schneckentempo voran. Genauso langsam ziehe ich eines meiner Beile. Da kommt das Ding auf mich zu gelaufen. Anscheint so drauf konzertiert Rabia abzuwerfen, dass es gar nicht merkt das es mir entgegen läuft. Das komische Wesen vor mir bockt wie ein Maulesel und die hochherrschaftliche Weberin landet rücklings im Staub. Das Feldzeichen will Rabia nun zertrampeln. Mehrmals schafft sie es sich wegzurollen, um diesem schmerzhaften Tod zu entgehen. Aber es wird eng für sie. Endlich erreiche ich die Barriere aus flimmernder Luft.

Im Reich der Herrin der Wüste

Vorsichtig mache ich einen Schritt nach vorn, in die Kuppel. Ich weiß nicht, was ich erwartet habe, Blitze, ein Kribbeln auf der Haut? Aber sicher nicht das gar nichts passiert. Wie der Speer vorhin kann ich die Barriere einfach durchschreiten. „Kazar" Für mehr als dieses müde Wort reicht mein Atem nicht mehr. Schon jetzt japse ich wie ein Fisch auf dem Trockenen nach Luft. Für eine Moment stehe ich zwischen der am Boden liegenden Rabia und dem Ding. Es ist nicht stark, jedenfalls nicht stark genug, um mich weg zu schieben. Obwohl ich so unser auf meinen Beinen stehe wie ein junges Kamelfohlen. Damit kommt es an meine Gebieterin nicht ran. Mir fällt Rabias Dolch auf, der im Banner steckt. Sie will das Banner also zerstören. Da hoch werde ich nie und nimmer kommen, dann muss das Banner eben zu mir runterkommen. So mache ich das Einzige, was mir einfällt. Ich trete zwischen zwei der drei Körper folge seinen Bewegungen und schlag immer wieder mit zweihändigen Hieben zu. Die Klinge des Beils beginnt sich in den Fahnenmast zu fressen. Jeder Hieb lässt weitere Holzstück wegspritzen. Das Vieh kann sich drehen aber zum Glück nicht rennen, so kann es mir nicht entkommen. Viele Kinderstimmen, die sprechen wie eine, hallen durch meinen Kopf. „Der arme Knecht der wahnsinnigen Priesterin. Warum kämpfst du noch für sie? Du hast alles Menschen Mögliche für sie getan. Kein Sold der Welt ist es Wert das du dein Leben für sie weg wirfst. Gibt sie dir Silber, Gold oder sogar ihren bleichen, verfluchten Körper?" Eine Pause folgt auf diese säuselnden Worte. Als warten die Stimmen auf eine Antwort. „Gib auf! Wir lassen dich auch mit allem, was du willst aus der Stadt ziehen. Du bist dann ein gemachter Mann." Die Stimme krallt sich in meinem müden Verstand. Die Worte treffen dort auf offene Türen, stoßen auf Fragen, die ich mir selbst stelle. Die Schülerin ist kein Mando, warum beschütze ich sie, die mich zum Eid gezwungen hat, so als gehöre sie zu meiner Sippe, zu meiner Familie? Ich lasse es zu das sie unsere Kleidung und unsere Zeichen trägt. Gleichzeitig zweifelt sie meine Fähigkeiten und meine Ehre an. Die Stimme hat recht mehr als ich geleistet habe kann niemand verlangen. Meine Entschlossenheit erlahmt unter immer neuen Einflüsterungen der Stimmen. Leider ist sie das Einzige, was meinen geschundenen Körper noch angetrieben hat. Meine Arme hängen schlaf herab, den kraftlosen Fingern entgleitet der Stiel des Beils. Bevor es aber noch den Boden berühren kann, schließen sich knochige Finger um den abgegriffenen, schweißnassen Stiel. „Danke Laran, ich mache weiter." Meine Gebieterin drückt mich sanft zur Seite und führt mit unbeholfenen Bewegungen mein Werk fort. Mein geschulter Blick sagt mir das sie noch nie eine Axt geschwungen hat. Wieder erhebt sich die Kinderstimme dieses Mal drängender als beim ersten Mal. „Töte sie und alle Reichtümer der Stadt gehören dir. Töte sie! Vernichte sie!" Das geht jetzt aber selbst meinem erschöpften Verstand zu weit. „Die Ehre erhebt uns über die Tiere! Für meine Ehrlosigkeit, die ich mir heute aufgeladen habe, werde ich büßen. Diese aber ganz bestimmt nicht fortsetzen!" flüstere ich auf Mando.

[Rabia]

Stadt Izaron, am Fuß der Treppe

Wenn ich nicht genau wüsste, das Laran kein Weber ist, würde ich darauf schwören, dass er irgendwelche Verstärkungen auf sich gewebt hat. Der Mann ist körperlich total am Ende, aber irgendwie schafft er es sich auf seinen zitternden Beinen zu halten. Sein Wille muss härter sein als Stahl. Er hat mein Ziel sofort erkannt. Seine Lösung ist pragmatisch, wenn er nicht zum Banner kommt, dann muss das Banner zu ihm kommen. Nur ist er gar nicht mehr in der Lage sein Vorhaben zu beenden. Wo seine Kraft und meine Kunst nicht weiterkommen, muss ich andere Wege beschreiten. Als seine Arme nur noch kraftlos herunterhängen und das Beil langsam seinen Fingern entgleitet greife ich zu. Gleichzeitig bedanke ich mich bei ihm. „Danke Laran ich mach weiter." Am Ende bin ich doch nicht allein. Keine Knochendiener aber eine treuer Dafiri steht hinter mir. Dieses ungewohnte Gefühl gibt mir Kraft. Kraft die ich für die vor mir liegende Aufgabe brauchen werde. Ich habe noch nie eine Axt benutzt. Es dauert lange bis der Mast auch nur knirscht aber noch immer bricht er nicht. Wieder überrascht mich Laran. Er schlurft an meine Seite umarmt den Maßt wie einen geliebten Menschen und lässt sich einfach stocksteif nach hinten kippen. Das reicht, der angeschlagene Mast ob magisch verstärkt oder nicht ergibt sich den etwa neunzig Kilo reiner Mando Sturheit die an ihm hängen, das Holz bricht. Mein Dolch und das verfluchte lederne Banner fallen auf das Pflaster. Sofort hechte ich zu meiner Waffe, meine skelettierten Finger schließen sich um das lederumwickelte Heft der vertrauten Klinge. Mit dem rasiermesserscharfen Stahl komme ich wie eine rachsüchtige Furie über das Leder. Die Stimme heult, bettelt, schreit und droht. Sie wechselt dabei immer wieder zwischen den kindlichen und den dunklen Stimmen. Während ich Stück für Stück und Streifen um Streifen aus dem lederenen Fetzen heraustrenne und wegwerfe. Jedes abgetrennte Stück wird, wenn ich es wegwerfe sofort trockenes, brüchiges Leder. Es altert in wenigen Augenblicken um Jahrhunderte und zerfällt zu ekelhaft riechendem Staub. Leider ist das Leder dick und zäh. Obwohl ich so schnell wie ich kann arbeite, kommen von überall her Probleme auf mich zu. Jede wandelnde Leiche, die noch irgendwo in der Stadt war, kommt jetzt auf den Platz. Meine Knochenkrieger deren Anzahl stark dezimiert wurde als das Feldzeichen durch sie hindurch gelaufen ist, schaffen es nicht alle aufzuhalten. Unaufhaltsam schlurft das Versprechen von Schmerz und Tod, aus allen Richtungen auf mich zu. Fieberhaft arbeite ich weiter daran das Banner zu zerstückeln. Während ich mich immer wieder hektisch nach den Leichen umschaue. Dann ist es vorbei, das letzte verfluchte Stück dieses ekelhaften

Banners zerfällt zu Staub. Die schreckliche Dissonanz hört schlagartig auf. Die wandelnden Leichen brechen endlich zusammen, wie Marionetten deren Fäden gekappt wurden. Ein schwacher Sog wie ich ihn noch nie gespürt habe, ruft mich in die Welt der Fäden. Hier zwischen den Fäden der Magie stehen Dutzende, Hunderte von menschlichen Schemen. Große, kleine, schlanke, dicke, in allen Farben und Schattierungen. Sind das die Seelen, die das Ding verschlungen hat oder verschlingen wollte? Das war die Quelle seiner Macht. Die Masse der Schemen oder Seelen verändert die Fäden um sich herum. Ihre Strömungen und ihren Klang. Zweimal habe ich so etwas schon gesehen, bei den ewigen Steinwächtern und bei dem gefangenen Hohepriester. Doch noch nie in solcher Dimension. Welche Macht! Welcher Frevel! Die Adlige in mir will diese Quelle nutzen. Es wäre so einfach jetzt zu zugreifen und an vielen Tagen und vielen Orten hätte sich diese Seite von mir auch durchgesetzt. Die Mehrung meiner Macht war lange Zeit mein einziges Ziel. Ich war der Meinung nur Macht verschaff mir ein Platz in der Welt. In Kornatan ist das auch so. Macht verschafft mir Ansehen. Ansehen verleiht mir einen gewissen Stand. Doch hier im Reich der Herrin der Wüste gelten anderer Regeln. Hier zählen Taten und nach ihnen werde ich gerichtet. Wie es die Prophetin offenbart hat. Laut und gebieterisch verkünde ich. „Ihr alle seid der Preis meines Sieges!" Alle Schemen scheinen mich mit ihren geschichtslosen Köpfen anzustarren. Eine fast greifbare Spannung baut sich rundum mich auf. Die Schemen erwarten, was ich mit meinem Preis machen werde. „So hört meinen Befehl!" Ich schlucke, hole noch einmal tief Luft. „Reist zu den Göttern, die Anspruch auf euch haben! Reist zu den Richtern! In dieser Welt habt ihr nichts mehr zu suchen. Geht, findet Frieden!" Meine Stimme versagt fast bei letzten Worten. So dass sie nur noch als leises Flüstern über meine Lippen kommen. Eine Welle rauscht durch die Fäden als die Anspannung sich schlagartig löst und sich die Seelen auf den

Weg machen. Schnell rette ich mich in die normale Welt. Dort erwartet mich die Frau aus dem Tempel. Ihr Gesicht noch immer im Schatten ihrer Kapuze verborgen. Wieder kommt mir die Stimme und der Akzent so seltsam vertraut vor, ohne dass ich wüsste, woher. „Eure Entscheidung ist einer Gra'schika mehr als würdig, genau wie euer Kampfgeist." Müde sehe ich sie an. „Was bedeutet das Wort Gra'schika eigentlich. Es ist mir nicht vertraut." „Oh, entschuldigt bitte. Vielleicht ist euch Priesterin der Wüster oder Tochter des Tores geläufiger?" Ich nicke zustimmend, wobei ich die bohrenden Kopfschmerzen noch verschlimmere. „Ihr wisst, was ich bin?" „Natürlich, es steht euch ins Gesicht geschrieben, wenn ich das so sagen darf." Antwortet die Frau amüsiert. „Nur haben die Menschen hier vergessen es zu erkennen." Schiebt sie dann ernster hinterher. „Wer seid ihr?" Frage ich erschöpft, aber auch neugierig, das plötzliche Auftauchen hier und in der Kapelle. Sowie das Wissen, das sie andeutet, kommen mir seltsam vor. „Nur ein Echo aus alter Zeit. Ich habe meine Heimat einst verlassen, um hier auf Zerktos Finger unserer Herrin der Wüste zu dienen. Damals gab es nur den Tempel aber noch keine Stadt. Die Gläubigen pilgerten von überall her durch das Reich der Herrin zu diesem heiligen Ort. Den ihr mit solch bemerkenswerter Kunst verteidigt habt. Als Dank möchte ich euch einen Rat geben. Genießt nach einem solchen Sieg das Leben. Unsere Herrin ist streng, doch verlangt sie weder von den Gläubigen noch von ihren Priester Askese, nur maßvollen Genuss. Also feiert, trinkt, tanzt und liebt. Das Paradies kann nur mit den Freuden angefüllt sein, die ihr im Leben erfahren und genossen habt." „Die Menschen haben nicht nur vergessen eine Tochter des Tores zu erkennen, auch sie zu akzeptieren oder gar zu lieben ist an vielen Orten in Vergessenheit geraten." Erwidere ich bitter. Die Gestalt der Frau beginnt zu verblassen. „Öffne deine Augen und dein Herz, dann wirst du sehen, was deine verletzte Seele nicht erkennen kann." Ihr Kopf wendet sich zu dem am Boden liegenden schlafenden oder bewusstlosen Laran. Dann spricht sie einige Sätze in fließenden Mando. Daher kenne ich den Akzent er klingt fast wie Mando. Zwar ein wenig anders aber doch sehr ähnlich. „Wie bitte? Ich verstehe keine Mando." sage ich als sei geendet hat. „Ich habe ihm nur gesagt, dass er den Traditionen der Mando treu ist. Sie haben früher oft die Priesterinnen der Wüste als Schild und Speer begleitet, vor dem großen Wehklagen, vor dem Fall von Galoch Kazar." Sie macht eine Pause und schaut nach Westen. „Der Tempel ist jetzt sicher. Das Echo ist fast verklungen. Macht es Gut Gra'schika Rabia. Erinnert die Gläubigen und die Welt daran, warum die Töchter des Tores einmal verehrt wurden, vor ihrem Sündenfall. Aber vor allem vergesst nicht, genießt das Leben. Wir Töchter des Tores vergessen das nur all zu häufig." Das geisterhafte Abbild verblasst nun endgültig, bevor ich noch etwas fragen kann. Hat sie grade gesagt wir? War sie auch eine Tochter des Tores und was bei allen Richtern ist der Sündenfall? Immer mehr Fragen türmen sich auf und nirgendwo ist eine Antwort in Sicht. Seufzend schüttle ich den Kopf. Das alles hat Zeit. Ein letztes Mal sehe ich mich suchend nach Feinden um, als ich keine entdecke, gebiete ich mit lauter und weithin hallender Stimme. „Es ist vorbei, der Sieg ist mein werdet wieder totes Gebein!" Woraufhin ich alle Muster fallen lasse. Das lässt meine Kopfschmerzen eine Nuance schwächer werden. Vor mir liegt Laran am Boden. Seine Brust hebt und senkt sich kaum noch. Unter dem Staub und Dreck und alle dem was während des Kampfs auf ihn gespritzt ist, ist er kaum noch zu erkennen. „Verdammt, wenn du jetzt stirbst, jage ich deine Seele durch alle Höllen!" Drohe ich ihm, während ich mich hilflos umschaue. Bei all meiner Macht kann ich für ihn nichts tun. Sowohl vom Tempel als auch aus Richtung der Karawanserei kommen jetzt Menschen auf uns zu geeilt. „Wir brauchen sofort einen Heiler!" Schreie ich ihnen entgegen. Dann knie ich mich neben Laran, um besser zu sehen das er weiterhin atmet. Ein Mann dessen rechter Arm in einer Schlinge liegt, erreicht mich als Erster. Noch immer knie ich neben meine Begleiter. „Wo seid ihr verletzt?" Als ich mich zu ihm umdrehe und zu ihm heraufschaue, fährt er erschrocken zurück. „Nicht ich brauche den Heiler du Narr, sondern er." Fahre ich den Mann wütend an. Worauf hin er mindestens noch drei weitere Schritt Rückwärts macht. Bevor ich zu Laran deute, kann. „Ist er verletzt worden?" Der Mann konzentriert sich nun auf Laran, versucht mich nicht anzusehen. „Nein ... ich weiß es nicht. Vor allem hat er sich komplett überanstrengt und verausgabt." Ich seufze. Meine Kunst sind die Knochen mit ihnen kann ich schützen oder zerstören ganz, wie es mir beliebt. Was ich nicht kann, ist ein Menschen heilen. Das können nur wenige unter den Blutweber. Ich fühle mich so unglaublich hilflos und unnütz, als Laran auf eine Trage gehoben wird. Die Schmerzen die mich quälen werden immer schlimmer. Jetzt wo der Kampf vorbei ist, spüre ich wo mich überall Fäden getroffen haben, die im Kampf aus dem Muster herausgerutscht sind. Oder schlagartig freigesetzt wurden, wenn einer meiner Krieger zerstört wurde. Jede dieser Berührungen ist, als wenn meine die getroffene Stelle gleichzeitig erfriert und verbrennt. Dazu kommen die noch immer heftigen Kopfschmerzen. Mit zusammen gebissenen Zähnen folge ich der Trage.

Laran wird in unser Zimmer im Gasthaus gebracht. Der Tempel ist jetzt schon mit verletzten Soldaten überfüllt. Ein noch recht junger Mann kommt mit einer großen Tasche ins Zimmer. Er untersucht Laran, bitte mich ihm beim Ausziehen und Waschen meines „Mannes" zu helfen. Dabei fördern wir mehrere Bisse und dutzende schweren Prellungen von Schlägen und Tritten zu Tage. Einige schon blau und Violet andere noch rot. Die Zahnabdrücke der Bisse haben sich überall, wo sie nicht durch das Leder der Rüstung aufgehalten wurden, tief in Fleisch gegraben. Larans Körper ist aber auch von vielen alten Narben übersäht. Die meisten sind klein, nur eine Sticht hervor. Eine sichelförmige Narbe die sich vom Bauchnabel über die linke Körperseite bis zu seinem Rücken zieht. „Herrin wie hat euer Mann das Überlebt?" Die Frage stelle ich mir selbst grade. In der Stimme des jungen Heilers schwingt echtes Erstaunen. „Er ist zäh und die Herrin fand seine Zeit war noch nicht gekommen. Wie geht es ihm?" Frage ich schnell, bevor er merkt das ich diese Narbe auch zum ersten Mal sehe. Er zuckt mit den Schultern. „Seine Wunden, vor allem die Bisse habe ich gesäubert. Er hat keine Brüche oder inneren Verletzungen, soweit ich das sehen kann. Er braucht vor allem Ruhe. Außerdem solltet ihr ihm Brühe und mit Honig versetztes Wasser einflössen. Dann sollte er bald wieder zu sich kommen. Kann ich für euch noch etwas tun, Herrin?" Andeutungsweise schüttle ich den Kopf. Noch immer tut mein Körper überall weh, aber wenigsten scheine ich langsam nicht mehr durch. Wodurch der Heiler sich etwas entspannt. „Nein, danke. Ich muss nur schlafen." Antworte ich hundemüde. Er schaut wieder zu Laran. „Herrin, die Soldaten die ich im Tempel behandelt habe. Sie haben von eurem Mann gesprochen. Er habe gekämpft wie Dämon, für sie war er der Fels in der Brandung. Sie sagten seine Tapferkeit, sein Beispiel habe ihnen die Kraft verliehen sich der Flut entgegenzustellen. Ihr könnt sehr stolz auf ihn sein." Für einen Moment muss ich nachdenken was für eine Ehefrau in solchen Fällen eine passende Antwort wäre. „Glaubt ihr eine Frau sieht ihren Mann gerne halbtot im Bett danieder liegen?" Frage ich gereizt. „Natürlich bin ich stolz, aber vor allem bin ich dankbar das er noch lebt." Schiebe ich dann etwas versöhnlicher hinterher. Der junge Mann mit den schlanken, feingliedrigen Händen, dem sehr spärlichen Bart und dem etwas fülligen Gesicht packt seine Sachen und geht. Schon in der Tür dreht er sich noch einmal um. „Ich werde dafür sorgen das euch Honigwasser und Brühe und für euch etwas zu essen gebracht wird." Bevor er die Tür schließt, sieht er sich noch einmal zu uns, noch immer ungläubig. Kaum ist er gegangen klopft es. Die

Priesterin der Stadt steht vor der Tür. „Darf ich reinkommen, Eminenz?" Wie hat sie mich genannt, Eminenz? Als wenn ich einen solchen hohen Titel führen würde. „Kommt herein Mutter Okalia, aber bitte sprecht leise." Ich deute zu Laran. „Er braucht Ruhe." Sie kommt herein und schließt leise hinter sich die Tür und verneigt sich ehrerbietig. „Warum habt ihr nicht gesagt, dass ihr eine Hohepriesterin seid? Wir hätten euch mit allen Ehren willkommen geheißen." „Das bin ich nicht und ich maße mir diese Titel auch nicht an." Jetzt sieht sich mich ungläubig an. „Aber ihr … eure Kunst war mächtiger als alles, was ich je gesehen habe. Ihr webt Dinge, für die ich Tage der Vorbereitung brauche in einem Augenblick. Ihr …" Ein müdes Lächeln von mir unterbricht sie. Natürlich höre ich wie jeder Mensch gerne wie gut ich bin, doch heute ist es alles zu viel. Außerdem egal was ich ihr sage, es gefährdet meine Mission. „Mutter Olkalia, die Wüste hat uns zu euch geführt. Das Larans Mut, seine Waffen und meine Kunst diesem Frevel einhaltgebieten konnten, ehe die Stadt fiel, muss der Wille unserer gnädigen Herrin der Wüste gewesen sein." „Ich habe euch vorhin gesehen, gleich nach dem Kampf. Ihr wart ein Skelett." Platz es aus der Priesterin heraus. Ich zucke nur mit den Schultern. „Ja und jetzt bin ich wieder aus Fleisch und Blut." Entgegne ich dann trocken. „Seid ihr ein Geist oder so etwas? Eine Seele, die diese Welt nicht verlassen kann oder will?" Wieder antworte ich erstmal mit einem müden Lächeln. „Den Weg zum Tor habe ich schon einmal angetreten. Damals durfte ich es nicht durchschreiten. Wann mir dies gestattet wird, liegt nicht in meiner Hand. Solange ich in dieser Welt verweilen darf, diene ich unserer Herrin und den Geboten der ersten Prophetin. Und genieße das Leben." Unwillkürlich sehe ich zum schlafenden Laran. Olkalia folgt meinem Blick. „Weiß er davon?" „Was denkt ihr?" antworte ich mit einer Gegenfrage. „Ich denke das er in euch etwas sieht. Etwas das ihn dazu bewogen hat bis zur Selbstaufopferung für euch zu kämpfen. Das ist mir so noch nie untergekommen. Selbst bei

Ehepaaren und Liebenden nicht." Sagt die Priesterin ernst fast schon ehrfürchtig. Eine Pause entsteht, in der sie nach Worten zu suchen scheint, die dem, was sie sagen will, gerecht werden. Hat er für mich oder für seine Ehre das alles auf sich genommen? Oder ist das in seiner Welt das gleiche? „Laran weiß, wer ich bin. Manchmal vielleicht sogar besser als ich selbst. Bitte Mutter Olkalia lasst uns jetzt schlafen. Der Kampf steckt auch mir ziemlich in den Knochen." „Oh, natürlich. Erholt euch gut." Sie verlässt rasch das Zimmer. Endlich allein. Mein Dafiri schläft und ich muss das auch dringend tun. Mal sehen, ob meine Anspielungen Früchte tragen. Mit etwas Glück entsteht das Gerücht, das wir Geister sind. Aus den Tiefen der Wüste von der Herrin geschickt, um den Tempel und die Gläubigen zu schützen. Als die Magd als das gebracht hat, was der Heiler ihr angewiesen hat, verriegle ich die Tür. Irgendwie schaffe ich es Laran von der brühe und dem Honigwasser etwas einzuflößen, auch wenn ich einiges auf seinem Kissen verschütte. Dann trinke ich selbst von dem süßen Getränk, esse etwas von dem Brot und setzte mich aus Bett. Dort ziehe ich mir die Stiefel und mein Oberkleid aus und legen mich unter eine leichte Decke neben Laran ins Bett. Die Augen zu schließen ist eine Wohltat für meinen Kopf. Das Letzte, woran ich denke, bevor ich einschlafe, sind einige Worte des alten Priesters. „Versteht mich nicht falsch, ihr seid nicht in göttlicher Mission unterwegs, ihr seid ein Aktivposten der Herrin." Wir hatten bisher auf der Reise Glück gehabt, das Wetter war gut. Keine Stürme, keine besondere Hitze. Auch war keine Wasserstelle ausgetrocknet. Als wenn die Herrin unsere Reise gesegnet hat. So waren wir genau rechtzeitig hier, um die Stadt zu verteidigen. Wie ich solche ZUFÄLLE hasse.

9. Kapitel: Ehre und Mandea

[Laran]

Stadt Izaron, Gasthaus

In meinem Träumen höre ich die Stimme der Frau, die mir vorhin geholfen hat auf die Beine zu kommen. Ihre Worte sind Abschied und Aufgabe zugleich. „Atrast Mando'ree. Es freut mich das die Mando noch immer Männer der Ehre und des Mutes wie dich haben. Möge dein Stern eines Tages wieder über unseren Bergen erstrahlen Mando'ree. Bis dahin beschütze die Gra'schika, Mando. Es gibt keinen größeren Dienst für unserer Herrin in dieser Welt als ihre Töchter zu beschützen." Das ich lebe verrät mir mein Körper. Jeder Muskel, jede Sehne alles schmerzt. Langsam öffne ich die Augen, erwarte fast doch in einer der Höllen gelandet zu sein und der Schmerz ist der erste Schritt meiner langen Buße. Das ich in unserem Zimmer im Gasthaus aufwache, hätte ich allerdings nicht erwartet. Das Licht mehrerer Kerzen erhellt den Raum mit warmem gelbem Licht. Irgendjemand hat mich hierhergebracht und meine Wunden versorgt. Langsam versuchte ich mich aufzurichten. Was eine ganze dumme Idee gewesen ist. Denn jetzt beginnt der Schmerz erst richtig. Beinahe hätte ich geschrien. Dann nimmt der Schmerz langsam wieder ein wenig ab. Erst danach merke ich das ich außer den nach Salben riechenden Verbänden nur noch eine Unterhose trage. Das Bett neben mir ist leer, aber zerwühlt. Dort hat ganz offensichtlich jemand gelegen. Wahrscheinlich mit griffbereiter Klinge unterm Kissen und sie hat damit recht mir nicht zu trauen. Endlich schaffe ich es mich im Bett aufzurichten. „Wieso muss ich eigentlich immer darauf warten, dass er endlich aufsteht?" frage Rabias Stimme im strengen Ton von der Seite. Sofort drehe ich mich in die Richtung. Meine Gebieterin sitzt auf einer Decke auf dem Boden. Die Beine überkreuz der Rücken aufrecht. Die Hände liegen in ihrem Schoß und halten eine ihrer Gebetsketten. Sie sieht mich nicht an, zeigt mir nur ihr bleiches Profil. „Weil ich ein unwürdiger Diener bin Gebieterin." Sage ich geknickt. Meine Gebieterin erhebt sich und dreht sich endlich zu mir um. Ihre grünen Augen richten sich wieder einmal starr und gnadenlos auf mich. Unter diesem Blick gestehe ich. „Gebieterin ich habe euch enttäuscht. Mein Verhalten heute war ehrlos und dem Schwurmann einer Weberin unwürdig. Ich habe euch bei meinem Blut geschworen, das euer Wille mein Gesetzt ist. Doch bei der ersten Probe habe ich versagt. Wünscht ihr das ich mich selbst richte oder wollt ihr mich ins Exil schicken?" Rabia hört sich meine Worte ruhig an. Während ihr starren Blick weiter unbeweglich auf mir ruht. „Er hat recht, mein Wille sollte sein Gesetzt sein. ABER und das wird er sich sehr gut merken. Wenn ich mit seinen Diensten unzufrieden bin, wird er das sehr schnell merken. Er entscheidet nicht, wann er gegen einen Eid verstoßen hat, den er mir schuldet, sondern ich und ich allein tue das!" Das klingt richtig, aber ich weiß das ich nicht ehrenhaft gehandelt habe. „Gebieterin ich …" Weiter komme ich nicht. „Er wird mich nicht unterbrechen! Ja sein Verhalten oben an der Treppe ließ es an Respekt zu wünschen übrig. Zu Hause würde ich das mit Prügel ahnden. Hier und nur unter uns." Sie lässt den Satz unvollendet und macht eine Pause. „Seine taktischen Einschätzungen sind bisher immer gut gewesen. Seine Sichtweise ist anders als die meine. Von meinem treuen Schild und Speer erwarte ich weiterhin, dass er mir seine Sicht der Dinge und seine Einschätzungen mitteilt. Natürlich in angemessener Form. Ob ich seine Einschätzungen in meinen Plänen berücksichtige, werde ich dann entscheiden. Ansonsten hat er heute jeden meiner Befehle ausgeführt. Also wo will er mich verraten haben?" Wie schon in Kornatan habe ich das Gefühl das diese grünen Augen, dieser Intensive Blick, der von keinem Blinzeln unterbrochen wird, direkt in meine schuldbeladene Seele blicken kann. Ich beschreibe ihr, wo ich einen Verrat in meinem Verhalten sehe. „Auf der Treppe, wo ich einfach gegangen bin. Ich habe euch in einer belagerten Stadt verlassen. Ein Schild und Speer ist in erster Linie ein Schild. Während ich am Tempeltor gekämpft habe, ist das Osttor gefallen. Die daraus resultierenden Gefahren für euch waren nicht abschätzbar. So habe ich meine Pflichten sträflich vernachlässigt. Ganz zu schweigen davon das ich euren Willen ignoriert habe. Mein schlimmstes Vergehen war, das ich im Kampf gegen das Feldzeichen einfach aufgegeben habe. Es ist nicht ehrlos zu unterliegen, aber im Kampf einfach die Waffen sinken zu lassen. Nein! Das geht gar nicht." Betreten schaue ich zu Boden. Ich kann dem Blick einfach nicht mehr standhalten. „Laran an der Treppe habe ich dir befohlen in Bereitschaft zu bleiben. Als ich dich brauchte warst du da." Plötzlich benutz sie meinem Namen anstatt dem ER. „Du hast mir die Zeit verschafft, die ich brauchte. Um mich meinen Dämonen zustellen. Was deinen anderen sogenannten Verrat angeht. Im Kampf gegen das Feldzeichen warst du total erschöpft. Es grenzte an ein Wunder, das du überhaupt noch auf den Beinen warst. Du hast heute treu für mich gekämpft, auch hier sehe ich keinen Eidbruch." Ihre Stimme klingt sehr sanft, sanft wie ich es bei ihr noch nie erlebt habe. Sehr viel energiescher sind die folgenden Worte. „Ich verbiete ihm für diese Dinge irgendeine Form der selbst Geißelung. Ich brauche ihn Gesund und voll bei der Sache. Das ist mein letztes Wort dazu!" Einen Moment starre ich sie einfach nur ungläubig an. Nicht zum ersten Mal frage ich mich, seit wann es solch eine Adlige gibt. Eine Adlige, die ein solches Fehlverhalten nicht brutal bestraft, sondern mir sogar verbietet selbst Buße zu tun. Wie heute auf der Treppe als sie mit ihren Streitern auftauchte, um sich der Flut entgegenzuwerfen, bin ich stolz darauf ihr Schwurmann, ihr Dafiri zu sein. Doch eins muss ich noch etwas klären, das wie ein Stachel in meinem Fleisch ist. „Gebieterin wenn ihr nicht an mir oder meiner Ehre zweifelt, warum dann der Dolch heute

Morgen?" „Männer!" Sie schüttelt den Kopf. „Dafiri, benutze er seinen Kopf. Ich weiß das er das kann. In meinem Zimmer und in meinem Bett liegt ein Mann, den ich kaum kenne. Das war kein Zweifel an seiner Ehre. Das war Gewohnheit, das mache ich auch in der Villa des Fürsten so, wenn ich in meinem Zimmer schlafe. Er hat Dorga doch erlebt und in der Grundausbildung war es noch viel schlimmer." Sie atmet einige Male ein und aus, um sich zu beruhigen. Anscheinend sind die Erinnerungen, die grade hoch kommen für sie nicht angenehm. „Es tut mir leid, dass ich eurer Verhalten so gründlich missverstanden habe." Sage ich zerknirscht. „Dafiri, wenn ihn etwas stört oder er etwas nicht einordnen kann dann frage er mich. Was ich gar nicht gebrauchen kann ist ein Dafiri der überall Beleidigungen und Misstrauen sieht. Klar?" Ich nicke. „Ja, Gebieterin. Danke, auch wenn ich jetzt mit dem Wissen leben muss, das ich vielleicht nicht eidbrüchig geworden bin, aber sehr, sehr dicht dran war." „Vielleicht erklärt er mir langsam mal, warum das für ihn so verdammt wichtig ist." Ihre Augen funkeln mich neugierig an. Bei diesen Befehlen seufze ich. Wie soll ihr das Erklären, ohne einen Schwur gegenüber meiner Mutter zu brechen? Ich atme tief ein und langsam wieder aus. „Meine Ehre ist das Wertvollste, was ich besitze. Auf Mando ist das Wort Mandea." „Wie in dem Satz, den er Dorga entgegen geschleudert hat, als er auf ihn losgegangen ist." Wirft Rabia ein. Zustimmend nicke ich. „Genau, aber Mandea ist mehr als nur die Ehre im Sinne, wie es die Karawanensprache versteht. Wir Mando glauben wie ihr an die Herrin der Wüste und ihre zwölf Richter. Aber wir glauben auch das wir nach der Buße in den zwölf Höllen in die Hallen unserer Ahnen ziehen. Unsere Vorstellung des Paradieses, wenn ihr so wollt. Dort stehen wir unseren Ahnen Rede und Antwort. Ein Mando dessen Mandea intakt ist, ist an ihrer Tafel und in ihren Hallen als vollwertiges Mitglied der Sippe willkommen. Mandea ist ehrenhaftes Verhalten, nach den Sitten und Bräuchen unserer Ahnen zu leben, Mando zu sprechen und noch einiges mehr. Der Satz, den ich eurem Mitschüler entgegengeworfen habe, besagt. Die Ehre erhebt uns über die Tiere. Sprich wir Mando sind besser als zum Beispiel die Berger oder alle anderen die sich in unseren Augen ehrlos verhalten." Fast erwarte ich ein Lachen oder eine abfällige Bemerkung, sie sieht mich jedoch einfach nur ernst und aufmerksam an. So rede ich weiter. „Wenn ihr so wollt, ist meine Mandea so wichtig für mich wie für euch euer Glaube an die Prophetin von schwarz und weiß." „Ich werde das wohl nicht so einfach verstehen, da ich keine Mando bin. Ich kann aber respektieren, dass das ein Teil seines Glaubens ist. Ich werde versuchen ihn zu berücksichtigen, wenn er mich darauf hinweist." Erwidert Rabia nach einer längeren Pause. „Mehr kann ich nicht verlangen, Gebieterin ..." Mein Magen beginnt laut zu knurren, blödes Fasten. Grade will ich mich entschuldigen. Als Rabia amüsiert lacht. „Lass uns was zu essen für uns auftreiben. Mein Gemahl." Dabei sprühen ihre Augen vor Schalk, während ihre Stimme vor amüsierten Spott trieft. Sie sagt mir, aber auch dass der offizielle Teil vorbei ist und wir nun wieder zum „normalen" Sprachgebrauch zurückkehren. Das Aufstehen und Anziehen ist ein Vorgeschmack auf die Qualen der Höllen. Nur weil Rabia mir irgendwann hilft, schaffe ich es überhaupt mir etwas anzuziehen.

In frisch gewaschenen Kleidern kommen wir in den Schrankraum des Gasthauses. Zum Glück hatte Rabia gestern darauf bestanden das ich meine Kleidung zum Waschen gebe. Hier ist alles ruhig, keine Menschenseele zu sehen. Kurz schauen Rabia und ich uns ratlos an. Wir hatten beide erwartet das der Wirt oder wenigstens einer seiner Gehilfen noch wach ist. Von draußen trägt die erfrischend kühle Nachtluft ein Gewirr von Stimmen herein. Dort draußen in der frischen Nachtluft stehen, erleuchtet von Laternen lange Tische und Bänken, an denen die Bewohner der Stadt sitzen. Sie scheinen zu feiern. „Da sind ja unsere Ehrengäste!" Ruft der Wirt unseres Gasthauses und winkt uns freudestrahlend zu sich an die Stirnseite einer der Tafeln, als wir vor das Gasthaus treten. „Ich dachte schon ihr verschlaft das alles hier." Lacht er fröhlich. „Was ist denn hier los?" Frage ich irritiert. Ich hätte Klagegesänge erwartet, aber sicher kein Freudenfest. Immerhin sind heute viele Männer bei der Verteidigung verletzt und getötet worden. Mutter Olkalia schaltet sich ein. „Heute ist Halek Retat, heute gedenken wir unseren Familien und all jenen die wir verloren haben. Doch heute ist auch ein Tag der Freunde, auch wenn einige aus unserer Mitte gerissen wurden, so haben die meisten von uns überlebt." Mir werden zwei Bierkrüge gereicht, eine gebe ich gleich weiter an meine Begleiterin. Speermeister Jakos erhebt sich, als wir unsere Plätze eingenommen haben. Mit der linken Hand erhebt er seinen Krug. Seinen rechten Arm trägt er in einer Schlinge. „Auf Hauptmann Likromal, mein Ausbilder, mein Freund. Sein Opfer werde ich in Ehrenhalten, solange ich lebe." Bei diesem Worten versagt ihm die Stimme. „Auf Likromal!" Echot es aus allen Kehlen. Wir trinken einen Schluck. Das dunkle Bier schmeckt, herb und würzig. Der Speermeister beginnt den Reigen der Erinnerung der zu einem traditionellen Halek Retat dazu gehört. Als nächstes erhebt sich der junge dessen Kleidung heute Morgen noch so neu aussahen. „Auf Laran von den Mando, ohne ihn wären mein Vater und ich sicher grade vor den Richter oder schon in einer der Höllen und könnten nicht mit euch feiern. Ich werde euch und eure Taten mein Leben lang nicht vergessen. Danke für alles, was ihr heute getan habt." „Auf Laran!" Rufen alle meinen Namen. Bevor jemand anderes was sagen kann, erhebe ich meinen Krug. „Auf Rabia! Ohne sie wäre keiner von uns noch am Leben. Ich bin dankbar an der Seite dieser Frau sein zu dürfen." „Auf Rabia!" Wiederholen alle Anwesenden. Danach geht es in gleicher Weise einmal um die großen Tische. Jeder gedenkt oder dankt jemanden. Es fließen viele Tränen und mehr als ein Sprecher wird von seiner frischen

Trauer oder wie Jakos von seinen Emotionen übermannt. Vor allem aber wird, ganz im Geiste des heutigen Festtages getrunken, geschlemmt und gesungen. Auch wenn die Lieder nicht ganz so fröhlich und ausgelassen sind wie sonst. Ich liebe diesen Teil des Festes. Nur mit dem Bier muss ich vorsichtig sein, leider kann ich mich hier nicht guten Gewissens betrinken.

[Rabia]

Stadt Izaron

Der Abend ist verwirrend, keiner fühlt sich durch die Anwesenheit einer leichenblassen, grün äugigen Frau in irgendeiner Weise gestört. Ganz im Gegenteil als Laran sich bei mir ganz offen bedankt stimmen alle mit ein. Etwas, was in Kornatan nie passiert wäre. Irgendjemand an solch einer Tafel hätte ausgespuckt und so etwas gesagt wie. „Eine Toten Maid am Tisch ist ein schlechtes Omen" oder „sie verdirbt mir die Laune." Dann wäre ich mehr oder weniger höflich aufgefordert worden zu gehen, ganz anders hier. Hier sitze ich auf dem Ehrenplatz am Kopfende der Tafel, an der die wichtigsten Bürger der Stadt sitzen. Auch das Laran sich bei mir bedankt überrascht mich nach allem, was heute passiert ist. Das Fest ist trotz der Schrecken des Tages fröhlich. Natürlich sehe ich in den Gesichtern derer die heute einen geliebten Menschen verloren haben Trauer. Mehr als einmal bricht jemand in Tränen aus, als er oder sie jemanden gedenken will. Insgesamt scheint dieses Gedenken aber allen zu helfen. Und viele sind einfach glücklich noch am Leben zu sein. Der Alkohol tut sein Übriges, obwohl kein wirklich harter Alkohol ausgeschenkt wird. Hauptsächlich dunkles Bier und ein goldenes Getränk das Wüstenwein genannt wird. Das Zeug ist bitter im Mund und scheußlich herb im Abgang. Nach einem Becher von dem Gebräu nehme ich doch wieder das Bier. Die meiste Zeit höre ich einfach nur zu. So muss ich wenigstens nicht aufpassen, was ich sage, und kann mich auch nicht verplappern. Laran wirkt sehr viel gelöster als ich ihn je gesehen habe und erzählt Geschichten von seiner Sippe und seinen Reisen. Und er kann gut erzählen. Die Schar seiner Zuhörer, die an seinen Lippen hängt, wird mit jeder Geschichte größer. Auch ich erwische mich dabei wie ich gebannt einer seiner Erzählungen lausche als er von einer Reise in den Norden erzählt, wo es ein Wasser geben soll, das so endlos ist wie die Wüste. Ganz offensichtlich hat das Bier seine Zunge gelöst. Wenn auch nur die Hälfte von dem, was erzählt wahr ist, verstehe ich langsam, warum ihn Schrecken kalt lassen, die andere erstarren lassen. „Wie haben sich unsere Ehrengäste eigentlich kennengelernt?" Der Wirt, von dem ich inzwischen weiß, dass er Waras heißt, stellt diese Frage. „Ich weiß das ihr verheiratet seid und bei euch beiden muss einfach eine interessante Geschichte dahinterstecken." Sofort ist es still und das nicht nur an unserem Tisch. Verdammt wie antworte ich auf so eine Frage? Das haben wir nicht im Vorfeld besprochen. Grade will ich Luft holen, ohne zu wissen, was ich sagen will. Als Laran ganz leicht meine behandschuhte Hand berührt. „Schatz lässt du mich diesmal die Geschichte?" Meine Antwort ist ein dankbares Lächeln. „Na gut heute darfst du sie mal erzählen." Es ist so ungewohnt ohne Schleier oder Tuch in der Öffentlichkeit zu sein. Jeder sieht mein Gesicht und mein Lächeln ... und niemand Stört sich daran. Laran beginnt. „Lauscht meiner Stimme und folgt meinen Worten. In ein ödes Hügelland, das weit entfernt von hier ist. Ein reicher und mächtiger Mann hatte meine Sippe als Späher und Krieger angeheuert. Er wollte eine alte Burg finden. Doch ging das Gerücht um, das diese Burg und das ganze Umland verflucht sei. Niemand von den Einheimischen wollte ihm daher helfen sie zu finden. Da traten wir auf den Plan. Dienst für Silber, wie mein Volk es oft tut. Eine Einheit unter meiner Führung fand nach langer und gefährlicher Suche die Burgruine. Sie befand sich mitten in dem erwähnten Hügelland. Dieses Land war kahl, weder Baum noch Strauch wuchs dort. Selbst das Gras sah dürr und öde aus. Es war ein Ort ohne Leben. Eine alte einst mächtige Festung aus mehreren Mauerringen und im innersten Ring auf der Kuppe eines Hügels stand ein einsamer düsterer Turm. Er ragte wie ein dunkler Finger in den Himmel. Ein kalter Wind fegte unablässig über den Gipfel. Das Heulen und Wehklagen des Windes in den Ruinen war nicht von dieser Welt. Es ließ jedem der es hörte das Blut in den Adern gefrieren. Unser Dienst war aber noch nicht beendet. In den Ruinen lagerten Räuber oder Plünderer. Auf jeden Fall lichtscheues Gesindel. Kein ehrenhafter Reisender hätte an einen solchen Ort ohne Not gelagert. Der mächtige Mann schickte seine Emissärin, um den Angriff zu führen. Eine verschleierte Frau mit Augen so grün wie die Oase von Walik und einer Figur wie aus einem Traum. Wir Mando spähten den Ort für sie aus und ich entwarfen einen Angriffsplan." Jetzt verstehe ich was Laran macht, er zeichnet unsere wahre erste Begegnung in so schillernden Farben, dass Niemand den Einsatz wiedererkennen könnte, der nicht genau wüsste, von was er spricht. Andererseits bleibt es dicht genug an der Wahrheit das er sich kaum etwas ausdenken muss. „In einer mondlosen Nacht schlichen wir uns an das Lager, umzingelten es." Jetzt setze ich ein, damit es wenigstens so wirkt, als habe auch ich diese Geschichte schon oft erzählt. „Genau um Mitternacht, begann der Angriff. Die Mando stürmen los, ihr Schlachtruf halt vom Verfallen ersten Wall wieder. Sie forderten das Blut ihrer Feinde für ihre alte Heimat. Das Gesindel muss gedacht haben die ruhelosen Geister dieses Ortes kommen über sie. Obwohl zahlenmäßig weit unterlegen kommen die Mando wie ein Unwetter über die Kerle. Wo immer sich diese zum Widerstand formieren, zerschlug der Anführer der Mando diesen mit seinen Getreuen sofort. Ihr habt gesehen wie Laran zu kämpfen versteht." Laran über nimmt wieder. „Wir kämpften uns in Windeseile durch das Lager. Doch als ich endlich den Anführer der Schurken erreicht hatte, um ihm zum zwei Kampf zu fordern, sah ich das ich zu spät war. Die Emissärin, diese mutige Frau war umgeben von ihren Knochenkriegern von der anderen Seite unaufhaltsam durch das Lager marschiert. Niemand konnte sie stoppen, auch der Anführer nicht. Er war ein massiger Hüne, der ein Mann mit seinem riesigen Schwert mit einem Hieb in zwei Teile spalten, konnte. Sein grausam entstelltes Gesicht nahm jeden Mann den Kampfeswillen. Nur gegen diese Frau war das alles nicht genug. Ihrer Kunst war er nicht mal ansatzweise gewachsen. Sein blutiger Tod beendet schlagartig alle Kämpfe im Lager. Doch die letzten Feinde hatten sich in einem Keller oder einer Höhle verschanzt. Wir Mando traten ihnen mutig entgegen, um den letzten Widerstand zu brechen Es war eng, kaum ein Licht erhellte diesen fürchterlichen Kampfplatz. Aus den Schatten und der Dunkelheit drangen Schläge und Stiche auf mich ein. Überall stank es nach Blut und Exkrementen und der Lärm hat mich fast betäubt. Jeder Schrei wurde von den Wänden dreifach zurückgeworfen. Ich war mir sicher dort zu sterben. An diesem Ort der schlimmer war als so manche Hölle. Doch wie hier hat Rabia mich auch damals gerettet. Ein Knochenkrieger braucht kein Licht, Gestank und Lärm behindern ihn nicht im Geringsten. Der Sieg gehörte ihr und ich verdankte dieser Frau mein Leben." Bei diesen Worten höre ich aufmerksam zu. Laran hatte diesen Teil der Tal Operation nie mit mir besprochen. Wenn er sich mir damals schon verpflichtet füllte, würde das einiges erklären. „Doch eine letzte Schwierigkeit lag noch immer vor uns. Das Tor zum innersten Ring wurde von einer Steinbestie bewacht. Irgendeine dunkle Kunst aus einem dunklen Land. Das Monster war turmhoch, allein sein Arme waren dick wie ein ganz Mann. Mit violetten Schlitzen in seinem unförmigen Schotter Gesicht anstatt Augen." Wieder übernehme ich. „Ich warf all meine damalige Kunst in den Kampf doch sah es schlecht gegen diese verfluchte Bestie aus. Laran aber fiel mit seinen scharfen Augen eine Schwachstelle an ihrem Rücken auf und der Sieg gehörte uns." „Wir erfüllten den Auftrag, nur wollte eine neidischer Speichellecker Rabia töten und so den ganzen Ruhm einstreichen. Er lockte sie in einen Hinterhalt, da er zu viel Angst vor ihrer Kunst hatte, um sich ihr in einem offenen Kampf zustellen. Doch wollten höhere Mächte es das ich grade noch rechtzeitig eintraf, um diesen ehrlosen Hurenbock mit Schild und Speer entgegenzutreten." „Laran trat, ohne zu zögern einem ausgebildeten Blutweber und erfahrenen Schwertkämpfer entgegen. Mit all seiner blutigen Kunst konnte er diesen Mando doch nicht besiegen. Gegen das tapfere Herz und die Kampfkunst meines heutigen Ehemannes war er machtlos. Leider beendete mein damaliger Patron den Kampf, bevor Laran seinen Gegner in der Luft zerreißen konnte." „Danach hatte ich aber wenigstens die Aufmerksamkeit dieser wunderschönen Frau…" Er blickt zu mir. „… und sie kannte meinen Namen. Wie sie meine Larine und die Gebieterin meines Herzens wurde geht euch allerdings nichts an." Dabei zwinkert Laran den umstehenden zu und prostet den Zuhörern mit seinem Krug und einem breiten Lächeln im Gesicht zu. Unser Publikum jubelt und applaudiert. „Ich glaube keiner kann eine spannendere Kennenlerngeschichte erzählen als ihr beide." Sagt Mutter Olkalia immer noch mit Lachtränen in den Augen. Laran sieht aber nur mich an, scheint mein Urteil über seine Geschichte zu erwarten. Ich beuge mich zu ihm herüber ganz dich an sein Ohr und flüstere ihm zu. „Schöne Gesichte aber über ein paar Details müssen wir nochmal reden." „Wie du wünschst." Der Abend klingt bald danach aus. Allen steckt dieser Tag in den Knochen. Im dunkel unseres Zimmers will sich bei mir aber kein Schlaf einstellen und das liegt nicht an Larans schnarchen. Meine Gedanken rasen, versuchen noch immer in Gänze zu begreifen was heute alles passieren ist. Unter andrem Larans Aussagen über mein Äußeres als er unsere Kennenlerngeschichte erzählt hat. Hätte jemand anderes gesagt das ich eine Figur wie aus einem Traum habe, so würde er einen

Albtraum meinen. Ich habe weder die Wespentaille noch die grazile Figur der Schönheiten aus Kornatan. Was Dorga mehrfach dazu veranlasste mich als mollig oder auch als Fett zu bezeichnen. Laran hingegen nannte mich wunderschön als das Bier seine Zunge gelöst hatte. Aber sicher war das nur ein Teil seiner Geschichte Niemand findet eine verfluchte Toten Maid schön. Neben all diesen Gedanken habe ich Angst vor dem Einschlafen. Nach solchen festen bekomme ich immer Alpträume. Als mich der Schlaf übermannt segnet mich die Herrin. Sie schickt mir das erste Mal seit Ewigkeiten schöne Träume. Träume voller Lachen und Musik und ich mittendrin. Nicht wie sonst wo ich nur am Rand stehe. Keine Verachtung, keine Angst. Ich bin ich und doch Teil des fröhlichen Festes. Ich will gar nicht mehr aufwachen.

10. Kapitel: Eine andere Sicht der Dinge
[Laran]

Stadt Izaron, Gasthaus

Für den dritten Morgen nach dem Fest planen wir unseren Aufbruch. Zwei Tage, in den mein schmerzender Körper Zeit hat, sich so weit zu erholen, dass ich wieder Reiten kann. Zwei Tage die Rabia damit verbringt, geschickt Gerüchte und Geschichten zu streuen, dass wir eigentlich Geister der Wüste sind. Dass die Herrin der Wüste uns geschickt hat, um der Stadt zu helfen. Manchmal beginne ich das auch selbst zu glauben. Selten habe ich eine Reise durch das Reich der Herrin der Wüste gemacht, die so gesegnet war. Die ganze Zeit nahezu perfektes Reisewetter, aber der Gedanke macht mir auch eine Heidenangst. Ich war nie ein besonders gläubiger Mann, nicht so wie meine Gebieterin. Sich jetzt einzugestehen das eine Göttin vielleicht ihren Blick auf uns gerichtet hat und uns wie Figuren auf ihrem Spielbrett bewegt. Nein, das will ich mir nicht eingestehen, ich will lieber weiterhin der Herr meiner eigenen Taten sein. Und doch bleibt der Gedanke und die Worte des uralten Priesters über die Töchter des Tores. Die Bewohner von Izaron feiern uns als Helden. Unsere Vorräte, unser Zimmer und noch ein paar andere Dinge werden uns geschenkt. Selten war ich als Mando in einer Stadt so willkommen wie hier. Rabia verbringt viel Zeit im Tempel, was auch immer sie da treibt. Auf meine Frage sagt sie nur. „Ein Echo ist nur ein verzögertes Spiegelbild und ich will wissen von wem." Als sie meinen verständnislosen Blick bemerkt, seufzt sie. „Also gut sagen wir einfach ich will wissen wer hier alles als Priesterin gedient hat." Eigentlich wollte ich sie begleiten aber meine Beine haben bei er Treppe nach den ersten Stufen kapituliert. Schon die Stufen zu unserem Zimmer sind jedes Mal eine Tortur. Danach hat meine Gebieterin mich mit der Vorbereitung unsere Abreise betraut. Dabei habe ich dann viel mit den Leuten in der Karawanserei gesprochen, die wenn ich allein bin, sehr viel weniger eingeschüchtert wirken. Eine resolute Frau meinte dazu. „Ihr kämpft wie ein Mensch und seht auch so aus. Aber die gesegnete Priesterin der Wüste, nun das ist eine andere Sache. Sie gebietet über Mächte, die wir uns nicht einmal vorstellen können und dass sie sich in eine Leiche verwandelt, wenn sie Leichen befehligt, ist wirklich unheimlich. Um nicht zu sagen angsteinflößend." Ich kann diese Leute gut verstehen. Als ich Rabia das erste Mal so gesehen habe … nun es war kein beruhigender Anblick. „Ich habe mich entschloss in ihr die schöne, beeindruckende und entschlossene Frau zu sehen und nichts anderes." Sage ich, bevor mir selbst ganz klar wird, was ich da sage. Die Frau beginnt herzlich zu lachen. Während mich zwei Stallburschen nur ungläubig anstarren. „Wen ihr das könnt, müsst ihr eure Frau wirklich von Herzen lieben." Meint die Frau dann. Lieben? Wie könnte ich eine Adlige lieben, aber sie ist auch keine Monster. Sie ist eine Frau die für das, an das sie glaubt eintritt und ihren Platz in dieser Welt kämpft. Eigentlich würde sie eine wahrlich gute Mando abgeben.

Unser Weg führt uns nach unserem Aufbrauche gen Süden, Richtung der tiefsten Wüste. „Da ich unsere Anwesenheit hier nicht verschleiern kann, müssen wir so geisterhaft erscheinen das kein Fremder die Wahrheit glauben würde. Alle die die Geschichte hören sollen denken die Bewohner der schwarzen Stadt haben sich das alles ausgedacht. Du weißt schon zwei Reisende aus der Wüste, Tote auf einer Mission, so etwas." Offenbart mir meine Gebieterin ihre Strategie. „Wir können höchsten zwei Tage nach Süden reisen, dann müssen scharf nach Westen schwenken. Eigentlich wollte ich die Salzfelder nördlich umgehen. Jetzt müssen wir schauen, ob wir südlich an ihnen vorbeikommen oder mittendurch müssen. Wenn wir ohne einen kundigen Führer ins Salz geraten, wird es unser Ende sein. Dann ertrinken wir ihm Salzschlamm oder verdursten." „Sind die Felder wirklich so gefährlich?" fragt Rabia skeptisch. „Ja, die Felder sind eigentlich ein riesiger See. Das Wasser ist so salzhaltig, dass das Salz an der Oberfläche trocknet. Der Wind weht dann Sand auf die Salzkruste, man kann dann nicht sagen, wo fester Boden ist und wo nicht. Es gibt Geschichten das ganze Karawanen im Salz verschwunden sind. Ein Tier ist eingebrochen und alle anderen sind, weil sie zusammengebunden waren, mit reingezogen worden. Ich kann dich wohl nicht überzeigen doch den Weg nach Norden zu nehmen." „Definitiv Nein!" Bekomme ich die prompte Antwort. „Das hatte ich vermutet." Entgegne ich seufzend.

Als wir den zweiten Abend nach unserem Aufbruch rasten, spüre ich das mich Rabia fragend mustert. Vielleicht lerne ich auch nur langsam die kleinen Zeichen zu deuten die verraten das meine Gebieterin eine Frage hat. „Laran hast du das ernst gemeint, dass du mir nach der Höhle mit den Bergern dein Leben geschuldet hast?" „Ich habe dir auf jeden Fall eine Menge geschuldet. Wahrscheinlich sogar mein Leben und das meiner Männer die mit da unten waren. Also Ja!" „Hast du mir deshalb gesagt, wo ich die Schwachstellen der Steinwächter finde? Denn dass du das damals warst, ist mir inzwischen klar. Nur du könntest die Muster auf diese Distanz sehen und mit mir Astarak sprechen." „Ja, ich habe dir den Tipp gegeben. Alle waren so gebannt von dem, was ihr Weber da getrieben habt das keinem aufgefallen ist das ich sehr dicht bei dir Stand. Ich wollte mich damit revanchieren und weil ich Angst hatte, dass wir sonst noch so enden wie die Sklaven, als Blutquelle oder Ablenkungsmanöver." „Also wieder deine Mandea?" „Ja, dass und das ich lieber dich als Dorga siegen sehen wollte." Das bringt mir ein Lächeln ein. Seit Izaron trägt Rabia ihren Schleier nicht mehr am Feuer, sondern nur noch während der Reise. Vorher hat sie ihn nur abgenommen, wenn sie gegessen hat. Dadurch sehe ich, wenn sich ihr schmaler Mund zu einem Lächeln verzieht. So lerne ich ihr Mienenspiel besser zu deuten und auch ihrem verschleierten Gesicht ihre Gemütsverfassung anzusehen. Langsam erkenne ich an ihren Augen, wann sie wirklich lächelt und welche Art von Lächeln es ist. Bei dieser Frau, bei der man rennen sollte, wenn sie ihr gemeines Lächeln zur schaustellt, ist die Fähigkeit glaube ich Lebenswichtig. „Und ich bin froh, dass du gewonnen hast. Gesegnete Priesterin der Wüste." Sie sieht mich verdutzt an. „Wie hast du mich genannt?" „Gesegnete Priesterin der Wüste, das war einer der Spitznamen, die sich das einfache Volk von Izaron für dich ausgedacht hat." Einer der schönsten Obendrein denke ich bei mir. Meisterin des Todes, Heilige der Knochen und weitere solche Namen kursieren in der Stadt. Für die Hälfte dürfte Rabia indirekt mit ihrem Versuch unsere wahre Herkunft zu verschleiern selbst gesorgt haben. „Ich finde er der Beiname würde die gut stehen Rabia." „So findest du?" In ihrer Stimme schwingt etwas mit das ich nicht zu deuten vermag. „Auf jeden Fall! Er klingt ganz nach dir und viel besser als Toten Maid oder wandelnder Fluch." Rede ich weiter. Auch wenn ich in der herein gebrochenen Dunkelheit ihr Gesicht kaum noch erkennen kann, weiß ich das sie mich auf ihre intensive Art ansieht. „Laran ich weiß das du mich nicht für verflucht hältst. Aber was macht dich da so sicher? Immerhin warst du schon vor Izaron davon überzeugt." Ich zucke mit den Schultern. „Weil ich nicht glaube das unsere strenge, aber gerechte Herrin ein Säugling für etwas verfluchen würde, wofür das Kind nichts kann." Ich warte auf eine Erwiderung der sonst in allen religiösen Fragen so bewanderten Rabia. Aber es kommt nichts. „Außerdem habe ich gelernt mich auf das zu verlassen, was ich sehe, höre und fühle. Als ich dich kennengelernt habe, habe ich dich für eiskalt und eisenhart gehalten. Als ich dich das erste Mal erlebt habe, wie du deine Kunst richtig einsetzt hatte ich Angst vor dir." Mit trauriger Stimme antwortet sie. „Alle haben Angst vor mir, wenn sie mich das erste Mal beim Weben ohne Schleier sehen." „Du verstehst mich falsch. Angst hatte ich vor dir als du die Steinwächter bekämpft hast. Solche großen Knochenkrieger, solche Kunst hatte ich noch nie gesehen. Jedenfalls nicht aus solcher nähe und noch nie, wie sie entstehen. " Ungläubig fragt Rabia. „Und als du mich weben gesehen hast, hattest du keine Angst vor mir?" „Nicht mehr als vorher. Ich hatte Angst das ich bei meiner Pflicht meine Kommandantin zu schützen versagt habe. Aber ansonsten warst du damals nur eine besonders seltsame Adlige." Im Licht des kleinen Feuers, das ich während unserer Unterhaltung entfacht habe, sehe ich ihren ungläubigen Blick. „Hätte ich dir aufgeholfen oder dir mein Wasser angeboten, wenn ich dich für ein verfluchten Schrecken aus einer der zwölf Höllen gehalten hätte?" Ein langes Schweigen folgt. Rabia versucht sich wohl an die Begebenheiten zu erinnern die ich angesprochen habe. Da Rabia schweig rede ich weiter. „Außerdem wenn dir der Tod wirklich folgt, wie dein Dorf behauptet. Warum lebe ich dann noch? Es gab so viele Möglichkeiten, dass der Tod mich hätte holen können, seit ich dir begegnet bin. Berger, riesige Skelette, Dorga und der untote Priester und hunderte wandelnde Leichen du hast mich vor all dem Beschützt. Versuch doch bitte einfach Mal zu akzeptieren das sich dein Dorf geirrt hat. Das du eine Frau bist, die besonders ist, aber nicht im schlechten. Ob du wie der alte Priester sagte von der Herrin erwählt bis oder nicht … ich weiß es nicht. Du bist eine Weberin mit dem Herz am rechten Fleck und das können nicht viel deiner Standesgenossen von sich behaupten." Plötzlich beginn sie zu lachen. Ein volles und schönes Lachen wie ich es von ihr noch nicht gehört habe. Anscheinend haben sich ihr Mund und ihr Herz endlich daran erinnert, wie man unbeschwert lacht. „Also das ich ein gutes Herz haben soll, mit der Meinung stehst du glaube ich ziemlich allein auf weiter Flur, mein Lieber." „Du hast es doch selbst gesagt, nur weil du über Knochen gebietest, heißt das nicht das du das Leben nicht schätzt." „Du hörst gut zu und hast ein gutes Gedächtnis. Ich sollte aufpassen, was ich in deiner Gegenwart sage." Diese Worte klingen amüsiert. Ernster fährt sie fort. „Warum hasst du uns Adligen so?" Oh Mann, wie erkläre ich das einer Adligen. Hilflos schaue ich in die Sterne. „Das ist schwer zu erklären, es sind viele Dinge, die mich dazu bringen die Adlig zu hassen und zu verachten." Mit sehr weicher Stimme, die aber auch vor Neugierde überquillt sagt Rabia. „Bitte versuch es mir zu erklären." Jetzt starre ich ins Feuer. „Zum einen haben uns die Weberfürsten des alten Reiches während des großen Wehklagens im Stich gelassen. Mein Volk stand Jahrhunderte lang wie ein Wall an der Westgrenze des Oasen Reiches. Als wir Stück für Stück aus unseren Tälern und von unseren Bergen vertrieben wurden, war so gut wie kein Weber aus dem Oasen Reich zur Stelle, um uns zu helfen. Nur unsere eigenen Weber kämpften an unserer Seite. Als dann die letzten von uns flohen, ließ man uns wieder im Stich. Wir fanden nirgendwo eine Heimat. Wir waren gezwungen von Ort zu Ort zu ziehen. Das ist Hundert Jahre her und doch verfolgt uns dieses Schicksal bis heute. Wir werden immer wieder vertrieben, als seien wir Aussätzige. Heute behandeln uns die meisten Adligen wie Dreck, wie räudige Hunde. Und nicht nur uns Mando, wann immer sich die Weberfürsten streiten leidet, und stirbt das gemeine Volk. Unsere Fürsten haben vergessen das wir es sind die ihnen ihren Luxus ermöglich. Durch uns haben sie die Zeit und die Mittel sich ganz ihren Studien zu widmen. Doch danken sie uns unsere Mühen oft genug mit dem Tod. Sieh dir Dorga an, er hat für einen Zauber ein Dutzend Soldaten geopfert, treue Diener unseres Fürsten. Aber das war ihm egal, Dorga wurde dafür nicht einmal bestraft oder nicht getadelt. Andere Fürsten saugen ihr Volk auf ihren Ländereien aus. Sie erhöhen immer wieder die Steuern oder erwarten Sonderabgaben. Das ist so Grob, warum ich Adlige nicht leiden kann." „Und warum kämpfst du dann für mich bis zur Selbstaufopferung?" Frage sie irritiert. „Weil du anders bist. Dir sind die Soldaten unter deinem Kommando nicht egal und du bist für mich eingetreten als der alte Priester mich töten wollte. Das war das erste Mal, das ich erlebt habe, dass eine Adlige für mich eingetreten ist." Ich hänge meinen Gedanken nach. Zu viele Bilder tauchen in meinen Kopf auf. „Danke." Sagt Rabia mit ernster, belegter Stimme. Jetzt schaue ich sie verständnislos an. „Wofür?" „Dafür das du mir reinen Wein eingeschenkt hast, wie uns das gemeine Volk sieht. Aber vor allem Danke, dass du für mich in Izaron da warst. Ich bin es nicht gewohnt, dass jemand so bedingungslos für mich einsteht. Vor allem nicht, wenn es brenzlig wird. Die Diener des Fürsten haben sich nach meinen Wünschen gerichtet aber nie mit solchem Einsatz. Ich weiß nicht, was die Zukunft für uns bereithält. Deshalb danke für alles, was du bisher auf dieser Reise für mich getan hast. ... lass bloß keinen andere Adligen hören, was du über sie denkst. Sie hätten wohl sehr viel weniger Nachsicht mit dir als ich." Ich weiß nicht, aber diese nette und dankbare Rabia macht mir Angst. Beinahe hätte ich sie gefragt, ob alles in Ordnung mit ihr ist. Den Rest des Abends schweigen wir. Jeder hängt seinen eigenen Gedanken nach. Die Routine hat sich auf der bisherigen Reise so weit eingeschliffen, dass wir keine Worte mehr brauchen. In meiner ersten Wache schaue ich hoch zu den Sternen und verliere mich in der Unendlichkeit des Nachthimmels, während mein aufgewühlter Verstand versucht zu Ruhe zu kommen. Noch immer erfüllen mich die Bilder von all den Begebenheiten, die ich vorhin angesprochen habe, meinen Geist. Am Ende bleibe ich immer bei einem Bild hängen, einem Lächeln, stählend wie ein Sonnenaufgang nach einer dunklen, mondlosen Nacht und Augen, die vor Freunde funkeln sie wie die hellsten Sternen am Nachthimmel dort oben.

[Rabia]

Tor Wüste, dicht am östlichen Rande der Salzfelder.

Die Salzfelder, der Reichtum der Tor Wüste liegt vor uns. Die Legende besagt das die Herrin der Wüste, ob dem Leid und der Armut ihrer Anhänger eine Träne vergoss. Eine Träne die selbst die unbarmherzigste Sonne nicht trocknen konnte. Aus ihr soll der Salzsee und daraus die Salzfelder entstanden sein. Sollte das wahr sein hat die Herrin mit der Träne ihrem Volk ein Bärendienst erwiesen. Das Salz hat seit Jahrhunderten die Begehrlichkeiten aller Herrscher geweckt, die am Rand der Wüste leben. Schimbal, Umkuhl, Bybolan und in gewisser Weise auch Kornatan. Meine Mission eines der Tore zu einen bestimmen Zeitpunkt zu öffnen kann nur bedeuten das ein Angriff erfolgen soll. Ob durch das Reich der 1.000 Blätter selbst oder einen Verbündet weiß ich nicht. Nur das so etwas kommen wird ist klar. Laran ist seit gestern Abend sehr schweigsam. Ich vermute er glaubt zu viel gesagt zu haben. Seine Ansichten sind interessant. Vor Izaron habe ich nicht daran gezweifelt für meine Sünde verflucht worden zu sein. Alle Priester, Gelehrten und Menschen in meiner Kindheit haben es mir immer wieder eingeredet. Dann treffe ich einen Mando und alles gerät ins

Wanken. Ein Teil von mir möchte ihm glauben, glauben das ich nicht verflucht bin. Was ist nur los mit mir? Warum stelle ich die Meinung dieses Mannes auf eine Stufe mit der Expertise von Weisen, Gelehrten und Priestern? Warum muss dieser Mann auch so überzeugend sein. Er zweifelt nicht und das macht es so verdammt einladend ihm zu glauben. Noch dazu wieder sprechen seine Ideen nicht den Schriften der ersten Prophetin. Jetzt nach Izaron ... weiß ich nicht mehr, was ich glauben soll. Aber das hat Zeit, erst einmal müssen wir die Salzfelder hinter uns lassen. Danach kann ich mir Gedanken darüber machen, was und wer ich bin. Die Salzfelder erreichen wir wenige Stunden nach Sonnenaufgang. Eine weiß gesprenkelte Ebene, soweit das Auge reicht. Die Luft flimmert und lässt den Horizont verschwimmen. Aber viel wichtiger nirgendwo ist eine Spur von Leben zu sehen. Laran hatte gehofft jemanden zu treffen der die Irrwege durch und über das Salz kennt. Doch wird diese Hoffnung bitter enttäuscht. „Gebieterin dann müssen wir doch außen herum oder wir treffen unterwegs noch jemanden der uns führen kann. Das Risko uns blind durch das Salz zuführen werde ich nicht eingehen!" Das ist eine definitive Feststellung und keine Frage wie meine Meinung zu dem Thema ist. Allerdings ist genau das seine Aufgabe, mich sicher durch die gefährliche Ödnis der Tor Wüste zu bringen. Das seine Umgangsformen mit einer Frau von Stand erheblich zu wünschen lassen. Nun das ist eine andere Sache. Schweren Herzens schwenken wir nach Norden ab. Wenn uns jetzt reisende aus Izaron sehen sollten wäre unsere geisterhafte Geschichte ganz schnell hinfällig. Auch Laran ist enttäuscht, bisher war er in der Lage gewesen mich sicher zu führen. Das wir jetzt durch meinen Wunsch unbedingt nach Süden reisen zu wollen alles in allem eine halbe Woche verlieren werden, passt ihm gar nicht. Nach einigen Kilometer folge ich einem seltsamen Gefühl, ähnlich dem das mich in Izaron zu en Schemen gerufen, in die Welt der Fäden. Dort sehe ich vor uns einen Mann stehen.

Im Reich der Herrin der Wüste

Er schaut unbeirrt auf die Weiten aus Salz und Hitze. Der Mann ist eine gefangene Seele oder Echo. Doch nicht so klar wie das der Frau in der Stadt. Seine Formen sind irgendwie unscharf und immer wieder flackern grüne und schwarze Lichter um ihn herum auf. „Warte Laran! Dort vorne steht jemand." Mein Dafiri schaut sich suchend um. Aber sein Blick geht einfach durch das Echo des Mannes durch. „Wovon sprichst du? Ich sehe Niemanden." Seltsam normalerweise sieht es in der Welt der Fäden besser als ich. Andererseits konnte ich bisher auch keine Seelen in der Welt der Fäden sehen. Nur wenn sie in Mustern eingebunden waren. Erst seit Izaron und seit die Träne des Mondes mir das erste Mal ihre Macht zu Verfügung gestellt hat, kann ich sie sehen. „Laran warte einfach, hier steht ein Echo." Dann steige ich von meinem Kamel und gebe Laran die Zügel, bevor ich mich dem Echo zu wende. „Ihr könnt mich sehen?" fragt das Echo überrascht. Seine Stimme klingt wie das Flüstern des Windes in den Palmenhainen der Hauptstadt. „Sehen und hören, wer seid ihr?" „Ein Niemand, ein Narr, ein Verfluchter." „Wie ist euer Name?" „Früher nannten mich die Leute Alkasan den Salzschreiter. Den Namen hatte ich mir verdient, weil ich die sicheren Pfade über das Salz kannte. Und ich war stolz darauf, so stolz." Die letzten Worte sind kaum mehr als ein trauriges Seufzen. Sein Blick wandert wieder in die Ferne. „Ich bin Rabia Azzarena. Warum seid ihr noch hier? Das Tor erwartet euch." Er schüttelt den Kopf, langsam dreht er sich wieder in meine Richtung. „Aus dem Westen kam eine Armee, sie plünderten, brannten alles nieder. Sie töten die Männer und Alten und alle anderen wurden von ihnen in Ketten gelegt und weggebracht. Als sie vor unserer Oase standen habe ich meine Freunde und meine Familie überredet mit mir über das Salz zugehen. Ich wollte sie nach Izaron bringen." Wieder wandert sein Blick an den westlichen Horizont. „Ich habe einen Fehler gemacht. Eine kleine Unachtsamkeit und das Kamel meiner Frau und unserem ungeborenen Kind ist im Salz eingebrochen und versank. Versank so schnell, bevor ich auch nur nach einem Seil greifen konnte, war sie schon verschwunden. Dort vorne." Sein geisterhafter Finger deutet gen Westen. Die anderen gerieten in Panik. Irgendwer rief das mir nicht trauen könne, wenn ich selbst meine Frau im Salz versinken lasse, ohne auch nur den Versuch einer Rettung. Ihr könnt euch sicher denken was passiert ist. Eine Karawane, die die sicheren Pfade verlässt und blindlinks nach Osten hetzt." Langsam folge ich seinem Blick. „Ja, sie sind alle gestorben." Flüstere ich mit belegter Stimme. „Sie sind elendig ertrunken. Kein Grab, kein Platz bei den Knochen der Gemeinde, kein Ort, um ihrer zu gedenken. Auf ewig treiben ihre Körper in den dunklen Tiefen unter dem Salz." „Aber ihr habt überlebt. Warum seid ihr sonst hier und nicht dort draußen?" Das unscharfe Gesicht sieht mich lange an. „Denkt ihr das ich mit dieser Schuld hätte leben können? Meine Familie, alle meine Freunde haben mir vertraut und ich habe sie umgebracht. Ich wollte ihnen folgen. Damit ich nach meiner Buße in der Anderwelt wieder mit ihnen vereint wäre. Doch bin ich noch immer hier!" Die letzten Worte schreit er förmlich. Danach sinkt er resigniert in sich zusammen. „Selbst die Höllen sind zu gut für mich." Für dieses Selbstmitleid bedenke ich ihn mit einem meiner Intensiven Blicken, vor denen Laran sich fürchtet. „Seit nicht dumm! Die Richter empfangen alle verstorbenen ganz gleich welche Taten sie in dieser Welt verübt haben." „Aber ..." „Unterbrecht mich nicht! Es könnte sein das ihr noch nicht bereit wart zu gehen. Ich mache euch einen Vorschlag, ihr helft uns über das Salz zu kommen. Wir habe im Westen eine wichtige Mission gegen die Nachfahren deren die euch vor hundert Jahren zur Flucht zwangen. Dann werde ich dafür sorgen, dass ein Gedenkstein für eure Familie und Freunde aufgestellt wird. Und für euch, wenn ihr das wollt. Vielleicht könnt ihr mit dem Wissen, das ihr uns sicher durch das Salz gebracht habt und eure Liebsten nicht vergessen werden diese Welt verlassen." „Ihr wollt euch meiner Führung vertrauen? Nach dem ihr meine Geschichte gehört habt. Ihr müsst wahnsinnig sein." Noch einmal betrachtet er mich, bevor er überrascht die Augen aufreißt „Nein ihr seid anders! Ich fühle um euch herum eine Sog. Einen Sog der mich zum Tor zieht. Bitte Herrin schickt mich dort hin." Fleht er. „Helft uns und sprengt selbst eure Ketten, die euch in dieser Welt halten oder bleibt bis in alle Ewigkeit hier und versinkt im Selbstmitleid." Das Echo ringt mit sich. Dann geht ein Ruck durch ihn. Er richtet sich zu seiner vollen Größe auf. „Einverstanden, ich werde euch führen. Ehrwürdige Bewahrerin des Glaubens und der Knochen Rabia." Vielleicht sollte ich mich daran gewöhnen das in diesem Teil der Welt der Dualismus von Webkunst und Priesterschaft noch nicht so verfallen ist wie im Reich der 1.000 Blätter. Das hier jemand der die Kunst des Kochenwebens beherrscht und in die Welt der Fäden mit toten Seelen reden kann eine Priesterin sein muss. „Laran wir brechen auf!" Mein Begleiter hatte bisher geschwiegen. Als ich mich jetzt in den Sattel schwinge ergreift er allerdings das Wort. „Rabia mit wem hast du grade geredet?" „Mit einer Seele die ihren Weg zum Tor noch nicht gefunden hat. Du konntest ihn nicht sehen?" Laran schüttelt den Kopf. „Ich kann die Fäden sehen. Aber Niemand kann festsitzende Seelen sehen, soweit ich weiß." Kurz betrachtet er mich mit einem Blick, den ich nicht deuten kann. „Aber was weiß ich schon von solchen Dingen Tochter des Tores." Wahrscheinlich sollte ich mit Laran mal darüber sprechen, was nach dem Fall des verfluchten Feldzeichens passiert. Sonst hält er mich irgendwann auch noch für irre. Wenn er das nicht so wieso schon tut. „Laran ich habe mit dem Geist eines Mannes Namens Alkasan der Salzschreiter gesprochen. Er hat zugestimmt das er uns durch das Salz führt." Hoffentlich kennt er den Weg nach hundert Jahren immer noch und macht diesmal keinen Fehler. Aber diesen Gedanken behalte ich führ mich. Zweifel helfen weder Alkasan noch Laran weiter. „Gebieterin ist das klug unser Leben in die Hände eines Mannes zu legen den ihr nicht kennt?"

„Vertrau mir Laran." „Das tue ich, doch bin ich für deine Sicherheit verantwortlich." Alles an ihm spricht dafür das ihm die ganze Sache nicht passt. „Ich vertraue dir!" Wiederholt er, diesmal ohne Einschränkung. Aber immer noch alles andere als glücklich. Dann folge ich dem Geist auf die Salzfelder und bete das diese Entscheidung die Richtig war.

[Aldan]

Oase von Walik, nordöstlich von Schimbal

„Herr der Neugierde, es gibt interessante Neuigkeiten." Astavo kommt eiligen Schrittes auf mich zu geeilt. „Ein Mann wurde am Rand der Oase gefunden. Sein Kamel ist kurz vor der Grenze der Oase zusammengebrochen. Angeblich ist er vor Durst und Sonne halb wahnsinnig. Er soll davon faseln, dass er aus der schwarzen Stadt komme. Diese wäre von einer Armee aus Untoten überrannt und zerstört worden. Oh, Herr der schlechten Nachrichten und Zweifel." Was ist das jetzt für ein Gesichte? Eine schwarze Stadt und eine Armee aus Untoten das kann doch nur ein geschmackloser Scherz sein. „Astavo, langsam, langsam. Was ist das für eine Stadt und was ist da geschehen?" Das Wetter gegerbte Gesicht meines Begleiters zeigt einem breiten Grinsen, das seinen goldenen Zahn enthüllt. „Vor der Oase ist ein Mann gefunden worden, er soll halb verdurstet und arg von Sonne und Wind gezeichnet gewesen sein. Als man ihm Wasser geben hat, soll er wie ein Wahnsinniger geschrien haben, von wandelnden Leichen und grauen vollem Tod. Die schwarze Stadt ist der letzte bewohnbare Ort vor dem endlosen Sandmeer, eine Stadt der Menekriden. Dieser Ort liegt hinter den Salzfeldern." Astavo deuten nach Osten. „Diese soll an einem der höchsten Feiertage der Menekriden von einer riesigen Horde von Toten angegriffen worden sein. Der wahnsinnige Kerl ist wohl als einziger entkommen. Oh Gebeierter der Neugierde." Verdammt was ist jetzt los, eine Horde Untoter die eine Stadt der Totenanbeter, überrennen. Das wäre so, als verbrenne Bybolan in einem gleißenden Strahl göttlichen Lichts. „Du glaubst nicht daran Astavo?" „Nein die Geschichte klingt zu unglaublich, Freund der Zweifel und Sohn der Wahrheit." „Astavo bring mich zu dem Mann, ich muss dringen mit ihm reden." „Herr der Schnell Entschlüsse, ich habe euren Wunsch vorausgesehen. Er wurde in das Haus des Vorstehers gebracht."

Wenig später habe ich den Oasenvorsteher dazu gebracht mich mit dem Mann aus der Wüste sprechen zu lassen. Der Mann scheint wirklich dem Wahnsinn verfallen zu sein. Sein schnurrbärtiges Gesicht ist Sonnen verbrannt, auch seine Hautfarbe von dunklem Kupfer hat ihn davor nicht geschützt. Seine dunklen Augen blicken ständige angsterfüllt in alle Richtungen. Beim kleinsten unvorhergesehenen Geräusch zuckt er schreiend zusammen. „Was ist geschehen?" frage ich langsam und leise den Mann. Für einen Moment fokussiert sich sein Blick auf mich. „Leichen, Leichen, vertrocknete Leichen wollten mich fressen. Sie haben meine Frau und meine Söhne erwischt." Er hält sich die Hände vor sein Gesicht als Tränen über die verbrannte Haut kullern. „Ihre Schreie! Diese fürchterlichen Schreie. Aber ich konnte nichts tun. Die Stadt hatte keine Chance. Ein böses Omen kam aus der Wüste. Eine Toten Maid, ich habe sie gesehen, und der Tod folgte ihr!" Die letzten Worte schreit er heraus. Bevor er wieder in wahnsinniges Geplapper über wandelnde Leiche und dem bösen Omen Namens Toten Maid verfällt. Die Frau, die sich um die gequälte Seele kümmert, mischt sich ein. Wie es sich gehört, hat sie ihr Gesicht verhüllt, wenn fremde Männer zugegen sind. „Herr, bitte lasst ihn zur Ruhe kommen. Er kann euch nicht mehr sagen." Das war mir schon klar. Er nimmt eigentlich nichts um sich herum wahr. Sein Geist ist gefangen in seinem Wahn. Ich nicke ihr kurz zu und wende mich zum Gehen. „Verdammt, der Kerl ist absolut nutzlos. Wir gehen!" Brumme ich. Als ich das Zimmer verlasse höre ich die Frau sanft mit dem Wahnsinnigen reden. „Trinkt das, es wird euch helfen zu schlafen." „Nein, Nein, Nein im Schlaf kommen die Gesichter meiner Familie. Sie wollen sich rächen, weil ich sie nicht beschützt habe. Aber SIE wird mich holen SIE hat die ganze Stadt mit ihrer Anwesenheit verflucht. Man hätte SIE nie in die Stadt lassen dürfen!" Mit Astavo im Schlepptau gehe ich durch das Haus zum zur Tür. „… kommen aus Izaron, der schwarzen Stadt. … Wir wollen nur eine Nacht bleiben und dann weiterziehen. … Nein wir führen keine Güter mit uns. … natürlich könnt ihr das gerne überprüfen." Ich folge der dunklen Männer Stimme, in der ein rauer mir unbekannter Akzent schwingt. In einer kleinen Schreibstube steht ein großer, breiter Mann in einem weiten Wüstengewand aus hellem Stoff und einer auffälligen bunten Borte am Hals und den Handgelenken. Die Machart dieser Kleidung ist mir noch nicht untergekommen. Neben ihm steht, in der gleichen Kleidung eine Frau, das Gesicht hinter einem Schleier verborgen. Ihnen gegen über an einem Schreibtisch sitzt ein Mann mittler Größe und Tinten befleckter Kleidung. Eindeutig ein Schreiber. „Gut, Mando ich habe alles notiert. Ihr könnt euch jetzt in der Stadt frei bewegen. Seht aber zu, dass ihr keinen Ärger macht." Die beiden Mando gehen an mir vorbei, ohne mich weiter zu beachten. Ein seltsames Paar. Er ist ein Bär von einem Mann, groß und breit. Sein Wettergegerbtes kupferfarbenes Gesicht schaut finster drein. Das Haar ist unter einem Turban verborgen. Das Tuch, das auf einer Reise sein Gesicht vor Sonne und Sand schützt, hängt auf der linken Seite herunter und fällt über die Schulter nachhinten. Sein Bart ist für einen Vagabunden recht gepflegt, auch wenn jetzt in ihm überall der helle Staub der Salzfelder zu erkennen ist. Genau wie am Rest seiner Kleidung. Seine Begleiterin ist etwa einen Kopf kleiner als der Mann und damit für eine Frau immer noch groß. Ihr weites Wüstengewand lässt kaum einen Schluss auf ihre Figur zu. Von ihrem Kopf ist nur ein schmaler Spalt rund um die Augen zusehen. Alles andere ist durch ein Kopftuch und einen Schleier verborgen. Auch sie ist von einer Schicht aus Staub und Salz bedeckt. Obwohl es nicht schicklich ist eine Frau anzustarren kann ich kaum glauben, was ich sehe. Als sie an mir vorbei geht und mich flüchtig mustert, sehe ich grüne Augen? Kann das sein, können Augen grün sein? Die Haut rund um die Augen ist hell geschminkt. Beide strahlen eine Art beherrschter Wut aus, was immer sie mit dem Schreiber zu schaffen hatten sie sind deswegen sauer. „Astavo, folge den beiden. Ich will wissen, wo sie abgestiegen sind." Sage ich leise zu meinem Karawanenführer, als die beiden an uns vorbei sind. „Sofort Sohn der Heimlichkeit. Ich werde so leise und unauffällig sein wie ein Schatten in der Nacht." Er eilt aus dem Gebäude, während ich mich an en Schreiber wende. „Sei gegrüßt Herr der Pergamente." Beim ewigen Licht, ich verbringe eindeutig zu viel Zeit mit Astavo. „Ihr könnt mir sicher sagen, warum die beiden sich anmelden mussten." Der Mann sieht kurz von seiner Arbeit auf. „Das hier ist die Schreibstube des Oasenvorstehers, wenn ihr hier keine Geschäfte habt, verlasst sie bitte, Herr." Die Stimme des Mannes ist leise und trocken, wie das Pergament, mit dem er arbeitet. Das Spiel kenne ich zur Genüge. Ich habe auf meinen Handelsreisen schon mit so vielen Beamten zu tun gehabt, um die kleinen Anzeichen nicht zu erkennen. Bei dem Mann ist es eindeutig, dass er eigentlich gesagt hat, machen wir ein Geschäft. Meine Informationen gegen deine Münzen. Mal sehen, wie schnell ich deine Zunge gelöst bekomme. Aus den tiefen meines Gewandes hole ich eine Münze hervor und lege sie auf den Tisch des Mannes. Der Blick wandert wie beiläufig zu der Münze und dann gelangweilt wieder zu seiner Arbeit. Also willst du mehr du kleines, geringes Wiesel. Genauso beiläufig wie er zur ersten Münze geschaut hat, lege ich eine zweite auf den Tischen. Schnell wie eine Sandviper greift sie Hand zu. Als beide Münzen in seiner Tasche verschwunden sind beginnt er zu sprechen. „Der Ältesten Rate der Oase hat vor einigen Jahren verfügt das sich Mando und andere Vagabunden Stämme hier anmelden müssen, wenn sie ankommen. Außerdem brauchen sie eine besondere Erlaubnis, um hier Geschäfte tätigen zu dürfen. Die rechtschaffenen Bürgen dieser Oase ist dieses ganze umherziehende Volk suspekt." „Warum, machen die Mando so viel Ärger?" Der Mann macht eine vage Handbewegung. „Nicht direkt, aber es gab Sippen die erst als Räuber die Marimaan überfallen haben und dann ihre Beute bei uns verkaufen wollten. Wir mussten das Gesindel vertreiben. Danach hat der Rat einige Gesetzt beschlossen um die Anzahl einzudämmen und die Rechte dieser Vagabunden zu beschneiden." „Und die beiden von eben, waren sie schon einmal hier?" „Junger Herr sehe ich aus, als würde ich mir diese Vagabunden so genau ansehen. Ich erfasse ihre Namen, zu welchen Stamm oder Sippe sie gehören. Die Anzahl ihrer Reit- und Lastentiere und ob sie Handelswaren mit sich führen. Von wo sie kommen und vor allem aber wie lange sie bleiben wollen. Das ist alles." Wieder lege ich zwei Münzen auf den Tisch. „Ein gebildeter und kluger Mann wie ihr. Der obendrein auch noch Erfahrung mit diesen Reisenden hat, kann mir doch sicher noch mehr erzählen. Details die nicht in euren Akten stehen. Dieses Mal sieht mich der Mann länger an, überlegt wohl, ob die Weitergabe dieser Informationen für ihn Ärger bedeuten könnte. Doch seine Gier gewinnt und auch diese Münzen wandert schnell in seine Tasche. Jetzt greift er nach dem Pergament mit den Daten der beiden. „Das waren Laran von der Sippe der großen Bären vom Volk der Mando nebst seiner Gattin Rabia. Angeblich kommen sie aus Izaron. Sie besitzen vier Kamele und führen keine Handelsgüter mit sich." All das liest er ab. „Gut und jetzt das, was nicht in der Akte steht." Noch eine Münze löst seine Zunge endgültig. „Ob sie wirklich von dort kommen, kann ich natürlich nicht sagen. Diese

Vagabunden lügen oft bei ihren Angaben. Es hat mich aber schon sehr gewundert das er von den großen Bären ist. Diese Sippe war schon seit Jahren nicht mehr hier. Sie waren Söldner und Räuber, doch habe ich seit einigen Jahren nichts mehr von ihnen gesehen oder gehört. Daher hatte ich angenommen das die Sippe ausgestorben ist. Die Frau trug die Sippenzeichen vom Roten Baum. Die sehen wir ein oder zwei Mal im Jahr, hauptsächlich Händler. Mehr kann ich euch leider nicht sagen."
Ich nicke ihm kurz zu und wende mich ab. Als ich schon in der Tür stehe ruft er mir noch hinterher. „Seht euch mit den beiden vor. Ich habe viele Mando und andere Vagabunden gesehen. Diese beiden sind gefährlich. Auf ihre Art sind alle Vagabunden gefährlich, aber die beiden sind definitiv gefährlich und bedeuten Ärger. Ich bin froh, dass sie nur eine Nacht bleiben wollen. Wenn ihr kein Geschäft mit ihnen habe, dann macht einen großen Bogen um sie." Nach dieser Warnung wendet er sich wieder seiner Arbeit zu, als habe unser Gespräch nie stattgefunden. Wieder in der Sonne des Nachmittags überlege ich, was ich jetzt tun soll. Ich will und muss erfahren, was die beiden wissen. Wenn eine abgelegene Stadt wirklich von einer Horde überfallen wurde, dann steckt die Horde vielleicht auch hinter dem Verschwinden von Karawanen und Spähern. Aber wenn die Mando wirklich aus der schwarzen Stadt kommen, wieso habe sie nichts von dem Angriff erzählt? Entweder sie sind vorher aufgebrochen, was wahrscheinlich ist. Sie sind wohl kaum so wie der arme Kerl geritten, der auf dem Fluch vor seinen Dämonen war. Oder aber sie sagen nichts, weil diese Oase sie nicht willkommen heißt. Immerhin schienen sie über die Schikane mit der Anmeldung und die genaue Auskunft über sich geben zu müssen ziemlich wütend zu sein. Ich weiß nicht viel über die Mando. Sie sind Händler, Söldner und Räubern, ein rastloses und landloses Volk von Heiden. Ich muss unbedingt Astavo fragen, was er mir über diese Vagabunden sagen kann.

Im Reich der Herrin der Wüste

Später in unserer Unterkunft erstattet mir Astavo Bericht. „Wie ich versprochen habe war ich unsichtbar wie der Wind, Vater der Heimlichkeit. Die Mando sind im Lachenden Kamel abgestiegen. Dort haben sie sich ein Zimmer genommen Danach ist die Frau dortgeblieben und er hat ihr Gepäck von ihren Kamelen geholt. Die Kamele sind im Stall von Hasluf dem Sandschreiter untergestellt. Dieser ist am Südrand der Oase, Herr der Informationen. Wenn ihr die Frage gestattet Herr des freigiebigen Wissens. Warum interessieren euch die beiden Mando?" „Sie haben beim Schreiber angegeben aus der schwarzen Stadt Izaron zu kommen. Doch sprachen sie weder von einem Angriff noch von Untoten. Mich interessiert warum nicht. Haben sie die Stadt vorher verlassen, gab es keinen Angriff oder verschweigen sie ihn und gefährden damit die Oasen? Wenn die Horde exitiert, hat sie alle die Probleme rund um Schimbal zu verantworten?" Mein Karawanenmeister nickt. „Ich verstehe euch Sohn der weitreichenden Gedanken." „Ich will wissen, was sie wissen. Aber wie gehen wir das bei Mando an? Wie sind die Mando als Volk? Was kannst du mir allgemein über die Mando erzählen? Ich weiß wenig über diese Vagabunden." Der weit herum gekommene Mann überlegt lange. „Also was eure erste Frage angehet, Herr der Verschlagenheit. Wir könnten heute Abend in das Lachende Kamel gehen. Wenn die Mando auch dort sind geben wir ihnen Wein oder Bier aus. Alkohol hat schon so manche Zunge gelöst. Die andere Frage ist schwieriger. Die Mando sind ein Volk von mindestens ein Dutzend Sippen. Keiner weiß wie groß das Volk wirklich es, wie viele Mando es gibt. Die Geschichten, die in den Oasen erzählt werden, besagen das sie einst aus ihrer Heimat vertrieben wurden, aber das liegt schon viele Generationen zurück. Seitdem Herr, ziehen sie durch die Welt östlich der Berge des Wehklagens. Es wird erzählt das sie von den Küsten Umkuhl bis an die Grenzen der Savanne des Grünen Ozeans reisen. Auch gibt es Gerüchte das sie tiefer in die Wüste vorgestoßen sind als alle andern. Aber kein Stadtstaat und keine Landes Herr will sie haben, sie sind seltsam und verschlossen. Ich habe Mando kennen gelernt die ehrenhaften Krieger waren. Aber die meisten sind feige Räuber oder Händler, die von einem Kampf fliehen, wenn dieser haarig wird. Sie sprechen eine Sprache, die kaum jemand außer ihnen versteht und sind in der überwiegenden Mehrzahl Menekriden. Vielmehr ist mir auch nicht bekannt." „Aber wenn die Mando hier in der Gegend gelebt haben wurden sie dann von schrecklichen Dunklen vertrieben?" Mein gegenüber zuckt mit den Schultern. „Das kann ich mir vorstellen. Wie gesagt die Mando sind nicht wirklich für ihren Mut bekannt. Aber so etwas ist eher eine Frage für Gelehrte als für mich. Herr der weitreichenden Fragen." Wieder eine Frag die ich wohl erst in Schimbal klären kann.

Am Abend begeben ich mich mit meinem Karawanenmeister in das Gasthaus im Süden der Oase. Es ist eine einfache Herberge, einfach und bodenständig wie Astavo sagt. Der Schankraum ist in ist in zwei Bereiche unterteilt. Offene Tische und Bänke auf der einen Seite des Raum. Hier sitzen nur Männer. Reisende, Händler, Mitglieder der Marimaan. Handwerker, die von Oase zu Oase ziehen, um Kessel zu flicken, Scheren zu schleifen oder andere Handwerke auszuführen, für die sie nicht an einem Ort bleiben können. Der zweite Teil des Raums ist in kleine Bereiche unterteilt, die durch Stoffbespannte Gestelle voneinander getrennt sind. Hier können auch Frauen, die ihr Gesicht in der Öffentlichkeit nicht zeigen sollen, wenn sie ehrbar sind, essen und trinken. Am Schanktisch des Wirtes steht ein Mann und eine verschleierte Frau. Alles ist so ausgelegt das sowohl Männer als auch Frauen bedient werden können ohne, dass die Regeln des Anstandes berührt werden und ich verfluch diese Anordnung. Wir können wohl kaum jeden Bereich durchsuchen, nur um zu schauen ob die Mando dort sitzen. Langsam gehe ich durch den Schankraum in Richtung des Wirtes. Schaue mich dabei suchend nach der bärenhaften Silhouette des Mando um, vielleicht habe ich ja Glück und er trinkt allein. Leider sehe ich ihn nirgendwo. Eine Münze lege ich auf den Schanktisch halte aber noch den Finger drauf, um den Wirt zu zeigen, dass er sie sich verdienen kann. „Guten Abend, Herr Wirt ich bin auf der Suche nach zwei Mando. Ein Bär von einem Kerl und seiner Frau. Sie sind heute Nachmittag angekommen." Der Wirt mustert mich. Sieht die modische Kleidung in kräftigen Farben, die ich trage, geschneidert aus bestem Tuch. Der gepflegten Schnurbart der mein ins Oliv gehende Gesicht ziert. Meine Hautfarbe sticht unter den Kupfertönen der Einheimischen etwas hervor. Meine schwarzen Haare habe ich zu einem kleinen Zopf gebunden. Ich lächle ihm unverbindlich zu, das ist meiner Erfahrung nach der besten Art auf solch eine Musterung zu reagieren. „Mein Name ist Breman. Und wieso sucht ihr die beiden?" „Das ist meine Sache, Herr Breman." Er zuckt mit den Schultern. „Dann kann ich euch nicht helfen. Ich will keinen Ärger in meinem Laden und wenn ihr mit ihnen etwas „Klären" wollt, dann nicht hier." Ich seufze, das kann ja heiter werden. Zu Hause sind die Wirte irgendwie hilfsbereiter, wenn es um Geld geht. Andererseits bei der Kundschaft hier, wird es wohl öfter Ärger geben. „Keine Sorge ich will nur mit ihnen reden. Ich habe gehört sie sein grade aus dem Osten gekommen und ich habe Fragen bezüglich ihrer Route." Breman bricht in schallendes Gelächter aus, als hätte ich einen besonders guten Witz gemacht. „Ihr seid nicht von hier das habe ich gleich gemerkt, nicht nur an eurem Akzent. Vor allem aber das ihr nicht wisst das Mando niemals über ihre Routen reden." Nun gut wieder was gelernt. „Lasst das meine Sorge sein, ich bin mir sicher, dass ich mit den Mando handelseinig werden kann." Breman überlegt kurzen Augenblick, dann zuckt er mit den Schultern. „Myra geh bitte zu unseren Mando Gästen, dem Ehepaar und frage, ob sie mit diesen Herren reden wollen." Die verschleierte Frau geht mit einer kurzen Bestätigung zu den abgetrennten Bereichen. Schon nach kurzer Zeit kommt sie zurück. „Sie sind bereit mit den Herrschaften zureden." Sagt Myra mit einer jugendlichen Stimme. Zwar ist von ihrem Gesicht nicht viel zu sehen, aber ihr Kleid zeichnet die Umrisse eines schlanken, drahtigen Körpers nach. Auch zeigt das Kleid durch seinen Schnitt mehr als es dem Anstand nach tun sollte. Ihre großen braunen Augen scheinen sich über alles zu freuen, was sie sieht oder nur über mich? „Bitte hier entlang meine Herren." Als wir ihr folgen fällt mir ihr anmutiger Gang auf. Ohne ihr Gesicht zusehen ist es natürlich schwer zu sagen, ob sie wirklich schön ist, aber was ich bisher gesehen habe, gefällt mir sehr gut. Ob ich sie wohl dazu bekomme mir auch den Rest zu zeigen?

11. Kapitel: Andere Kulturen andere Sitten
[Aldan]

Oase von Walik, Gasthaus zum Lachenden Kamel.

Die junge Frau Myra bringt uns zu einem Abteil etwa in der Mitte des Bereichs. Sie klopft an einen der Holzbalken, an denen die Tücher befestigt sind und fragt dann höflich, ob sie mit uns eintreten darf. In dem Abteil steht ein viereckiger Tisch mit vier Stühlen. Eine Öllampe mit drei Flammen erhellt das Abteil. Mit dem Rück zur Wand sitzt die Frau sitzt dem Eingang gegenüber. Sie trägt ein dunkelbraunes Kleid mit einer auffällig bunten Borte. Das große Reisekopftuch hat sie gegen ein schlichtes alltags Kopftuch getauscht. Auffällig ist das sie auch hier im Gasthaus Handschuhe trägt und ihre kerzengrade Haltung. Auf die viele Edelfrauen zu Hause mehr als nur neidisch währen. Ein flüchtiger Blick über ihren Körper zeigt mir, dass sie voll busig ist und nicht annährend Myras grazile Figur hat. Von ihrem Gesicht ist jetzt auch nicht mehr als heute Nachmittag in der Schreibstube zu sehen. Zu ihrer Rechten sitzt der riesige Kerl. Es sieht so aus, als habe er die Zeit seit dem Nachmittag dazu genutzt sich gründlich zu waschen. Sein Bart ist jetzt nicht mehr voller Staub. Auch er hat sich umgezogen und trägt ebenfalls dunkelbraune Kleidung mit dieser auffälligen Borte. Myra sammelt benutzte Holzschalen ein und verlässt schweigend das Abteil, wobei sie die Vorhänge wieder vorzieht. Die Mando beiden haben wohl grade zu Abend gegessen. Auf dem Tisch steht jetzt, neben der Lampe nur noch eine irdene Kanne und zwei Becher, die eine Geruch nach Minze verbreiten. „Mein Name ist Aldan ibn Kirdaribie Tarsur, ich bin ein Händler aus Bybolan und das ist mein Karawanenmeister Astavo." Stelle ich mich höflich vor. Natürlich rede ich nur mit dem Mann wie es sich gehört. „Laran aus der Sippe der großen Bären und dies ist meine Gemahlin, Rabia." Stellt sich der Mann mit einer tiefen Stimme vor, in der ein rauer, mir unbekannter Akzent mitschwingt. Für einen Moment bin ich irritiert. Da ich es nicht gewohnt bin das mir Frauen gleich am Anfang vorgestellt werden. In Bybolan werden Frauen am Tisch erste einmal ignoriert oder aufgefordert zu gehen, wenn es um Geschäfte geht. „Warum wollt ihr mit uns reden Händler?" Ich setzte mein gewinnendstes Lächeln auf, verstecke dahinter das mir die Direktheit nicht gefällt. Keine blumigen Worte, um auszuloten was der Gegenüber will, kaum Höflichkeiten. Nun gut was habe ich von Angehörigen eines Vagabunden Volkes, ein heidnischen obendrein anderes erwartet? Jeder weiß das das ewige Licht die Zivilisation in unsere Welt gebracht hat. Wie sollen Heiden das verstehen, wenn sie sich dem wahren Glauber verschließen. „Darf ich mich setzen? Ich würde gern über ein Geschäft mit euch sprechen. Die beiden Mando sehen sich kurz an. Für einem Moment habe ich das Gefühl, als würde in diesem Blick ein ganzes Gespräch geführt. „Setzt euch Händler." Fordert mich dann der Mann auf. Das stellt für mich ein Problem dar. Wenn ich mich ihm gegenübersetze, sitze ich neben seiner Frau. Das verbietet die Etikette, an die ich mich halten werde. Egal was diese heidnischen Vagabunden tun. So setze ich mich neben ihn, drehe den Stuhl, so dass ich ihn direkt anschaue. Astavo bleibt hinter meinen Stuhl stehen. Dann beginne ich zu erklären. „Meine Familie ist im Salzgeschäft engagiert. Nun gibt es viele Gerüchte das die Marimaan, die kleinen Gruppen, die das Salz aus der Wüste bringen, immer weniger werden. Dass die Wüste jeden Menschen verschling der sich in ihre Dünnen wagt. Ich bin hier, um diesen Gerüchten nachzugehen. Und wie weit sie das Geschäft meiner Familie beeinträchtigen könnten." Hier fällt mir der Mando ins Wort. „Das Reich der Herrin der Wüste ist ein gefährlicher Ort. Aber die Gefahren sind hauptsächlich die Menschen selbst, ihre Dummheit, Neid und Gier. Die Dünne bilden nur das Leichentuch, das die Körper der armen Seelen bedeckt, die vor die Richter treten." Diese Aussage überrascht mich, ist sie doch weniger tumb als ich erwartet habe. „Das stimmt leider, wo immer sich ehrliche Menschen etwas aufbauen, sind sofort die die Geier und Hyänen da, um ihnen das Best wegzunehmen. Darf ich euch zu einem Wein oder Bier einladen, bevor wir über meinem Anliegen sprechen?" Die Augen des Mando verengen sich zu Schlitzen. Eine gewisse Aggression und Verachtung liegen in seiner Stimme als er mir Antwortet. Auch seine Körperhaltung spannt sich an. Von einem Moment zu anderen wirkt er wie ein hungriger Tiger, bereit sich auf uns zu stürzen. „Ich werde wohl kaum trinken, wenn meine Gemahlin nur zuschauen kann. Wir sind angehalten uns an die hiesigen Gebräuche zuhalten, solange wir hier sind. Diese verbieten Frauen in der Öffentlichkeit ihr Gesicht zu zeigen." Will mich der Mann auf den Arm nehmen? Wegen seiner Frau verweigert er die Anbahnung eines Geschäftes. „Vielleicht sollte eure Frau uns dann eine Weile allein lassen, dass wir Männer über Geschäfte reden können." Schlage ich eine gesittete Verhaltensweise vor. In gefährlich ruhigen Tonfall fragt er. „Wollt ihr mich beleidigen? Ihr seid zu uns gekommen also sagt was ihr zu sagen habt oder geht! Meine Frau bleibt und wird sich nach Belieben an unserem Gespräch beteiligen. Ihr redet mit Mando! Im Gegensatz zu euch wissen wir unsere Frauen in allen Teilen des Lebens zu schätzen. Wir wissen das unsere Frauen uns ebenbürtig sind. Wenn euch das stört, könnt ihr ja gehen." Beim ewigen Licht. Was sind das für Barbaren. Ligtalkuro hat verfügt das das Weib dem Manne Untertan ist. Was dieser Vagabund da sagt, stellt die strahlende zivilisierte Weltordnung auf den Kopf. Doch eines habe ich bei meinen vielen Handelsreisen gelernt, will man ein Geschäft einfädeln darf man sich nicht von anderen Kulturen abschrecken lassen. Mögen sie auch noch so barbarisch und heidnisch sein. „Wie ihr meint, euer Raum eure Regeln." Sage ich beruhigend, da mich dieser Hüne sonst wohl rausgeworfen hätte oder schlimmeres. „Warum ich zu euch komme, ist Salz." „Wir haben keines und handeln auch nicht mit Salz. Da habt ihr die Falschen aufgesucht." „Mir ist bewusst das ihr nicht mit Salz handelt, aber man sagte mir das ihr aus dem Osten kommt. Seht, kurz vor euch ist ein Mann hier in der Oase eingetroffen. Er kommt aus Izaron der schwarzen Stadt wie er sagt. Leider er hat auf seinem Weg hier her sehr gelitten. Die Sonne und der Durst haben ihm stark zu gesetzt. Jetzt spricht er die ganze Zeit davon das Izaron von einer untoten Horde vernichtet wurde." Die Worte „untote Horde" spreche ich fast schon sarkastische aus. Ich will den Mando damit zu einer Reaktion verführen, aber er sieht mich einfach nur fragend an, wartet darauf das ich ihm eine wirkliche Frage stelle. „Was mich interessiert ist. Gibt es diese Horde wirklich? Sind die ganze verschwundenen Marimaan dieser Hore zum Opfer gefallen? Ich hatte gehofft hier Antworten zu finden." Irgendwie habe ich das Gefühl hier auch nicht mehr als in den Bergen zu erfahren. „Hat der Mann noch mehr über Izaron erzählt?" fragt der Mando. Ich schüttle den Kopf. „Kaum, er wiederholt die ganze Zeit das seine Frau und seine Kinder von den Untoten getötet wurden, dass er nichts machen konnte und ihn ihre Schreie noch immer verfolgen." Schnell unterbricht der Hüne seine Frau, die schon drauf und dran ist, mir etwas zu erzählen. „Wenn wir Informationen haben, dann nicht für umsonst. Wir Mando folgenden Zeichen und dem Silber." Das ist etwas, was ich respektieren kann. Kurz überlege ich wie ich darauf reagiere. „Die Bezahlung wird sich nach dem Wert der Informationen richten." Schlage ich vor. „Dann erhaltet ihr nichts Händler. Wie sollen wir abschätzen, was euch unser Wissen bedeutet?" Er kann ja doch richtig Geschäfte machen. „Gut ich biete euch vier Silbertaler und weitere vier, wenn die Informationen von Interesse für mich sind." Wieder wechseln das Ehepaar einen langen Blick. „Das können wir akzeptieren, Sohn der Tarsur." Antwortet dieses Mal die Frau. Es ist das erste Mal das ich die dunkle, wohlklingende Stimme der Frau höre. Sie hat nicht den rauen Akzent ihres Mannes, doch klingt auch ihr Akzent fremd für meine Ohren. „Der Mann, von dem ihr spracht, war ein Narr er hätte unserer Herrin der Wüste nur vertrauen müssen und seine Familie wäre sicher gewesen." In dieser Aussage liegt eine Gewissheit wie ich sie auch bei tiefgläubigen Menschen in Bybolan erlebt habe. Absolute Gewissheit das ihr Glauben, ihr Gott oder im aktuellen Fall Göttin alles regelt. „Also wart ihr da, Herrin des zurückgehaltenen Wissens? In der schwarzen Stadt als sie angegriffen wurde." Astavo kann seine Neugierde nicht mehr länger zügeln. Die grünen Augen fixieren meinen Begleiter. „Ja, Goldzahn. Wir waren in der Stadt, um das Halek Retat zu begehen, wie es Brauch ist. " Jetzt komm schon Weib lass dir nicht jedes Wort aus der Nase ziehen. „Die Stadt wurde von einer Gruppe von Kamatras, allesamt Weber, angegriffen. Sie hatten sich eine kleine Armee aus wandelnden Leichen erschaffen, wie es euer Narr gesagt hat. Mit Hilfe dieses Frevels wollten sie an einem unsere höchsten Feiertage den Tempel der Stadt stürmen. Einige wenige Narren wollten fliehen, so wie euer verwirrter Mann. Ich habe gesehen, wie er seine Begleiter zurückließ, um sich selbst zu retten. Möge er dafür von den Richtern bestraft werden." Kurz unterbreche ich sie. „Verzeiht, aber was sind Kamatras, das Wort kenne ich nicht." „Kamatras sind das größte Übel der Welt, es sind Menschen, die ihren Glauben verraten. Es sind nicht einfach ungläubige wie ihr. Es sind Verräter an den Lehren der Herrin der Wüste selbst." Belehrt mich die Frau mit einem kalten Zorn in der Stimme, als wenn es sie persönlich beleidigen würde das es solche Menschen auch nur gibt. Die Frau muss eine fanatische Anhängerin der Toten Göttin aus der Wüste sein. „Aber heißt es nicht, eure Göttin hat ihren Priestern die Macht über die Toten gegeben, um ihre Anhänger zu schützen." Die Frau holt Luft um für eine scharf Erwiderung. Der Zorn ist ihr trotz ihres Schleiers jetzt deutlich anzusehen. Aber bevor sie dazu kommt, legt ihr Mann ihr beruhigend eine Hand auf den Arm. „Nein, sie haben die Gabe der Herrin pervertiert. Aber das ist hier nicht unser Thema und Ungläubige, wie ihr es seid würden es so wie so nicht verstehen. Der Angriff der untoten Flut auf die Stadt fand statt. Wie es euer Überlebender erzählt hat." Der Mando spricht das Wort Überlebender mit sehr viel Verachtung aus. „Nur was er dann wohl nicht mehr gesehen hat, ist wie die Verteidiger der Stadt der Horde Verluste beibrachten und sie damit so lange aufhielten, bis ein Priester seine Macht entfesseln konnte. Er tilgte die Horde vom Angesicht dieser Welt. Die Urheber wurden den Richter überantwortet." Erzählt der Mando weiter. „Sie wurden aus dieser Welt getilgt. Auf das sie für alle Zeiten in den zwölf Höllen ewige Qualen erleiden." Wirft die Frau rachsüchtig ein. Langsam tut mir der Mando leid, mit einer solchen Furie in seinem Bett ist sein Leben sicher nicht sehr angenehm. „Seid ihr euch da sicher?" Der Mando sieht mich sehr ernst an. „Natürlich sind wir uns sicher. Wir haben beide bei der Verteidigung der Stadt geholfen, jeder mit den Gaben, die die Herrin uns in die Wiege gelegt hat. Ob diese Horde die Marimaan angegriffen hat, kann ich euch nicht sagen. Aber es würde erklären, wo die Kamatras die ganzen Leichen herhatten." „Eine Frage hätte ich noch. Was ist eine Toten Maid? Der Überlebenden faselt dauern das eine aus der Wüste kam und mit ihrer Anwesenheit die Stadtverflucht habe." Bei meinem Fragen durchbohren mich beide Mando mit eisigen Blicken, als habe ich grade ihre Göttin und ihre Familien aufs schwerste beleidigt. „Das mit einem Lichtanbeter zu erörtern ist rein Zeitverschwendung." Ist die knappe Antwort des Mannes. „Aber!" begehre ich auf. Nun ergreift die Furie das Wort. Ihre Stimme ist beherrscht und ihr Blick wird noch eisiger. „Toten Maiden sind Seelen, die nach ihrem Tod nicht durch das Tor gehen, sondern in der Welt noch eine Aufgabe für die Herr der Wüste zu erfüllen haben." „Eine zusehen ist höchst selten." Misch sich Laran ein. „Ich glaube eine zu treffen ist ein Privileg und ein gutes Omen. Doch mancher sieht das anders. Aber genug davon." Sagt er dann entschieden. „Dann zu meiner eigentlichen Frage. Überall verschwindet Mensch und Tier in den Weiten der Wüste. Aber ihr seid aus dem Osten gekommen, ohne Probleme?" Mann und Frau sehen sich an. Ich bin mir fast sicher ein Lächeln hinter dem Schleier zu sehen. „Probleme gibt es auf jeder Reise, das wird euch euer Karawanenmeister sicher bestätigen. Wenn eure Frage ist, ob es ungewöhnliches gab, was soll ungewöhnlicher sein als der Angriff auf Izaron? Dagegen verblasst alles andere zu Normalität. Seit wir Izaron verlassen haben, ist uns keine lebende Seele begegnet, nur Sand, Staub und Salz." Verdammt jetzt bin ich kein bisschen schlauer, ich kann jetzt vermuten das die Horde die Quelle aller Gerüchte war oder auch nicht. Wenn die Horde vernichtet wurde, wie die beiden sagen werde ich auch keine Beweise mehr finden. Was kann ich jetzt tun? Gehe ich nach Hause und berichte meinem Vater? Bleibe ich in der Gegend. Beim ewigen Licht was kann ich jetzt tun? Nur Schimbal ist noch übrig. Vielleicht haben meine Männer dort ja etwas zu Tage gefördert, oder meine Kontakte wissen noch etwas. Möge der Tag verflucht sein, an dem ich mich gefreut habe, diesen Auftrag bekommen zu haben. Astavo ist auffallend schweigsam. Wieder erhebt der Mando das Wort. „Unser Wissen ob gewinnbringend für euch oder nicht ist doch in Silber aufzuwiegen, wie es vereinbart war." „Da euer Wissen für mich nicht von Nutzen ist kann ich euch dafür auch nicht mehr als die vier Silbertaler geben." Antworte ich, sofort taxieren mich die grünen Augen. Die Intensität dieses Blickes verursacht ein mulmiges, fast schon beklemmendes Gefühl. „Wissen ist ein kostbares Gut und muss entsprechend bezahlt werden. Oder sollte der Sohn der Tasur jetzt die Zeche prellen wollen?" Fragt die Furie in verachtendem Ton. Dabei sieht sie mich immer noch starr an. Das Letzte, was ich mir nachsagen lassen will, ist, dass ich ein vereinbartes Geschäft nicht einhalte. Ein guter Ruf ist in meinem Geschäft lebensnotwendig. Ich bezahl die volle Summe. „Wenn die Herren sonst keine Fragen mehr haben, dann geht!" Damit schmeißt uns dieser Laran aus der Sippe der großen Bären raus. Kurz bleibt Astavo vor dem Vorhang stehen, um zu lauschen. Doch hinter dem Vorhang bleibt es ruhig. Vor dem Gasthaus in der kühlen Abendluft sehe ich meinen schweigsamen Karawanenmeister an. „Was ist los Astavo?" „Oh Herr der heimsuchenden Zweifel. Ich kann euch nicht sagen was mich an den beiden stört, doch etwas an ihnen ist seltsam." „Du meinst außer, dass die Frau eine Furie ist und keinerlei Anstand zu besitzen scheint?" „Das meine ich nicht, Sohn der Offensichtlichkeiten. Sie berichten, dass sie gegen eine Horde von wandelnden Leichen angetreten sind. Jeder normale Mensch hätte bei so etwas immer noch Angst oder würde versuchen diese mit prahlen über seine Tat verbergen wollen. Nur diese beiden berichten so nüchtern davon, als sei ein laufender Toter für sie Alltag. Und beachtet, was sie gesagt haben. Sie hätten in der schwarzen Stadt gekämpft. Als der verstörte Kerl geflohen ist. Wenn die Horde so groß war, wie dieser erzählt hat, dann muss der Kampf sehr lange gedauert haben. Nach solch einem Kampf springt man nicht sofort aufs Kamel und doch sind sie fast zeitgleich mit ihm angekommen. Wie haben sie das gemacht? Sie müssen geritten sein, wie die Dämonen oder sie sind direkt durchs Salz gekommen. Doch

Niemand überlebt diesen Weg. Was haltet ihr von den beiden, Herr des Scharfsinns?" Ich denke über Astavos Worte nach. „Die Frau scheint eine religiöse Fanatikerin zu sein. Und ich schwöre dir sie hat nicht geblinzelt. Den durchdringenden Blick beherrscht sie besser als mein verehrter Herr Vater und das will etwas heißen. Außerdem sie sollte aufpassen, was sie sagt, sonst bekommt sie ganz schnell Ärger mit den Silberschilden. Die Verteidiger des wahren Glaubens und des Lichts halten gar nichts davon, wenn jemand so offen und positiv von der Toten Göttin spricht." „Ja und ihre Haltung." Astavo spuckt aus. „Ihr ganzer Habitus war der einer Edelfrau. Außerdem bin ich mir sicher, dass sie die ganze Zeit eine Klinge griffbereit hatte. Vater der verschleierten Wahrheiten." Ich schließe die Augen, rufe mir die Bilder des Gespräches noch eine mal ins Gedächtnis. Ja er hat recht, die Haltung, der hoch erhobene Kopf. Der Blick der sich niemals senkt. Das war eine Frau aus einer Familie mit Macht und Einfluss. Ein eine Frau, die beides selbst hat und ausübt. Der Mann war anders. „Dieser Laran wirkte auf mich wie ein professioneller Kämpfer, nur zuletzt dieser Befehlston. Mmmhhh. Vielleicht ein Soldat?" Astavo brummt zu stimmend. „Das glaube ich auch ein Offizier oder ein Unterführer der Mando. Allerdings versteht es fast jeder Mando zu kämpfen. Wenn ihre Karawanen angegriffen werden, greifen wohl selbst ihre Weiber zur Waffe. Die Mando die ich kennengelernt habe waren anders als diese beiden. Nicht so Stolz, nicht so …" er macht eine vage Handbewegung und sucht nach dem richtigen Wort. „Gefährlich." „Ich glaube, dass die beiden Ärger bedeuten, auch wenn ich nicht sagen kann für wen." „Was meinst du?" Falle ich Astavo ins Wort noch bevor er mir einen Beinamen geben kann. „Mein Gefühl sagt mir das diese beiden ein klares Ziel verfolgen. Entweder sie suchen jemanden und dann will ich nicht in der Haut von dem dieser Person stecken. Oder sie wollen jemanden besuchen, um etwas zu bekommen. Vielleicht wollen sie Schulden eintreiben." „Astavo Morgen reisen wir nach Schimbal ab." Dort werde ich dann entscheiden, ob ich dann unverrichteter Dinge nach Hause reise oder doch noch was finde. Da ich nicht viel schlauer bin als vorher verabschiede ich mich von Astavo und schaue mal, ob ich wenigstens rausbekomme, welche Wahrheiten sich unter Myras Schleier verbergen und wer weiß vielleicht finde ich ja noch mehr Wahrheit bei ihr.

12. Kapitel: Das Ende einer Reise, der Beginn einer Aufgabe
[Rabia]

Vor den Toren von Schimbal

Im Licht der Mittagssonne erhebt sich endlich das Ziel meiner Reise. Die Stadt der heilenden Orakel, die heute Schimbal genannt wird. Worauf ich nicht vorbereitet bin, ist der Anblick der massiven Verteidigungswerke. Das ist keine Stadt das ist eine Festung. Die hohen Mauern, die mächtigen Türme, das Tor das selbst wie eine kleine Festung wirkt. Das alles sieht für mich uneinnehmbar aus. Bei der Herrin, jetzt verstehe ich, warum ich das Tor von innen öffnen soll. „Wie ich es versprochen habe. Du bist mehr als eine Woche vor dem Stichtag hier." Sagt Laran, neben mir. „Das stimmt, aber noch sind wir nicht da." Kaum bin ich aus der Wüster raus verfalle ich wieder in das Benehmen das Laran als adlig bezeichnen würde. Ich schmäler seine Leistung, obwohl er mich mit einer traumwandlerischen Sicherheit quer durch das Reich der Herrin geführt hat. Das ist wohl der beste Beweis da sich Laran mit seiner These über mein gutes Herz irrt. „Meine Arbeit wird jetzt erst beginnen." Seine dunklen Augen blicken mich ruhig an. Er wartet geduldig darauf, dass ich ihm erzähle, warum wir die ganzen Strapazen auf uns genommen haben. Er wartet, ob ich ihm genug vertraue, um ihm einzuweihen. Erst einmal lasse ich mein Blick schweifen. Um uns herum sind andere Reisende, die auf das nördliche Tor der Stadt zuhalten. Aus dem Westen von den Bergen des Wehklagens fliest ein breiter Kanal herab. Das Wasser haucht den Felder rum um der Stadt Leben ein. Wahrscheinlich versorgt er auch Teile der Stadt mit Trinkwasser. So weit wie die Felder um die Stadt reichen, führt eine breite Straße vom Tor bis Rand der Felder. Niemand ist nahe genug, um zu lauschen. Trotzdem spreche ich so nahe an meinem Ziel meinen Auftrag aus? Es ist wohl notwendig, Laran muss wissen was auf ihn zu kommt, wenn er mir weiter mit alle seinen Fähigkeiten beistehen soll. Trotzdem wechsle ich von der Zunge der Karawanen in der wir uns normaler Weise unterhalten ins Astarak. So wie ich es auch immer in Kornatan getan habe, wenn ich nicht wollte das Gemeine lauschen können. Welche Ironie, dass ich jetzt mit einem Mando den viele Adlige für noch geringer als einen Gemeinen halten Astarak spreche. „Der Palast hat mich hergeschickt, um in einer bestimmten Nacht das Südtor der Stadt zu öffnen. Bis dahin müssen wir unerkannt bleiben." Laran schüttelt langsam den Kopf, dann antwortet er auf Astarak. Wie immer klingt es etwas gebrochen und ich merke das er nervös ist, wenn er es spricht. Ihm fehlt die Übung. „Das wird ein hartes Stück Arbeit und wird eine gute, eine sehr gute Vorbereitung erfordern. Von einer riesigen Portion Glück ganz zu schweigen." „Dein Vertrauen in meine Fähigkeiten ist ja wirklich Herz erwärmend Dafiri. Ich habe die Macht und du das Talent und die Erfahrung, um solch einen Angriff zu planen. Du hast mehrfach gezeigt, dass du das kannst." Füge ich hin zu als ich merke das er mal wieder darauf hinweisen will das er nur ein einfacher Mann sei. Das glaube ich ihm schon eine ganze Weile nicht mehr so recht. Kein einfacher Soldat ob Mando oder nicht spricht Astarak und hat solch einen Blick für Taktiken. Dazu kommt sein Ehrgefühl. Ich hatte viel Zeit mir alles durch den Kopf gehen zulassen, während wir durch die Wüste gezogen sind. In zwischen bin ich überzeugt das Laran ein hervorragender Truppenführer wäre. Wenn er die Gelegenheit dazu hätte und es wollte. Doch habe ich das Gefühl das er gar nicht weiterhinauf will. In den letzten Jahren hätte er es mit seinen Fähigkeiten bis zum Kaslik bringen können. Doch ist er noch immer ein Dafiri. Auf der anderen Seite konnte er so die Männer seiner Sippe direkt führen und auf sie aufpassen. Damals im Tempeltal habe ich es nicht verstanden, wie ein Dutzend Männer todesverachten auf einen Knochengiganten zustürmen konnte. Heute kann ich es nachvollziehen, sie habe ihrem Dafiri absolut vertraut. Sie vertrauten darauf das er sie nicht opfert, sondern sie nur in einen Kampf führt, bei dem er einen Sieg für wahrscheinlich hält. Er muss in Taktik und Strategie ausgebildet worden sein. Was wiederum die die Fragen aufwirft wer und warum hat das jemand getan. Wenn ich ihn danach frage, wird er mir wahrscheinlich wieder mit einer Familientradition kommen. Unwillkürlich muss ich lächeln, schweigen ist etwas, das mein Dafiri meisterlich beherrscht. Wie schon der alte Priester festgestellt hat. Laran sieht viel und sagt wenig. Jetzt bricht Laran die Stille, die zwischen uns hängt. „Dann sollten wir jetzt weiterziehen und uns eine Unterkunft für mindestens zwei Wochen suchen. Danach müssen wir mit der Aufklärung und Planung beginnen." Zwei Wochen? Ach ja, ich habe ihm noch nichts kein Zeit Fenster genannt. „Das Tor muss in der Nacht der Tag und Nacht Gleiche passieren." „Das habe ich vermutet da ich dich bis dahin in die Stadt bringen sollte. Trotzdem sollten wir länger Planen, man weiß nie was passiert und es ist unauffälliger." „Gut als zwei Wochen, möge uns die Herrin Segnen das wir meine Aufgabe rechtzeitig erledigen können." Wir reihen wir uns wieder in den Strom der Reisenden ein. Unser Weg führt uns durch die Felder, die wie ein Schachtbrett aussehen. Die hellen Felder sind Getreidefelder, die dunklen sind mit Flaschenkürbissen, Rüben und andere Nutzpflanzen bestellt. Zwischen jedem Feld verlaufen Bewässerung Gräben, schmale Wege und kleine Steinmauern. Wir kommen wohl mitten in der Erntezeit für das Getreide, denn auf den gelb wogenden Getreidefeldern sehe ich Menschen die Ähren schneiden. „Wenn die Feier deines Onkels stattfindet, sind die Kornspeicher der Stadt gut gefüllt." Kommentiert Laren vor mir nun wieder in der Zunge der Karawanen. „Die was ..." ich brauche ein Augenblick, bis ich begreife, was er meint. Er hüllt so etwas wie eine Invasion in Worte, die jeder hören kann. „... Ja, ich denke er hat den Zeitpunkt sehr gut überlegt. Solange wir Erfolg haben. Wenn nicht wir aus der Feier eine langwierige ermüdende Veranstaltung und du weißt das ich so was nicht schätze." „Verstanden." Ist die knappe Antwort darauf das wir eine lange Belagerung auf jeden Fall verhindern müssen. Umso näher wir dem Tor kommen umso mehr verdichtet sich der Verkehr. Jetzt ist deutlich zusehen das die Reisenden, die zu Fuß gehen oft Humpeln, ihre Arme in Schlingen tragen oder mit Stöcken vor sich den Weg prüfen wie es Blinde tun. Alle pilgern zu den berühmten Heilern der Stadt, weil niemand anders ihnen helfen kann. So wie ich es auch vorgebe. Nur mit dem unterschied das ich nicht geheilt werden muss oder will. Sollte die Reise mir auch sonst nichts mehr bringen, das hat sie geschafft. Der Glaube das ich verflucht bin gehört der Vergangenheit an. Ich bin keine Toten Maid, ich bin eine Tochter des Tores. Ein wandelnder Fluch nur für jene die die Gebote der Herrin der Wüste missachten oder die sich gegen mich stellen. Ob ich gesegnet bin oder nicht, nun da sind Laran und ich noch unterschiedlicher Meinung. Während wir uns langsam in der langen Schlange auf das Tor zu schieben, sehe ich wie mein Dafiri vor mir sich alles einprägt. Jedes Detail der Verteidigungsanlagen und das hinter ehrfürchtigem Staunen versteckt. Die Mauer und das Tor wirken noch gewaltiger als wir direkt davorstehen, höher als die in Kornatan. Das Tor ist breit genug um drei Ochsengespanne gleichzeitig durchfahren zu lassen. Trotzdem bildet sich vor dem Tor eine Schlange. Dort stehen mehr als ein Dutzend Wachen. Sie befragen jeden, woher man kommt, warum man in die Stadt will. Immer wieder reißen sie einem Blinden die Augenbinde herunter oder schlagen auf Klumpfüße. Die Wächter sind nervös und angespannt. Sie suchen, ohne genau zu wissen wonach. In der letzten Oase habe wir von Gerüchten gehört das überall rund um Schimbal die Menschen verschwinden. Karawanen egal ob groß oder klein verschwinden in den Dünen und selbst kleine Siedlungen sind entvölkert aufgefunden worden. Dieser arrogante Händler hat uns das dann noch bestätigt. Er zog eine Verbindung zu dem Frevel, der in Izaron sein Ende gefunden hat. Hoffentlich hat er recht, das Reich der Herrin ist auch so schon ein gefährlicher Ort. Schimbal leidet anscheinend schwer unter dem Verschwinden der Menschen. Als wir an der Reihe sind werden auch wir mit den üblichen Fragen konfrontiert. Laran erledigt das Antworten. „Wir sind Mando aus der Sippe der großen Bären und der Madateas." Ein Wächter fragt misstrauisch. „Und woher kommt ihr?" „Aus der Wüste Herr. Von hier und dort, wo immer uns das Silber und die Zeichen hinführen." Mir Fällt auf das Laran wieder mit mehr Akzent spricht als er es normaler weise tut. „Und was wollen zwei Mando in unserer Stadt?" „Wir suchen nach Heilung, wo es heißt, dass es keine Heilung gibt, Herr." „Und was ist so schlimm, dass ihr nicht in den düsteren Winkel der Welt bleiben könnt aus denen ihr hervorgekrochen seid?" Laran seufzt, dann dreht er sich zu mir um. „Würdest du bitte dem Wächter hier zeigen, warum wir hier sind?" Langsam ziehe ich meinen Handschuh aus. Meine weiße Haut kommt im Licht der Sonne sehr gut zur Geltung. Gleichzeitig fixiere ich den Mann mit meinen grünen Augen. „Schon gut ihr werdet euch ins Südviertel der Stadt begeben, dort wohnen die die Heilung suchen. Die Heiler praktizieren im angrenzenden Viertel der Stadt. Aber vorher müsst ihr Zoll führe eure Kamele und für euch entrichten. Ich sehe, dass ihr keine Waren mit euch führt." Laran zählt einige Münzen in die Hand des Wächters. Bevor wir in Kornatan aufgebrochen sind, habe Laran und ich die

Prägungen sämtlicher Münzen in dem Beutel überprüft. Nach seinen Worten stammen sie alle von westlichem Ende der Wüste. Das spricht dafür das es hier Agenten gibt und die Feier meines Onkels von langer Hand geplant wurde. Bevor er uns durchwinkt. Das Tor besteht eigentlich aus zwei Toren. Zwischen den äußeren Torflügeln und dem inneren läuft ein dunkler Tunnel, der eine scharfe Krümmung beschreibt. Mir graut es davor, als ich mir vorstelle, wie Männer in diesem Tunnel stürmen, um das zweite Tor aufzubrechen. Wer weiß welche Verteidigungsmechanismen hier schlummern. Siedendes Öl oder Wasser, Bogenschützen? Auf jeden Fall ein Fallgatter wie mir die eisernen Spitzen verraten, die auf Halben weg aus der Decke schauen. Und das war es, wir sind in der Stadt. Früher und reibungsloser als ich je erwartet hätte. Im inneren der Stadt ist ähnlich wie in Izaron ein größerer Platz direkt hinter dem Tor. Wohl dafür das im Verteidigungsfall Platz für Soldaten zum Aufmarschieren und sammeln da ist die dann alles aufhalten sollen, was durch das Tor kommt. Es wird sich zeigen, wie gut das funktioniert, wenn sie mich aufhalten sollen. Wir sind noch keine zwei Meter aus dem Tor heraus als plötzlich drei Uniformierte auf uns zu kommen. „Halt im Namen des Lichts!" Ruft einer von ihnen uns zu. Verdammt da habe ich mich wohl zu früh gefreut. Auch Laran erstarrt, sein Körper spannt sich an. Die großen Hände öffnen und schließen sich ein paar Mal. Als müsse er sie zwingen nicht sofort zu seinen Waffen zu greifen. Dann sind die Uniformierten bei uns. „Hier da Vagabunden, ihr müsst eure Waffen abgeben. Nur den Bürger der Stadt ist es gestattet leichte Waffen innerhalb der Mauer zu tragen. „Laran tue es!" flüstere ich, bevor er noch einen Streit vom Zaun bricht. „Mögen eure Ahnen auf euch lächeln wir wollen keinen Ärger, wir werden eure Gesetze achten." Die Uniformierten entspanne sich eine Spur. „Warum dürfen wir unsere kleinen unbedeutenden Waffen nicht mehr tragen? Als ich vor Jahren schon einmal hier war, war es noch gestattet." Mein Schild und

Sperr stellt diese Frage, während wir den Männern zum Torhaus folgen, wo mehrere Schreiber unter einer Markise an einem Tisch sitzen. Hier löst Laran seine beiden Speere vom Sattel seines Kamels, beide ein Geschenk aus Izaron. „Das Ernte Fest steht vor der Tür. Alkohol, viele Menschen und Waffen sind keine gute Kombination." Jetzt über gibt Laran auch seine beiden Beile. „Die Waffen werden dort im Torhaus eingelagert. Das ist eure Nummer, ihr bekommt alles zurück, wenn ihr beim Gehen die Nummer vorweisen könnt." Der Mann gibt Laran eine Messingscheibe auf der drei Ziffern und zwei Schrift Zeichen ein geprägt sind. Dazu stellt einer der Schreiber eine Quittung aus. Die Wachen durchsuchen suchen Laran und all unsere Kamele. Um den Männern die Arbeit zu erleichtern, ziehe ich meine Handschuhe aus. Als sie meine strahlend weißen Hände sehen die eindeutig nicht geschminkt sind, vergeht ihnen die Lust mich zu berühren schlagartig. Diese bleiche könnt sich ja auch auf sie übertragen. Als wir das Tor und die Beamten ein ganzes Stück hinter uns gelassen haben ziehe ich mir meine Handschuhe wieder an. Laran lacht amüsiert und schüttelt den Kopf wie ich meinen „Fluch" nutze. Die Häuser waren aus dem gleichen rötlichen Stein wie die Wälle. „Die Steine stammen aus dem Westblut, sie müssen dort einen großen Steinbruch haben." Sagte Laran und spukte aus. „Die Stadt hat schon immer ihre Leben dem Westblut verdankt. Stein, Holz und Wasser aus den Tälern all das fließt schon seit einer Ewigkeit hierher. Als mein Volk dann eine Gegenleistung brauchte wurden wir im Stich gelassen." Ob das alles so stimmt oder nicht weiß ich nicht, aber Laran ist davon überzeugt das die Geschichten, die in seiner Großmuttern erzählt hat alle wahr sind. Für mich ist das Gut so stellt er das erforderliche Handeln nicht infrage, sondern sieht darin wahrscheinlich eine längst überfällige Rache für seinen Ahnen. Auf dem Weg durch die Stadt zu Südviertel sehen wir viele Patrouillen und Wachen die penibel darauf achten das wir ja nicht von der Hauptstraße abbiegen, sondern wie alle

Heilungssuchenden direkt ins Südviertel gehen. Einer der Reisenden voraus erklärt seiner Begleitung das das Nordviertel der Oberschicht gehört und der Westen den Sklaven und Salzhändlern. Und dass man hier nur Willkommen ist, wenn man mit diesen Menschen Geschäfte macht. Wir stellen unsere Kamele in einer Karawanserei beim Südtor unter, nehmen die Satteltaschen mit unseren wenigen Habseligkeiten mit uns als wir uns zu Fuß durch die Stadt schlendern. Die Gassen hier im Südviertel der Stadt sind schmal und verwinkelt, ein Irrgarten aus Sackgassen, Innenhöfen und Kreuzungen. Wenn ich mal von den bereiten halbwegs grade verlaufenden Hauptstraßen absehe. Die Häuser haben meist zwei oder drei Stockwerke und Spitze Dächer. Ich kann nicht genau sagen, warum aber die Stadt wirkt, gedrängt und angespannt. Alles brodelt, wie einen Topf der kurz vor dem Überkochen steht.

„Das ist also für die nächste Zeit unsere Unterkunft?" frage ich wenig begeistert. Wir stehen in einen kleinen Raum im Erdgeschoß einer Herberge die Wohnungen und Zimmer an diejenigen vermietete die zu den Heilern wollten. Anscheinend geht man allgemein davon aus, dass die Heiler länger brauchen würden, um die Leiden der Menschen zu kurieren. Die Wohnung hatte eine Tür zu einem Hinterhof, ein kleiner Kamin, über dem ein verbeulter Topf hängt, zwei schmale Schlafplätze, einen wackligen Tisch und zwei Hocker. Diese sehen aus, als würden sie zusammenbrechen, wenn sich jemand wie Laran daraufsetzt. Eine schmale Öffnung in der Wand lässt etwas Licht herein, doch selbst jetzt am Helligen Tage ist die Wohnung düster. „Du sagtest unauffällig und so nahe wie möglich am Tor." Ich nicke. „Nur weil es praktisch ist, heißt das nicht das es mir gefallen muss!" Antworte ich genervt. Er zuckt nur mit den Schultern. „Wir können uns ja erstmal ein wenig das Viertel anschauen. Morgen sollten wir uns dann einen Heiler für dein „Leiden" suchen, meinst du nicht werte Gemahlin?" Schlägt mein Dafiri mit einem breiten Grinsen im Gesicht vor. „Hör auf so zu grinsen! Sonst finde ich Mittel und Wege dir das Grinsen aus dem Gesicht zu wischen." Aber auch ich kann nicht anders als amüsiert zu lächeln. Bei jedem anderen hätte ich eine Beleidigung oder eine Anspielung das ich eine Toten Maid hinter diesen Worten vermutet. Nur bei ihm bin ich mir sicher, dass er es als Scherz gemeint hat. Er hat auf dieser Reise nie Anstoß an meinem Äußeren genommen, ganz im Gegenteil.

[Laran]

In der Stadt Schimbal, Südviertel

„Dieses Rattenloch ist doch kaum als Wohnung zu bezeichnen!" Fängt Rabia wieder an zu meckern, als wir unsere Unterkunft verlassen. Das stimmt zwar, aber sie war für unsere Zwecke sehr gut gelegen. Ich vermute sie lässt nur ihrem Unmut Freilauf, weil sie auf etwas mehr Luxus gehofft hatte. Wir gehen durch den Hinterhof, hier ist ein kleiner Brunnen und ein Bretterverschlag als stilles Örtchen. Ein Durchgang führt auf eine verwinkelte Seitenstraße. Diese besteht, wie fast alle in diesem Viertel, nur aus festgetretener Erde. Niemanden war dieser Weg wichtig genug, um Steine und Geld zu verwenden, um hier raus eine richtige Straße zu machen. Erst die Hauptstraße, die sich vom Südtor durch dieses Viertel in die angrenzenden Viertel zieht, ist breit und mit Steinen gepflastert. In das alte Kopfsteinpflaster haben sich in Lauf der Jahre die Abdrücke von Karren und Wagen gegraben. Alles, was Rabia und ich sehen als wir uns umsehen, spricht dafür dieses Südviertel das Armen und Elendsviertel der Stadt ist. Die Armut ist allgegenwärtig. Sie ist an den Häusern, den Straßen, den Menschen und ihrer Kleidung zu sehen. An den Rändern des Viertel sehen die Häuser noch etwas besser aus, der Reichtum der anderen Viertel scheint grade noch durch die Tore zu rinnen. Dann aber sehr schnell zu versiegt. Sobald man die wichtigen Straßen verlässt, stinkt es nach Unrat. Izaron war sauber die Menschen dort habe sich um ihre Nachbarschaften gekümmert. Kornatan wiederum hat den Luxus so viel Wasser zu haben, das dort Kanäle und Leitungen unter den Straßen den Dreck wegspülen. Doch hier mit den ganzen fremden Heilungssuchenden, hier kümmert sich wohl Niemand so richtig um die Nachbarschaften. Wie zufällig führt uns unser Weg auch ans Stadttor des Viertels. Das Torhaus sieht aus wie der Zwilling dessen, durch das wir in die Stadt gekommen sind. Nur wird dieses hier auch noch von einem hohen Wehrturm flankiert. Ganz oben auf dem Turm sehe ich im Licht der langsam untergehen Sonne eine große Metallpfanne in dem Holz aufgeschichtet ist. Ein Signalfeuer mit dem Außenposten oder Verbündete in den Bergen gewarnt werden können und um Hilfe gerufen wird, sollte die Stadt angegriffen werden. Die Funktion ist simpel Flammen bei Nacht, eine Rauchsäule am Tag. Dieses Feuer darf nicht entzündet werden. Aber das ist zweit rangig. Das erste Problem, was wir lösen müssen, ist dieses Torhaus einzunehmen. Das auch von der innen Seite alles andere als einfach wird. Die einzigen Zugänge auf die Mauer führen durch den Turm oder durch eine dicke, mit Eisen verstärke Tür im Torhaus selbst. Das Tor kann nur geöffnet werden, wenn der Wall unter unsere Kontrolle ist. Sonst wird der Tortunnel mit dem eisernen Fallgatter auf halben Weg zwischen dem inneren und äußeren Tor zur Todesfalle. „Lass uns gehen weiter gehen. Für heute habe ich genug gesehen." Sage ich leise. „Die Feier deines Onkels zu planen wird … schwierig." Aber vielleicht haben wir in den nächsten Tagen noch eine gute Idee. Am Rande des Torplatzes sehe ich eine Trinkstube. Immer hin gibt es auch hier Orte des flüssigen Vergessens. Ein leises Lächeln stiehlt sich auf meine Züge.

Am nächsten Tag, nach einem kleinen Frühstück begleite ich meine Gebieterin ins Viertel der Heiler. Die einzelnen Viertel sind durch Mauern voneinander getrennt. Die Mauern sind etwa fünf Meter hoch und breit genug das ein Mann darauf Streife gehen kann. Auf beiden Seiten der Mauerkrone gibt es Zinnen. Die Herren der Stadt scheinen ihren Bewohnern in keinem Viertel zu trauen. Das Tor hat eiserne Gitter als Torflügel. Am Tor stehen mehrere Wächter. Allerdings gibt hier keine Kontrollen. Jedoch blicken die Wachen mal verachtend und meistens sehr wachsam auf die Heilungssuchenden, die ins Ostviertel pilgern. Im Viertel der Heiler, dem Ostviertel der Stadt, sieht die Welt schon ganz anders aus. Die Häuser sind in besserem Zustand, viele Fassaden sind weiß getüncht. Entlang der Hauptstraße stehen Verkaufsstände und in vielen Erdgeschossen der Häuser sind Läden. An Fassaden und Giebeln hängen bunte Holzschilder werben mit Bildern von Kräutern, Augen Gliedmaßen und ganzen Körpern. Sie zeigen wohl das genau dort der beste Medicus der Stadt für das Abgebildete Körperteil sein Heim hätte. Um dem ganzen noch die Krone auf zusetzen gibt es tatsächlich Marktschreier die Heiler und Ärzte anpreisen. „Bei allen Höllen, ist das Leid der Kranken hier wirklich zu einem reinen Geschäft verkommen?" fragt Rabia völlig entgeistert. „Nicht viel anders als bei uns auch, außerhalb der Armee wollen Heiler meistens auch erst einmal Münzen sehen bevor sie sich um Kranke oder Verletzte kümmern. Nur innerhalb von Gemeinschaften ist das anders. Die Heiler meiner Sippe helfen erst aber auch sie wollen bezahlt werden, so wie jeder Handwerker und sie helfen natürlich nur wenn man dazu gehört. Du lebst nur in einer Welt, in der du das nicht mitbekommst." Antworte ich auf ihre Frage. „Wo möchtest du es versuchen?" Rabia schaut sich um. Die Sprache der Schilder kann ich nicht lesen und auch sie scheint unschlüssig. Sie geht zu einer der wenigen Verkäuferinnen und redet kurz mit ihr, als sie wieder kommt sagt sie. „Die Verkäuferin meint das ich mich mit Hautleiden an Barisat ibn Altigan wenden sollte. Er hat dort vorne am Platz der Errettung sein Geschäft. Ich solle auf das Schild mit der sechsblättrigen Rose achten." „Ich bin gespannt wie er eine gesunde Frau wie dir helfen will." Sage ich neugierig. Was mir ein tatsächlich ein kurzes, erfreutes Lächeln einbringt, wenn ich das richtig trotz des Schleiers richtig deute. Und einen fast schon scheuen Blick den ich nicht verstehe.

[Aldan]

Vor den Mauern von Schimbal

Kurz vor der Stadt fallen mir wieder die beiden Mando auf. Besser gesagt die vier Kamele mit den bunten Bändern an Sattelzeug und Zügeln. Sie stehen etwas abseits des Weges. Dann sehe ich auch die beiden Gestalten. Den Hünen und die große Frau, wie sie die Stadt betrachten. Also liegt ihr Ziel in Schimbal. Ich würde gerne aus reiner Neugierde wissen was oder wer sie hierhergetrieben hat. "Astavo, wir halten hier kurz. Siehst du da vorne? Da sind die beiden Mando aus Walik. Sie wollen Anschein auch in die Stadt. Nimm dir zwei Mann und folge ihnen, wenn wir in der Stadt sind. Mich interessiert, warum sie hier sind und wo sie absteigen." "Wieder werde ich wie ein Schatten sein, Herr der großen Neugierde und Vater der Vorsicht." Warum interessieren mich die beiden Vagabunden so? Sie hatten etwas an sich, das meine Neugierde geweckt hat. Ich hatte in Schimbal und Umgebung auch schon mit den Menekriden zu tun. Aber noch nie mit welchen die ihren Glauben so offen und so inbrünstig Ausdruck verliehen haben. Oder ist es der Reiz des unbekannt, der Wunsch, dass sie die Antwort auf meine Fragen sind? Als wir darauf warten das die Mando weiter Richtung Stadt ziehen, nehme ich mir die Zeit die große Festungsstadt zu betrachten. Die Stadt die wie keine andere die Fantasie der Mensch zu Hause in Bybolan beflügelt. Der Reichtum der Wüste, die Karawanen aus dem tiefen Süden und die Handelszüge aus der Umkuhl. Alles Läuft hier zusammen, alles vermischt sich hier. In den Köpfen der Menschen steht die Stadt für exotik und für das Unbekannte vor der eigenen Haustür. Auf der anderen Seite ist sie das einzige Bollwerk des Lichts diesseits der Berge. Um sich gegen Stürme, Räuber und gierige Nachbarn zu schützen hat die Stadt ihren Reichtum darauf verwendet, die mächtigsten Verteidigungswerke zu schaffen die ich kenne. Die Mauern sind hoch und dick, die Tore aus meiner Sicht uneinnehmbar. Mein Blick wandert auf die Felder, es ist ernte Zeit. Am Ende der Erntezeit kommen meist die Karawanen aus dem Süden, das heißt exotische Tiere, Sklaven mit einer fast kohlschwarzen Haut. Dazu Gewürze und Felle wie man sie nirgendwo anders in den Städten bekommt. Das lockt Händler aus allen Teilen der Welt an. Der Umstand führt wiederum dazu das zum Erntefest die Stadt fast überquillt vor Menschen. Selbst wenn ich hier nichts führ meinen Auftrag erreiche kann ich meine Zeit hier genießen und vielleicht noch ein paar gute Geschäft machen und neue Kontakte knüpfen.

Meine Männer, die ich mit einem Empfehlungsschreiben an einen alten Geschäftspartner meiner Familie in die Stadt vorausgeschickt habe, finde ich in einem Gästehaus dieses Mannes. Nach dem wir die neuen strengen Formalien der Einreise hinter uns gebracht haben. „Herr wir dachten schon euch sei etwas passiert. Die letzte Nachricht, die wir erhalten haben, besagte das ihr die Berge verlassen habt. Danach kam nichts mehr." Berichtet mir Murak, der Mann, dem ich das Kommando über die vier Männer des Vorauskommandos gegeben habe. „Das heißt meine Nachricht das ich in Richtung der Oasen ziehe bevor ich in die Stadt komme, hat euch nicht erreicht?" „Nein, Herr." Die Nachricht hatte ich mit drei meiner Männer übergeben. Diese sind also verschwunden. Das Spricht dafür das die Horde nichts oder nicht ausschließlich damit zu tun hatte und es eine andere Gefahr ist die Schimbal bedroht. Die

Horde wurde vor gut einer Woche bei Izaron vernichtet, meine Männer sind vor acht bis neun Tagen verschwunden. Aber an einem völlig anderen Ort. Ich schüttle den Kopf, um den Gedanken zu vertreiben. „Was habt ihr hier heraus bekommen seid ihr hier seid?" frage ich, um das Thema zu wechseln. „Herr die Stimmung in der Stadt ist gereizt. Die Priester sind seit dem Tod des alten Hohe Priesters Apschabsu mit internen Streitigkeiten und der Neuordnung ihres Machtgefüges beschäftigt. Lampsuma der neue Mann an der Spitze räumt wohl grade unter seinen Widersachern und Konkurrenten auf. Natürlich sagt das hier niemand offen. Aber im Südviertel pfeifen es die Spatzen von den Dächern. Außerdem verschwinden immer noch Patrouillen, kleine Karawanen und Reisegruppen." „Was wird dagegen unternommen?" frage ich, von einer inneren Unruhe erfasst. Ich hatte so gehofft das sich meine Mission vor den Toren von Izaron erledigt hätte. „Es wurden starke Patrouillen in alle Richtungen ausgesandt, der Auszug dieser Männer sollte die Stadt beruhigen. Das war vor vier Tagen. Bisher ist keiner dieser Trupps zurückgehrt. Wann die Rückkehr geplant ist, ist nicht öffentlich bekannt. Jeden Tag, der vergeht steigt die Gereiztheit in der Stadt an. Viele haben Angst vor einen Krieg mit Umkuhl, manche glauben sogar das wir aus Bybolan dahinterstecken. Aber niemand weiß etwas Genaues und das schürt die Unsicherheit und die Angst." Ja und verängstigte Menschen machen Dummheiten. Nur eine geeinte Führungsspitze könnte dem Entgegenwirken, aber wenn ich Muraks Bericht glauben kann, wird es die in nächster Zeit nicht geben. „Herr, wie ihr in eurer Botschaft aus den Bergen angewiesen habt, haben wir in der Halle der Weisheit angefragt, ob ihr euch nach eurer Ankunft dort mit dem alten Wissen beschäftigen könnt. Der Bruder Scriptor, der Herr der Pergamente schreibt das für einen Spross der Hauses Tarsur das Wissen offensteht. Die Höhe der Spende hat er nicht festgelegt, aber ich bin mir sicher er erwartet eine großzügige. „Immer hin das geht voran." Seufze ich. „Gut bringt mir Papier, Feder und Tinte. Ich muss einige Nachrichten schreiben, um einigen Persönlichkeiten der Stadt meine Ankunft mitzuteilen." Ich hoffe nur das der Namen Tarsur mir auch weiter Tür öffnet. Ich muss mir leider eingestehen das mit dem Wechsel in der Führung vielleicht auch einige meiner Kontakte verstummt sind. Jedenfalls wenn Lampsuma wirklich so rigoros aufräumt, wie Murak es beschrieben hat. Außerdem muss ich mich bei meinem Gastgeber vorstellig werden.

Am nächsten Vormittag kommen schlechte Nachrichten, in Form von Antworten auf meine gestern verschickten Briefe. Einige kommen ungeöffnet zurück, der Bote konnte sie nicht überbringen. Entweder weil der Empfänger nicht auffindbar war oder unter Hausarrest steht. Von einigen Bekannten aus dem Händlerviertel bekomme ich die Antwort das sie nur mit meinem Bruder Geschäfte machen. Ich vermute das inzwischen meine Brüder reagiert haben und versuchen mich auszubremsen. Vielleicht hätte ich doch sofort nach Schimbal reisen sollen. Bevor diese Hyänen mir Steine in den Weg legen können. Auf jeden Fall kann ich heute in die Halle der Weisheit, der großen Bibliothek der Stadt. Außerdem hat mich Astavo informiert er wisse wo die Mando abgestiegen sind und dass sie einen Heiler aufsuchen wollen. Mit der Antwort des Bruder Scriptor kommt auch der Passierschein das ich in Herzviertel und den Prima Sanctus, dem Ersten Tempel gelassen werde. Mein Gastgeber hat leider erst heute Abend für mich Zeit. Mit zwei Mann als Eskorte verlasse ich das Gästehaus und schlendre durch die Straßen in Richtung Stadtmitte. Wie schon bei meinem letzten Besuch bewundere ich die Architektur, der Platz innerhalb der Mauern ist stark begrenzt. So können die Häuser nur nach oben wachsen, wenn mehr Platz benötigt wird. In meiner Heimatstadt wurden die armen Viertel einfach irgendwann vor die Stadtmauern verlagert. Bybolan als unumschränkter Herrscher der Flussebenen des Strigi und der angrenzenden Gebiete ist so sicher, dass auch die Viertel ohne Mauer keinen Einfall plündernder Horden befürchten müssen. Hier wurde mir erzählt, sind mehre solcher Versuch gescheiter als Sandstürme die kärglichen Hütten einfach hinweggefegt haben. Die Bewohner traf wohl das gleiche Schicksal wie ihre Hütten. Auch wenn wir gerne über die Armen hinwegsehen, brauchen wir sie, als Arbeiter und Diener. Mein Gastgeber hat mir bei meinem Letzten besucht erzählt das man daher schweren Herzens das Südviertel weiterhin für diese Sorte Mensch reservieren muss. Auch werden die Heilungssuchenden dort einquartiert. Das Viertel hat wohl nicht zuletzt deshalb inzwischen den Beinamen die Pestbeule oder kurz die Beule. Hier aber ist davon nichts zusehen. Hier im Norden der Stadt stehen Häuser, die schon fast an Türme erinnern. Hoch und Stolz zeigen sie allen die ihrer ansichtig werden welche Macht und Reichtum die Besitzer ihr eigennennen können. Die perfekt gepflasterten Straßen leuchten, an diesen sonnigen Vormittag, in einem hellen weiß. Genau wie viele der Häuser. Der Stein muss von irgendwo importiert worden sein, mir ist nicht bekannt das in den Bergen des Wehklagens so weißer Stein gefunden werden kann. Soweit ich weiß, gibt es dort nur rot braunen Stein. Der mich irgendwie immer an geronnenes Blut erinnern. Was mir noch auffällt ist das im Gegensatz zu Bybolan kein Anwesen über eigene Schutzmauern oder hohe Zäune verfügt. Die dicken Hausmauern gehen bis an die Straße. Die Eingangsportale, obwohl allesamt kunstvoll verziert, sind massive und wehrhaft. Die meisten Fenster beginnen erst ab dem ersten Stock. Das alles erinnert mich sehr an Wehrtürme inmitten einer Festungsstadt, entweder ist die Stadt gefährdeter als ich geahnt habe oder es gibt gefahren innerhalb der Stadt, die eine solche Bauweise geboten macht. Aber wie auch immer der Reichtum, den diese Bauwerke ausstrahlen kommt fast an den von Bybolan heran. In ihrer Eleganz übertreffen diese

Türme alle Villen meiner Heimatstadt. Im Zentrum der Stadt liegt auf einem Felsplateau von einem Ring aus Mauern eingefasst das Herz der Stadt. Das Herzviertel, hier soll Schimbal einst seinen Anfang genommen haben. Der Erste Tempel des Lichts und der Palast sind somit einander verwoben das ich nicht zusagen vermag, wo der eine aufhört und der andere Anfängt und genauso ist es auch mit den Mächtigen hier. Die Stadt wird von Priestern regiert, so dass auch hier nicht gesagt werden kann, wo der Glaube aufhört, und die Machterhaltung anfängt. Die Einlasskontrollen sind scharf, keine Waffen sind erlaubt, nicht einmal den Bürgern der Stadt. Mein Pass wird mehrfachkontrolliert, bis ich endlich das Herz der Stadt betreten kann. Das war früher anders. Ob wegen der aufgeheizten Stimmung, den Machtkämpfen innerhalb der herrschenden Elite oder weil man irgendetwas fürchtet, weiß ich nicht. Ich weiß nur das es Niemanden beruhigt, wenn der größte Temel des Lichts östlich der Berge nicht mehr für die Gläubigen offensteht. Enttäuschte Pilger tragen zum Unmut und den Gerüchten bei. Sie tragen diese in ihre Heimat was niemals im Sinne der Stadt sein kann. Wenn die Pilger nicht in der Wüste oder in den Bergen verschwinden. Aus der Nähe muss ich sagen das die Häuser im Nordviertel schöner sind. Der Palasttempel hat kein architektonisches Konzept. Er wirkt, als habe jeder Herrscher unbedingt etwas an und umbauen müssen. Das Ergebnis ist ein Chaos aus Stilen und Materialien. Auch in der Qualität des Handwerks und der Baukunst variiert stark. Ich verstehe nicht viel davon. Jedoch bin ich mir sicher, dass Wände sich nicht aneinanderschmiegen dürfen, wie es liebende tun. Ein Novize nimmt mich in am Eingang der Halle der Weisheit in Empfang. Der Anblick im inneren ist sehr viel erfreulicher. Die Halle ist ein langer rechteckiger Raum, in dem in regelmäßigen Abständen Säulen die Decke stützen. Dazwischen stehen Regale in denen Pergamente, Bücher und sogar Steintafeln stehen. Jeder Meter Platz wird für Regale, Tische oder Schreibpulte genutzt. Eine

Schar von Mönchen oder Priestern wuselt durch den Raum oder kopieren an Schreibpulten Schriften. Das muss das berühmte Skriptorium sein. Die Kunstfertigkeit der Kaligrafie und der Zeichnungen ist in Bybolan sehr bekannt. Es heißt zum Geburtstag unseres Königs habe Schimbal als Geschenke kunstvolle Schriften geschickt über sich seine Majestät sehr gefreut habe. Gerüchten besagen ein Foliant aus diesem Skriptorium in reinem Silber aufgewogen wird. Der schweigsame Novize führt mich quer durch die schon fast labyrinthisch anmutenden Hallen. Er ist ein junger Mann um die Achtzehnjahre mit einem kahl rasierten Kopf und einem schmalen ernsten Gesicht führt mich quer durch die Halle zu einem älteren Mann, der in einen Winkel der Halle steht. Der Winkle wird durch zwei hohe Regale gebildet. „Bruder Scriptor euer Besuch ist eingetroffen." „Es ist gut Hegru, du kannst dich wieder deinen Pflichten widmen." Mit einer Handbewegung entlässt er den Novizen. Der Bruder Scriptor sieht anders aus als ich mir den Leiter einer Bibliothek vorgestellt habe. Er ist dick, Augen und Mund sind von Fältchen und Falten geziert, die mir verraten, dass er gerne lacht. Seine Haut ist eine Mischung irgendwo zwischen Kupfer und Oliv, die mir verrät das seine Ahnenlinie, nun bewegt sein muss. Sein Korpulenter Körper steckt in dem weißen Gewand, das alle Priester der Lichtkirche tragen. Allerdings sind bei ihm auch streifen von Gelb und Orange zusehen. Sein Gürtel ist eine Oranger Stoffstreifen mit einer goldenen Sonne als Gürtelschnalle. Eine goldene Feder an seinem Kragen dient wohl als Zeichen seiner Stellung. Eine heilige Sonne aus Gold in der drei Sonnensteinen kunstvoll gefasst sind, hängt um seinen Hals. Die braunen Augen mustern mich wie die meinen ihn mustern. „Ich grüße euch Bruder Scriptor, möge das ewig Licht euren Weg erhellen." Beginne ich eine recht Formelle Begrüßung. „Möge das Licht euch gewogen sein und eure Wege klar vor euch erstrahlen lassen, junger Tasur." Er lächelt mich freundlich an. „Ich danke euch das ihr mich so kurzfristig empfangt." „Das ist nur ein geringer Dienst. Es freut mich, wenn junge Männer aus solch namenhaften Familie wie der euren, sich nicht nur für die Geschäftsbücher interessieren, sondern auch für die Geschichtsbücher." „Es ist wahr das die meisten Männer in meinem alter sich mehr für Dinge interessieren die realer sind." Frau, Musik, Geld, ... wohl alles ist interessanter als Geschichte. Außer natürlich in diesem Fall. Ein wissendes Lächeln spielt um die Mundwinkel des korpulenten Mannes. „Was hat euer Interesse geweckt, das ihr euch von euren realen Freunden zu meinen geistigen Freunden hinwendet?" „Die Suche nach Wissen, auf meinen Reisen habe ich immer wieder Andeutungen und Bruchstücke gehört. Ich hoffe in euren erhabenen Hallen jene Steine zu finden die mir fehlen, um das Mosaik der Erkenntnis zu vervollständigen, um das ganze Bild sehen zu können. Nicht nur einzelne Teile die mein Geist mit Mutmaßungen zu verbinden sucht." „Ihr sprecht weise. Es ist gefährlich Mutmaßungen führen oft in eine falsche Richtung. So erzählt mir von dem, was ihr erfahren habt. Dann werden wir sehen welche Schriften das Mosaik vervollständigen können." So erzähle ich ihm von dem, was mir die Talerea erzählt haben. Von ihren dunklen Prophezeiungen über das Erstarken der Dunklen. Über ihre Angst seit in ihrem eigenen Reich zwei Sippen einfach so verschwunden sind. Dann füge ich das bisschen hinzu, was ich über die Zeit weiß. Immer wieder stellt der Mönch fragen, am Ende erzähle ich ihm sogar von dem, was ich in der Oase gehört habe. „Das ist nicht gut, wenn die Menekriden noch Priester habe, die solche Horden vernichten können, dann stellen sie immer noch eine Gefahr für den wahren Glauben dar. Diese Heiden werden darin ein Zeichen ihrer Totengöttin sehen. Das diese ihre Gläubigen weiterhin schützt. Die Menekriden zeigen sich leider weiterhin belehrungsresistent. Egal wie oft wir Missionare zu ihnen kaum eine Oase oder Berg nahe Siedlung hat sich komplett dem wahren und einzigen Glauben angeschlossen. Dieser Vorfall wird unserer Bemühungen um Jahre zurückwerfen." Er klingt traurig. „Wisst ihr mehr über diesen mysteriösen Priester?" „Leider nein, wie gesagt Reisenden berichteten mir von dem Geschehen." „Aber sicher wurden die Zahl der Leichen und Größe der Horde mehrfach aufgebauscht. Am Ende war es ein fehlgeleitet Weber mit einen Dutzend Leichen." Versucht der Bruder das Thema dann herunterzuspielen. „Da könntet ihr recht haben. Dieser Mann, der durch Sonne und Durst arg gelitten hatte, sprach in seinem Wahn von einer riesigen Horde. Diese Horde hätte die Stadt vernichtet. Zwei andere Reisende erzählten sehr nüchtern von kämpfen und dem Priester." „Da sehen wir es schon. Jeder erzählt die Geschichte anders. Wir werden uns schnell um die ganze Sache kümmern. Eine strenge Untersuchung der Silberschilde wird zeigen das es nichts Bedeutendes war. Nur eine kleiner zwischen Fall und aufgebauschte Geschichten. Ihr wisst gar nicht wie oft so etwas passiert. Ein Menekride oder ein Talerea findet Aufzeichnungen über die schon fast vergessene Knochenkunst und schon denkt er, er könnte einen großen Aufstand anzetteln oder sein eigenes Reich errichten. Die Silberschilde räumen mit solchen Störenfrieden aber immer schnelle auf." Er will sich anscheint nicht eingestehen das in einer unbedeutenden Wüstenstadt am Rande der bekannten Welt, ein Priester gibt, der es mit solch einer Horde aufnehmen kann. Ein solcher Selbstbetrug bei einem so hochstehenden Mönch könnte gefährlich sein. „Aber nun zu eurem Fragen. Ich habe mich nach erhalt eures Briefes umgesehen. Es gibt wenige Schriften aus der Zeit der Befreiung der Stadt. Wir habe natürlich die Stadtchroniken, doch diese werden eure Fragen nicht beantworten, da ihr eher allgemeine Fragen habt. Laut unserem Register haben wir hier das Testament eines Mannes der in der Zeit, die euch interessiert gelebt hat. Es wird im Register angedeutet, dass es einige Einblicke über die Geschehnisse der Zeit gibt. Es gibt nur ein Problem." Innerlich seufze ich, lasse mir davon aber nichts anmerken. Mit einem freundlichen und gewinnen Lächeln antworte ich. „Bruder es gibt doch sicher kein Problem, das mit dem Wissen, das in diesen Hallen lagert, nicht gelöst werden kann." „Es ist dies, das Pergament ist in einer seltsamen Sprache geschrieben. Bedenkt das es fast einhundert Jahre alt ist. Es ist entweder altes Mando oder eine alte gelehrten Sprache, die sich Astarak nennt. Beide Sprachen verwenden die gleichen Zeichen und eine ähnliche Struktur. Keiner unserer Brüder, die in der Stadt weilen können, das eine oder andere lesen. Wir können natürlich versuchen den Text Wort für Wort zu übersetzen, aber das wird dauern und der Erfolg ist fraglich. Grob wir es natürlich funktionieren aber viele Informationen könnten verloren gehen." Das darf doch nicht wahr sein. Beim ewigen Licht eine ganze Halle voll Schriften und die Einzige, die mich wirklich interessieren könnte, kann niemand lesen. Aber Moment. „Ihr sagt es konnte Mando sein?" „Ja Mando von vor einhundert Jahren. Als die Mando noch schreiben konnten." Damit spricht der Mann ein Vorurteil aus das viele Menschen heute pflegen, wie mir Astavo erzählt hat. „Meint ihr ein Mando von heute könnten das vielleicht lesen?" Spreche ich meine vage Hoffnung aus. „Ich bezweifle das Mando heute noch lesen können. Aber sollte ihr solche Exemplare finde können, könnten es das vielleicht. Bedenkt das es sich genauso gut um Astarak handeln könnte. Diese Sprache wird seit dem Fall des Oasenreiches nicht mehr gesprochen. Selbst die wenigen Menekriden Priester, die es auf unserem Gebiet noch gibt, beherrschen es nicht mehr. Wieso fragt ihr?" „Nun ich weiß das zwei Mando in der Stadt sind. Sie wirkten nicht so ungebildet wie ich erwartet hätte, als ich in Walik mit ihnen sprach. Mit eurer Erlaubnis würde ich ihnen diesen Text gerne zeigen." Entsetzt sieht mich der Mönch an. „Dreckige Mando in diesen Hallen? Das ist völlig ausgeschlossen!" „Aber ihr sagtet doch selbst das nur Wissen ein sicherer Weg sei. Annahmen und Vermutungen führen oft in die falsche Richtung. Stellt euch vor das einer von ihnen das hier lesen könnte. Ihr könntet eine Übersetzung anfertigen. Dann hättet ihr verlorenes Wissen neuentdeckt." Ich vermute das dort die Schwachstelle des Mannes liegt. „Mir ist nicht wohl dabei, zwei verlauste Vagabunden in diese Hallen zulassen." „Was das angeht, scheinen sie zur Sauberkeit zu neigen. Ich hatte bisher nur einmal mit ihnen zu tun, aber da sahen sie halbwegs manierlich aus. Wir reden hier übrigens über ein Ehepaar." Schiebe ich eine weitere unangenehme Wahrheit hinterher. „Das kann mir gleichgültig sein. Wenn nur der Mann kommt, ist das schon schlimm genug." Habe ich dich, du bist also einverstanden. Jetzt muss ich nur noch diese sturen Bastarde von Mando überzeugen das sich mir helfen. „Ich fürchte der Mando wird seine Frau mitbringen wollen. Er ist der fixen Idee verfallen eine Frau wäre einem Mann ebenbürtig." Der Alte schüttelt den Kopf. „Ich habe davon gelesen das die Mando dieser veralteten Idee anhängen. Man stellt sich das nur vor. Ärztinnen, Soldateninnen oder gar Priesterinnen." Prustet der Mann hervor, so absurd und lachhaft findet er den Gedanken. Eine Pause tritt ein. Schon überlege ich, ob ich den Bruder weiter bedrängen soll. Solche Überzeugungsarbeit ist immer ein Balanceakt auf der einen Seite muss man sein Gegenüber mit Argumenten und Worten eindecken, das er gar nicht anders kann als sich der eigenen Meinung anzuschließen. Auf der anderen Seite darf man auch nicht zu viel Druck machen. Es soll dem gegenüber so vorkommen, als entscheide er sich freiwillig der eigenen Argumentation zu folgen. „Einen Mando zu finden der lesen kann ist etwa so wahrscheinlich wie einen Sonnenstein auf der Latrine zu finden. Aber versucht euer Glück, redet mit den beiden Vagabunden, gebt mir dann bescheid. Aber macht ihnen klar, dass sie sich vorher gründlich waschen sollen. Ich will keinen Dreck und keine Läuse in meiner Bibliothek."

13. Kapitel: In der Stadt der heilenden Orakel
[Rabia]

Ostviertel von Schimbal

Laran als mein Ehemann musste zustimmen das ich vor diesem Heiler mein Gesicht zeigen darf. Wie ich es hasse das Frauen hier so abhängig von ihren Männern sind. Als wenn wir weniger wert sind, nur weil wir keine Schwänze zwischen den Beinen haben. „... Wir sind seit ein paar Wochenverheiratet, doch bevor wir an Kinder denken können müssen wir das Problem mit der Haut lösen." Erklärt mein Ehemann dem Heiler grade unser Problem. „Hat euer Weib dieses Problem schon seit ihrer Geburt?" „Ja, sie ist so geboren. Doch ein weltbekannter Heiler wie ihr kann doch sicher etwas dagegen unternehmen." Laran versucht bittend zu klingen. Während die Unterhaltung mich völlig ausklammer, obwohl ich ihr Gegenstand bin. Langsam ist meine Geduld erschöpft, es wird immer schwerer den beiden Kerlen nicht die Meinung zusagen. „Wenn ihr mit dem Aussehen eures Weibs nichts anfangen könnt, dann solltet ihr euch eine Lustsklavin oder ein zweites Weib zulegen." Wie bitte hat er das grade gesagt? „Wenn ihr so wenig von Frauen haltet, dann Fahrt doch in die zwölf Höllen!" Explodiere ich, wütend springe ich auf. „Rabia setzt dich wieder hin!" Donnert Larans Stimme hinter mir. Wie angewurzelt bleibe ich stehen, er wagt es so mit mir zu sprechen? „Ich habe der Ehe mit dir zu gestimmt, unter der Bedingung das du versuchst dich heilen zu lassen." „Nein, du hast mich geheiratet, weil mein Onkel dir keine Wahl gelassen hat." Fauche ich wütend zurück. Es fällt mir schwer in der Rolle zu bleiben und nicht beiden Männern klarzumachen, wer hier im Raum die Macht hat. „Jetzt benimmt dich nicht wie eine Wüsten Dämonin, wir wollen doch das du gesund wirst." Sagt Laran, allerdings nicht beschwichtigend, sondern als wenn er mit einem dummen Kind redet. Du wirst leiden das schwör ich dir, ein Schwurmann darf niemals so mit seiner Gebieterin reden. Sauer setze ich mich wieder. „Gut da wir das jetzt geklärt haben." Beginnt der Heiler. Und deutet auf einen neben Raum. „Ich muss euer Weib jetzt untersuchen. Dazu bitte ich euch im neben Raum zuwarten. Die Untersuchungsmethoden sind mein Geheimnis und ich will nicht, dass jemand außer meinem Patienten sie sehen. Laran wirft mir einen fragenden Blick zu. Kaum merklich nicke ich. Erst dann nickt er dem Heiler zu. „Du weißt, warum wir hier sind. Also benimmt dich entsprechend. … Larine." Was bei den Höllen heißt das schon wieder, er weiß doch ganz genau, dass ich kein Mando verstehe. Mein Mann verlässt den Raum Richtung Vorzimmer und lässt mich mit diesem Idioten allein. Der Heiler beginnt Fragen zu stellen, viele Fragen. Von meinen Essgewohnheiten, über meinen Stuhlgang bis hin zu meinen Gewohnheiten wie ich meine Ehepflichten erfülle. Umso persönlicher die Fragen werden, umso mehr frage ich mich, was ich ihr eigentlich mache. Die herablassende Art des Heilers macht mich immer wütender und Larans Anmaßung macht es noch schlimmer. „Ich muss euch jetzt unter suchen bitte stellt euch aufrecht hin." „Gut und jetzt gebt mir eure Hand." Er schiebt den Ärmel meines Kleides etwas hoch. Streicht sanft über meinen Handrücken und mein Handgelenk.

[Laran]

Schimbal, Viertel der Heiler

Das Warten im Vorzimmer macht mich wahnsinnig. Mir ist klar das Rabia mir den Ton und was ich gesagt habe, so nicht durchgehen lassen wird, dass ich den Bogen überspannt habe. Am liebsten hätte ich gleich um Vergebung gebeten, aber das war in der Situation nicht möglich. Der Heiler erwartete einen Mann, der seine aufsässige Frau züchtigt. Jetzt wird der Zorn in ihr Brodeln und sich dann krachend entladen. Im Dorf der Berger habe ich gesehen, was sie mit Menschen macht, die sie nicht mit dem Respekt behandeln, der ihr zusteht. Dazu kommt das sie mich als Wüstenführer nicht mehr benötigt. Sie könnte der Idee verfallen das sie nur ihr Kunst benötigt, um das Tor einzunehmen. Ach, ihr Ahnen ich verstehe diese Frau einfach nicht. Mal ist sie so rachsüchtig und nachtragend, eine wahre Wüsten Dämonin. Dann kann sie auch freundlich und großherzig sein. Seit wir hier in der Stadt sind wirkt sie sehr viel angespannter als während der ganzen Reise. Vielleicht weil ihr jetzt erst klar geworden ist, was sie tun muss. Wie soll ich einer Frau dienen, die selbst nicht weiß, wer sie ist? Auf der Tempel Expedition war sie mit einigen Ausnahmen ein typischer Adlige. Eiskalt und kompromisslos hat sie ihre Ziele durchgesetzt, ein Leben bedeutete ihr nicht viel. In Izaron hat sie gezeigt, dass sie anders ist. Dass sie ein gutes und tapferes Herz hat. So einer Frau könnte ich stolz folgen. Nur welches Gesicht ist ihr wahres?

Plötzlich entsteht im Behandlungszimmer Tumult, ein Schmerzensschrei. Verdammt was ist denn jetzt los? Sofort springe ich auf und stürme in den neben Raum. Dabei stoße ich die Tür mehr auf als das ich sie normal öffne. Der Heiler liegt mit schmerz verzehrten Gesicht, zusammen gekrümmt auf dem Boden. Ein Bediensteter oder Wächter tritt einen Augenblick vor mir mit gezogener Klinge durch eine bis dahin verborgene Tür in den Raum. Er richtet seine Klinge auf meine Gebieterin. So wie er im Raum steht blockiert er ihren Weg zum Ausgang. „Sofort die Waffe runter, Niemand bedroht ungestraft diese Frau!" Donner ich. Jetzt dreht sich der Mann zu mir um. Dabei bleibt er ruhig wie ein professioneller Kämpfer oder Leibwächter. Der Heiler keucht vor Schmerz, dann presst er zwischen zusammen gebissenen Zähnen hervor. „Euer Weib ist eine irre Furie. Ich verlange das sie verprügelt wird." Jetzt verstehe ich, Rabia hat dem Mann in die Eier getreten. „Ganz sicher nicht!" Gebe ich energisch zurück. „Wenn Rabia sich genötigt sah, euch eure Grenzen aufzuzeigen, war das sicher mehr als gerechtfertigt." „Das war es. Wenn das eure Untersuchungsmethoden sind, die ihr bei mir anwenden wolltet, dann seid ihr ein Scharlatan. Wir gehen!" „Nicht so schnell, Gren lass sie nicht weg. Wenn der Kerl sie nicht bestrafen will, werde ich das machen." Der Wächter und ich messen uns mit Blicken. Er ist kleiner als ich, sein Körper ist eher drahtig als muskulös. Er wird wohl mehr auf Schnelligkeit als auf Kraft setzen. Also ein typischer Messerkämpfer, wozu auch der Langdolch in seiner rechten Hand passt. Die kurzen dunklen Haare sind struppig und erinnern ein wenig an Borsten. Das Gesicht ist von drei Narben verunstaltet, wobei zwei durch seinen Schnurbart und über seine Lippen verlaufen. Sein linkes Augenlid zuckt leicht, er ist wird nervös. Er sieht mir sicher an das ich ebenfalls ein professioneller Kämpfer bin und weiß nicht, ob ich Waffen trage. Ich musste zwar alle beim Betreten der Stadt abgeben. Er weiß jedoch nicht, ob ich welche rein geschmuggelt habe oder mir in der Stadt Ersatz besorgt habe. „Letzte Chance lass uns gehen oder ..." beginnt Rabia. „Oder was? Ich habe hier die Waffe." Brummt der Mann namens Gren über seine Schulter ohne mich aus den Augen zulassen. Ich mache zwei Schritte zur Seite, er folgt meiner Bewegung. Er hat an Rabia Bewegungen sicher gesehen, dass sie keine geübte Kämpferin ist, so konzentriert er sich auf mich. Aus seiner Sicht die größte Gefahr im Raum. Und macht einen gewaltigen Fehler. Ich blicke ihm in die Augen und lächle ihn an. Binde so für einem Moment seine gesamte Aufmerksamkeit, als er sich fragt, warum ich das tue. Ganz kurz sieht er verwirrt drein, kann mein Lächeln nicht deuten. Der Heiler ruft eine Warnung, aber es ist zu spät. Von hinten legt sich eine Gebetskette um seinen Hals. Rabia die ihn knapp überragt hat blitzschnell bemerkt, warum ich die Schritte gemacht habe und ausgenutzt, dass sie im Totenwinkel steht. Der Mann versucht mit seiner Klinge auf die hinter ihm stehenden Frau einzustechen, kann sie aber so wie er die Kling hält nicht erreichen. Bevor er die Klinge in seiner Hand drehen kann, um auf Rabia einzustechen, packe ich sein Handgelenk und drücke zu. Ganz langsam öffne sich seine Finger unter meinem schraubstockartigen Griff. Die Klinge fällt mit einem tock auf den Holzboden. „Lass ihn bitte los Rabia." Ganz langsam lockert sie den Griff an einem Enden der Gebetskette, um dann mit einem letzten Ruck, die Kette weg zu ziehe und gleichzeitig einen Satz nach hinten zu machen. Bevor er wieder ganz zu sich kommt, ringe ich ihn zu Boden. Meine Größe und mein Gewicht helfen mir dabei. Das Ganze ist so schnell geschehen das der Heiler immer noch am Boden liegt und sich wohl fragt, was für Dämonen in seine Praxis gekommen sind. Aber natürlich habe wir jetzt auch ein Problem. Wie lösen wir die ganze Sache? Das letzte, was wir wollen, ist Ärger mit der Stadtwache. Ich blicke fragend zu meiner Gebieterin auf, während ich den schweigenden Wächter weiter am Boden halte. „Hättet ihr doch gleich darauf gehört als ich NEIN gesagt habe, widerlicher Wurm. Wir werden jetzt gehen, und zwar direkt zur Stadtwache und da wird mein Mann berichten das ihr mich ohne seine Erlaubnis berührt habt und das auch noch unsittlich." „Und wenn schon, glaubt ihr die werden einer daher gelaufenen Wüstenratte wie euch mehr glauben als einen angesehenen Bürger der Stadt." Trotz seiner offensichtlichen Schmerzen klingt er triumphierend. „Ich werde sagen das ihr im angegriffen habt und euer Mann meine Wache. Dann werden sie euch beide windelweich Prügel und euch an den Pranger stellen. Was dort mit einem Weib geschehen kann, willst du dir gar nicht vorstellen." Dabei grinst trotz seiner Schmerzen dreckig. Rabia antwortet mit eiskalter Stimme „Wenn ihr das macht, werde ich euch in euren Träumen jagen. Ihr werdet nie wieder ruhig schlafen können. Wann immer ihr die Augen schließt, werde ich das sein." „Warum solltest du da sein Wüstenratte. So schön bist du nicht." Ich sehe im Augenwinkel wie Rabia ihren Schleier löst, den sie nur kurz zu Beginn unseres Besuches gelüftet hatte. Der Heiler schreit entsetzt auf. Der Wächter wehrt sich gegen meinen Griff, versucht zu sehe was los ist. „Glaub mir ich werde da sein, kleiner Wurm!" Dann richtet sie ihren Schleier und wendet sich zur Tür. „Laran gib ihm zwei Silberstück für seine Umstände." Ich lasse den Wächter los, der sofort wie eine Katz aufspringt und wieder in Kampfbereit ist. „Gren, lass sie gehen. Vergiss einfach das sie da waren. Das hat alles Niemals stattgefunden." Beeilt sich der Heiler zu rufen, wobei seine Stimme mehr als nur leicht panisch klingt. „Laran wir gehen!" sagt Rabia als sie an mir vorbei rauscht. Armer Wurm du wirst Albträume haben, egal ob du uns verräts oder nicht, denke ich bei mir als ich mich beeile Rabia zu folgen.

[Rabia]

Schimbal, Viertel der Heiler

Am liebsten hätte ich dem widerlichen Wurm kastriert, ihm anschließende seine Hände abgehackt und ihm alles in seinen Mund gestopft. Immer noch wütend laufe ich mit großen Schritten durch das Viertel erst einmal weg von dieser Praxis. „Was ist eigentlich genau passiert?" Fragt Laran als er mich eingeholt hat und dicht neben mir läuft. „Was glaubst du? Der Wurm hat mich untersucht. Erst streichelt er meinen Handrücken und mein Handgelenkt, dabei faselt er irgendwas von Zusammenhang zwischen körperlicher Gesundheit und der einer gesunden Seele. Dann untersucht er meinen Hals. Da gab er zu das er solche Haut noch nie gesehen hat. Als er mit meinem Hals und damit mit allen frei Hautpartien fertig war, griff er nach meinen Brüsten. Ich habe ihm eine Ohrfeige geben und einmal klar und deutlich NEIN gesagt. Dann redet er davon das ich doch Gesund werden möchte und dass ich aktiv bei seiner Untersuchung mithelfen solle. Wobei sein Auge mir nicht in die Augen schauten, sondern ein Stück tiefer ruhten. Als er wieder zugreifen wollte habe ich meinen Nein mehr Nachdruck verliehen. Das Argument hat ihn sprichwörtlich umgehauen." An der Stelle kann ich mir ein schadenfrohes Grinsen nicht verkneifen. Laran grinst auch, mir war gar nicht bewusst das dieser Mando so gemein grinsen kann. Das überrascht mich, irgendwie hätte ich erwartet das er als Mann sich solidarisch mit dem Kerl zeigt, dem ich in sein Gemächt getreten habe. „Er hat es verdient und hatte Glück das du neben diesem umwerfenden Argument nicht noch ein Stichhaltiges nachgeschoben oder eine messerscharfe Erwiderung angewandt hast. Mir ist nicht entgangen das du irgendwie deine Klinge durch die Kontrolle am Tor bekommen hast." Ich dacht ich hätte meine Klinge gut versteckt. „Du siehst viel, wie immer. Ich dachte ich hätte sie gut verborgen." „Hast du auch, nur hast du noch immer die Angewohnheit mit der Klinge unter deinem Kissen zu schlafen. Da habe ich sie gesehen als du gestern sehr unruhig geschlafen hast und mich damit geweckt hast. Ich bin nur froh, dass du lieber ein Lächeln und dein zweites Gesicht genutzt hast, um den Wurm zu überzeugen uns in Ruhe zu lassen und nicht die Klinge." Ich bleibe stehe und suche Larans Blick. Keine Spur von Sarkasmus oder Lüge. „Ich glaube du bist neben meinem Onkel Jolga der Einzige, der mit solcher Ruhe über mein zweites Gesicht spricht. Hast du gar keine Angst mehr davor?" Er zuckt mit den Schultern. „Nur am Anfang ich glaube jeder bekommt Angst, wenn er das erste Mal sieht, wie aus einer sehr schönen Frau plötzlich ein Skelett wird. Aber wenn man mit dir reist, bekommt man genug Gelegenheit sich daran zu gewöhnen." Hat er mich grade als sehr schön bezeichnet? Was bei den Höllen? „Was machen wir jetzt? Wir haben noch einige Tage Zeit bis zur Feier." Versucht er grade das Thema zu wechseln? Was ist mit ihm los? „Wir sollten ein anderer Heiler ausprobieren, aber dieses Mal eine Frau. Von männlichen Heilern habe ich erstmal genug." Wenn wir hier eine finden. In der Stadt scheint es nur Männer in verantwortungsvoller Position zugeben. Bis dahin könnten wir was essen gehen." Schlägt Laran hoffnungsvoll vor. „Du bist unmöglich, denkst du eigentlich in Städten immer nur ans Essen?" frage ich jetzt amüsiert. „Eigentlich nur in meiner Freizeit, aber bei dir bin ich den ganzen Tag im Dienst." „Siehst du dann solltest gar nicht ans Essen denken." „Wer hat in Izaron ein ganzes Festmahl bestellt als wir angekommen sind?" Kontert er sofort. „Das war nur um mich nach einer Ewigkeit mit deiner schrecklichen Kochkunst daran zu erinnern, was gutes Essen ist. Außerdem wollte ich mich damit auf das Fasten vorbeireiten." „Aha." Larans Augen blitzen vor Schalk und sein amüsiertes Grinsen geht von einem Ohr zum anderen. „Wenn dir meine Kochkunst nicht zusagt, kannst du ja auf der nächsten Reise kochen." Ich mache ein Gesicht, als müsste ich über den Vorschlag konzentriert nachdenken. Auch wenn ich hier wieder meinen Schleier trage und er mein Gesicht nicht sehen kann. „Vorschlag abgelehnt, du willst nicht essen, was ich koche." „Das kommt auf einen Versucht an. Wir sind hier in der Stadt der Heiler. Wenn du mich vergiften solltest, gibt es wenigstens schnell Hilfe." Ich kann nicht anders ich beginne zulachen. Ein Teil der Anspannung, die mich erfasst hat seit mir klar geworden ist, wie die Tore aussehen und wie schwierig es wird sie zu öffnen fällt für den Moment von mir ab. „Nur wenn wir dabei nicht wieder so ein Scharlatan erwischen wie eben." Mit ähnlichen Belanglosigkeiten wie der Diskussion über das Essen gehen wir auf die Suche nach einer Heilerin.

Ich lass mich auf mein Lagerfallen, Bett möchte ich diesen mit Stroh gestopften Sack nicht nennen. „Gut wir haben in acht Tagen einen Termin bei der Frau. Das gibt eine gute Ausrede, warum wir uns wartend in der Stadt rumtreiben." Laran sitzt in seiner Hänge Matte, die ihm als Schlafstätte dient. Als wir Gestern in unser Rattenloch gekommen sind, haben wir zwei Schlafstellen vorgefunden. Den Strohsack und eine Hängematte. Letztere war mir suspekt und habe mich deshalb für den

Schlafplatz am Boden entschieden. Wie Laran in der Hängematte schlafen kann ohne raus zufallen weiß ich nicht. Allerdings hat er ja wieso einen sehr ruhigen schlaf. „Ja das stimmt und was ausreden angeht. Würdest du mir einen Gefallen tun?" „Welchen?" „Ein Streit anfangen wegen des Heilers heute." „Du willst dich mit mir streiten?" „Nein, aber es ist dann einfacher, warum ich allein in die Trinkstube am Tor gehe." „Ach du willst was trinken gehen? Sieh an." Stelle ich argwöhnisch fest. „Ich will Kontakt zu den Soldaten in der Trinkstube bekommen. Vielleicht bekomme ich so Informationen, die uns bei der Vorbereitung nutzen." Stellt mein Dafiri nüchtern fest. „Und eine Ehefrau ist da störend, oder wie?" Frage ich etwas beleidigt. Was hat diese Stadt an sich das die Männer Frau hier irgendwie nicht ernst nehmen oder nicht respektieren. „Ja und eine Selbstbewusst die wie du, die Hälfte der Männer dort einschüchtert, noch viel mehr." „Ich schüchtere Männer ein?" „Natürlich tust du das. Du musst sie ihnen nur intensiv und durchdringend in die Augenschauen. Wenn du dann erhaben und würde voll auf sie zu schreitest fühlen sich die meisten von uns plötzlich klein und unbedeutend. Sie müssen noch nicht einmal wissen das du eine Adlige bist, sie spüren es." „So siehst du mich?" Er schüttelt den Kopf. „Nein, ich kenne die wahre Rabia. Aber so habe ich dich kennen gelernt. Du hast den Kaslik und mir, ohne laut werden zu müssen, klar gemacht, dass du der Boss bist. Du erinnerst dich?" „Natürlich, erinnere ich mich. Das war mein erstes Feldkommando. Ich war schrecklich nervös." „Das habe ich dir nicht angesehen." „Ach nein? Wo dir doch sonst nicht viel entgeht." Innerlich freut es mich das er in mir keine einschüchternde Adlige sieht. Wo ich doch weiß, was er von Adligen hält. „Aber zurück zu deiner Bitte. Ich habe wieso noch ein Hühnchen mit dir wegen deinem Benehmen zu rupfen." Wenn Laran eine Szene haben will, die kann er bekommen. Als beginn schenke ich ihm eines meiner gemeinen Lächeln. Er schluckt unwillkürlich und fällt vor Schreck fast aus der Hängematte. Es ist lachhaft er hat vor diesem Lächeln mehr Angst als vor meinen Knochengesicht. Ich hole noch einmal tief Luft und lege los.

[Laran]

Schimbal, Südviertel

Eines weiß ich jetzt ganz genau, ich werde Rabia nie wieder bitte mir eine Szene zu machen. Ich glaube alle Wohnungen, die zum gleichen Innenhof zeigen haben den Streit mitbekommen. Wenn die Frau jemals heiraten sollte, tut mir der Mann jetzt schon leid. Er wird in einem Streit keine Chance haben und mit Gnade kann er bei ihr auch nicht rechnen. Allerdings glaubt mir jetzt wohl jeder das ich vor meiner „Ehefrau" auf der Flucht bin. In der Trinkstube ist einiges los. Es ist seltsam egal wie schlecht es ihnen geht und wie arm die Menschen in diesem Viertel sind. Dafür ihr Unglück mit flüssigem Vergessen zu bekämpfen, reicht es immer noch. Erst einmal trinke ich für mich allein, höre nur zu was um mich herumgesprochen wird. Versuche ein Gefühl für die Stimmung im Schankraum zu bekommen. Mein Ziel sind einige Wachsoldaten die vielleicht zur Torbesatzung gehören. Sie sitzen an einen privaten Tisch an der Rückwand des Raumes für sich allein. Als Späher habe ich gelernt das der direkte Weg selten die beste Wahl zur Aufklärung ist. Als eine von vielen armen Seelen, die nur vergessen will, sitze ich an einen langen Tisch und trinke, verschmelze mit der Masse. Der erste Schritt ist es mich an einige Arbeiter heranzumachen, Lastenträger wie sie mir erzählen. Männer mit breiten Schultern und einfacher Kleidung die schon oft geflickt wurde. Der Alkohol hat ihre Zungen schon gelöst. Auch wenn es viele Unterschiede zwischen Kornatan und Schimbal gibt, eines ist doch gleich. Wir Mando stehen ganz unten, stehen noch unter den Gemeinen oder grade so auf einer Stufe mit ihnen. Doch heute hilft mir das zur

Abwechslung mal. Die Träger haben kein Problem damit das ich mich mit an ihren Tisch setze. Solange ich nur nicht in irgendeiner Weise zu den da oben gehöre und wer könnte davon weiter entfernt sein als ein Mando. „Ich dacht ihr Mando reist immer nur in Gruppen. Wie kommt es das du allein trinkst?" Ich winke ab. „Ich bin mit meiner Frau hier in die Stadt gekommen. Aber sie ist grade etwas zickig." Die Männer lachen. „Ja ohne Frauen kann man nicht leben aber mit ihnen ist das Leben selten leicht." Meint einer am Tisch und es klingt, als wüste er genau, wovon er redet. Die nächste Zeit höre ich hauptsächlich zu, um ein Gefühl für die Lage zu bekommen. „… Die Preise steigen immer weiter, nur die Bezahlung für unsere Knochenarbeit, die steigt nicht!" der Sprecher haut mit der Haust auf den Tisch, um seiner Wut Luft zu machen. „Ja, und da immer weniger Karawanen in die Stadt kommen gibt es auch weniger Arbeit für uns alle. Und was mach die hohen Herrschaften dagegen? Nichts, einfach nichts." Regt sich einer der drei auf. „Aber die verantwortlichen schicken doch sicher Soldaten aus, um die die Räuber zu vertreiben." Frage ich ehrlich interessiert. „Ach was die Patrouillen kommen entweder unerledigter Dinge zurück oder verschwinden auch." „Genau! Komischer Weise kommen die feinen Pinkel von Offizieren immer zurück." „Kalim das kannst du so nicht sagen, die Jungs von der Wache tun, was sie können. Aber woher sollen sie wissen, von wo und wann eine Karawane kommt." Kalim gibt gereizt zurück. „Das ist ihr verdammter Beruf, die Karawanenrouten müssen sicher sein. Wozu bezahlen wir den sonst Steuern und Abgaben, wenn nicht dafür das die Soldaten den Handel schützen. Immerhin lebt unsere Stadt davon!" „Naja in letzter Zeit hauptsächlich dafür das der Palast wieder umgebaut wird. Aber auch da gibt es kaum was zu verdienen. Wenn man nicht grade den Baumeister oder Vorarbeiter geschmiert hat, kommt man überhaupt nicht an Arbeit auf der Baustelle heran." „Ach was, ich habe gehört das auf der

Baustelle immer wieder Menschen sterben. Selbst wenn sie mir da eine Arbeit anbieten würden, will ich die nicht haben. Was nützt mir eine Arbeit, wenn mir nach ein paar Tagen die Knochen zerschmettert werden." So geht es noch eine Zeit weiter. Durch gelegentliche frage oder Kommentare heize ich gezielt die Stimmung an. Immer darauf bedacht nicht zu viel zutrinken, nicht das ich noch redselig werde. Irgendwann beenden die Träger den Abend um volltrunken zu ihren Familien zurückkehre. Um ihnen irgendwie zu erklären, warum sie den kargen Tageslohn in der Trinkstube verprasst haben. Das ist die Gelegenheit näher an die Soldaten ranzukommen. Als jemand hinter mir meinen Namen ruft. „Laran habt ihr einen Moment Zeit für mich?" Ruckartig drehe ich mich um, da steht der arrogante Händler, der uns in der Oase belästigt hat. Warum ist er jetzt hier und was will er von mir? „Was möchtet Herr … Aldan?" „Darf ich mich zu euch setzten?" Ich nicke was bleibt mir auch anderes übrig ohne Aufsehen zu erregen. Der Karawanenmeister begleitet seinen Herrn wie schon in Walik, hält sich aber wie ein geübter Späher im Hintergrund und beobachtet was geschieht. „Wirt ein Krug eures besten Weines!" Ruft der Mann zum Wirt. „Dieses Mal werdet meinen Wein hoffentlich nicht ablehnen, immerhin ist eure Gemahlin dieses Mal nicht dabei. Ich hoffe sie befindet sich wohl?" Fragt er höflich. „Ja, wir hatten einen anstrengenden Tag und sie ruht sich aus." Der Karawanenmeister bringt den Wein und zieht sich dann dezent zurück. Der Händler gießt den Wein in unsere Becher. Dann prüft er den Geruch, die Farbe und zum Schluss den Geschmack. „Nicht der beste Wein, den ich je getrunken habe, aber viel besser als die Plörre, die es in der Oase gab." Auch ich koste den Wein, obwohl mir Bier im Normalfall lieber ist. Wein ist mir in Kornatan einfach viel zu teuer. Ich lasse mir einen großen Schluck durch den Mund gehen. Der Wein ist schwer und vollmundig, ein wenig zu süß. Vielmehr schmecke ich nicht heraus. Ich weiß das manche Leute, was weiß ich für

Nuancen in einem guten Wein schmecken, aber aus meiner Sicht spinnen diese Menschen. „Dieser Wein hier ist gut, mehr kann ich nicht sagen." Erwidere ich zur Antwort. „Wisst ihr das ist bei Wein das Wichtigste, ob er schmeckt oder nicht. Alles andere kommt mit der Erfahrung, wie bei allen anderen Genüssen auch. Meint ihr nicht auch?" „Wenn ihr meint, gutes Essen, gute Musik und meine schöne Frau. Es sind einfache Genüsse aber für einen einfachen Mann wie mich genügt es. Ihr scheint ein hoher Herr zu sein, da seid ihr sicher anderes und anspruchsvolleres gewohnt." Er sieht mich eine Weile an, als versuche er zu ergründen, ob ich die Wahrheit sage oder nur bescheiden tue. „Es ist seltsam." Beginnt er dann „ich hatte bisher nie mit eurem Volk zu tun und nun führen mich meine Angelegenheiten immer wieder zu euch." Ich nicke langsam. „Ja das ist seltsam, aber vielleicht sagt ihr mir einfach, was euch dieses Mal zu mir führt Herr." „Nun ich wollte euch eine Frage stellen, die vielleicht etwas seltsam klingt. Könnt ihr lesen?" Ich sehe ihn nur skeptisch über den Rand meines Bechers hinweg an. „Warum wollt ihr wissen?" Der Händler trinkt einen weiteren Schluck „Seht, ich war in den Hallen der Weisheit, um etwas über die Geschichte dieses Ortes und vorfallen über die der Berge des Wehklagens in Erfahrung zu bringen." „Ich dachte ihr erkundet den Wahrheitsgehalt der Gerüchte über das Verschwinden der Menschen." Erwidere ich misstrauisch. „Das stimmt auch, aber ich verfolge auch noch eigene Ziele. Eine Frau, die ich sehr schätze, interessiert sich sehr für Geschichte. Wann immer ich kann, bringe ich von meinen Reisen Abschriften alter Texte mit. Auf der Suche nach einem passenden Geschenk, bin ich auf einen Text, den Keiner der Anwesenden Bibliothekare lesen kann, gestoßen. Sie sagen er sei in Mando oder Astarak geschrieben. Ich hatte jetzt gehofft das ihr altes Mando vielleicht lesen könnt." Irgendetwas stimmt hier ganz und gar nicht. In der Oase handelt er angeblich mit Salz und will alles über unsere Route durch die Wüste wissen. Jetzt kommt der Mann schon wieder, dieses Mal beschäftigt er sich mit der Geschichte der Stadt und der Berge? Mein Volk hat ein Sprichwort, eine Begegnung mag ein Zufall sein. Ab der zweiten muss man sagen, ob der den man wieder trifft Freund oder Feind ist. Dieser Mann ist sicher kein Freund, so ist eher tendenziell ein Feind. Doch reise ich als Mando und Mando folgende den Zeichen und dem Silber. „Die Antwort auf eure Frage ist, ja. Ich kann Mando lesen, auch wenn ich eurer Stimme anhöre das ihr mit einem nein gerechnet habt. Was ich nicht sagen kann, ist ob ich alle Worte lesen kann in der Schrift stehen. Die Mando haben vor den Wehklangen vielleicht anders geschrieben und gesprochen." „Natürlich, aber den Sinn der Schrift solltet ihr schon entziffern können, oder?" Ich nicke. „Ich denke schon. Aber wir müssen noch über einige Dinge reden. Erstens wo ist die Schrift? Habe ihr sie dabei?" „Nein, sie liegt noch immer in der Halle der Weisheit und wird diese auch nicht verlassen. Wieso?" „Mando werden nie und nimmer in die Hallen der Weisheit gelassen. Dann hat sich unser Geschäft schon erledigt." „Ich werde dafür sorgen, dass der Bruder Scriptor euch einen Pass ausstellt." Ich sehe ihn fragend an. „Bruder Scriptor ist der oberste Bibliothekar." „Wenn ihr das schafft, muss euch klar sein, dass ich meine Frau mitbringen werde." Als ich meine „Frau" erwähne zuckt es kurz in seinem Gesicht. Rabia hat mit ihrer unvergleichlichen Art schon einen bleibenden Eindruck hinterlassen Bevor er nein sagen kann, beeile ich mich zu erklären. „Meine Frau kann besser lesen als ich, zusammen sollten wir eure Schriftrolle entziffern können. Außerdem wenn wir wieder bei unserer Sippe sind, können wir erzählen das wir im Herzviertel von Schimbal waren, das wird Eindruck machen. Und das will ich meiner Frau nicht verwehren." Er seufzt „In Ordnung, ich werde versuchen zwei Pässe zu bekommen." Ohne dass sich das ansprechen kann, legt der Mann drei Silbermünzen auf den Tisch. „Drei Silbertaler, wenn ihr übermorgen Vormittag vor dem Tor zum Herzviertel einfindet und euch die Schriftrolle anschaut und nochmal doppelt so viel sie für mich vorlesen könnt. Habe wie eine Vereinbarung?" „Wir Mando folgen den Zeichen und dem Silber. Also ja wir haben eine Vereinbarung." Wir reichen uns die Hände, um unser Geschäft zu besiegeln. Dann leeren wir den Wein Krug.

„Du bist spät." Stellt Rabia trocken fest. Sie sitzt auf dem Boden um sie herum liegen ihr Gebetsketten ausgebreitet. Sie sitzt praktisch in einem Kreis aus Knochenperlen. Ihre Haare sind offen und die Kerze vor ihr ist die einzige Lichtquelle im ganzen Raum. Das Licht wirft gespenstisch tanzende Schatten an die Wände. „Verzeih, habe ich dich bei etwas gestört?" „Nur beim Warten auf dich und einigen Fingerübungen der Webkunst." Dabei trieft ihre Stimme vor Sarkasmus. Man könnte meinen wir haben uns tatsächlich im Streit getrennt und nun wird der betrunkene Ehemann dafür abgestraft das er vorhin abgehauen ist. Ich hole einmal tief Luft dann erzähle ich ihr, was in der Trinkstube passiert ist. „Wie bitte? Du hast ein Geschäft mit diesem arroganten Schnösel gemacht. Warst du so betrunken? Vor allem wenn du ihm selbst nicht traust." „Wir sind als Mando hier und Mando folgen dem Silber. Es wäre aufgefallen, wenn ich ein solches Angebot abgelehnt hätte. Außerdem dachte ich mir das du vielleicht einmal das Zentrum der Stadtsehen willst, bevor die Feier losgeht. Und sag nicht eine große Bibliothek zu sehen, wäre nicht reizvoll für dich." Sie sieht mich ernst an. „Laran hör auf zu denken, wenn solch ein Mist dabei herauskommt." Ich schweige, im Licht der Kerze schein ihr weißes Gesicht zu strahlen, kalt und bleich wie der Mond am Himmel. „Das er dich, uns in eine Falle locken will ist die noch nicht in den Sinn gekommen?" Bohr Rabia nach. „Doch, aber wozu sollte er sich dann so einen Aufwand machen? Wenn er die Verbindungen hat das er uns innerhalb von einem Tag Pässe für das Herzviertel besorgen kann. Dann könnte er uns auch

einfach von der Straße oder aus dieser Bude holen lassen."
„Vielleicht will er nur mit dir Spielen. Du sagst doch selbst immer wieder das Mando am Ende nur gegenseitig aufeinander aufpassen. Das sich Niemand anders um euch schert. Und eines schreib dir ein für alle Mal hinter die Ohren, du entscheidest nicht, was ich tue!" Sie klingt jetzt wütend. „Ich glaube ich habe dir auf der Reise zu viel durchgehen lassen! In Zukunft wirst du so etwas mit mir absprechen und ich entscheide, was wir tun. Verstanden?" „Ja Gebieterin." Sage ich klein laut, während ich mich frage, was seit heute Nachmittag passiert ist. Warum sie jetzt wieder die Adlige raushängen lässt. Außerdem bin ich Hundemüde und mehr als nur angetrunken. Ich will nur noch schlafen und lasse die Standpauke von Rabia einfach über mich ergehen.

14. Kapitel: Der Sündenfall

[Aldan]

Schimbal

Ich bringe meine Gäste zum Tor, wo sie gründlich durchsucht werden, bevor eine Eskorte aus Wachen sie direkt in die Bibliothek bringt. Dort schauen sich beide staunend um. Das ist gut, umso beeindruckter sie sind, umso hilfsbereiter sind sie hoffentlich auch. „Bruder Scriptor das sind Laran von der Sippe der großen Bären und seine Frau Rabia." Der Mann stutz für einen Augenblick, ob ihm die seltsamen Augen der Mando aufgefallen sind oder ob es der Name ist, vermag ich nicht zusagen. „Ein seltsamer Name, bedeutet das nicht in etwa Geist." „So in etwa." Antwortet die Frau kalt wie eine sternenklar Wüstennacht. Der Mönch wirkt etwas pikiert. Das eine Frau ihn anspricht und dann auch noch, als sei sie ihm gleichgestellt, das passt ihm gar nicht. „Gut kommen wir zum geschäftlichen. Könnt ihr das lesen Laran?" Mische ich mich schnell ein, bevor die Situation sich zu spitzen kann. Der Mönch kann immer noch alles abbrechen. Der Mando sieht sich die Schriftrolle an, die entrollt auf dem Tisch liegt. Glücklicher Weise macht er keine Anstalten diese zu berühren, sonst hätte der Mönch das alles sofort beendet. „Rabia könntest du das bitte vorlesen, du kannst das besser als ich." Die Frau sieht sich die Rolle ebenfalls an. „Ihr wollt das ich dieses Vermächtnis von Jabal ibn Famir vorlese?" Der Mönch schaut sie plötzlich mit großen Augen an. „So wird es in Register genannt. Du kannst das wirklich lesen Weib?" Ihre grünen Augen verengen sich zu schlitze. „Nenn sie noch einmal Weib und du wirst es bereuen, Lichtanbeter!" knurrt Laran mit kaum gezügelter Wut. Die Warnung des Schreibers kommt mir wieder in den Sinn. Der Zorn dieses Mannes, strahl förmlich eine Korona der Gefahr aus. „Herr ihr als Verwalter dieser ganzen Schriften wisst sicher das Worte eine Bedeutung und einen klang haben. Bitte verärgert mich nicht in dem ihr Worte benutzt deren Klang abwertend ist. Weib bedeutet Frau, klingt aber sehr abwertend für unsere Ohren." Jetzt schaut der Mönch die Frau verwundert an. Ich hatte ja schon bei unserem ersten Gespräch gemerkt, dass die beiden keine so tumben Gesellen sind, wie man bei Vagabunden erwartet. Das war einer der Gründe, warum dieser Besuch überhaupt stattfindet. Die grünen Augen fixieren eine ganze Weile ihren Mann, wieder scheint eine ganze Unterhaltung in diesem Blick zu liegen. Der Mönch bietet der Frau plötzlich einen Stuhl an. „Bitte meine Dame, würde ihr uns den Text vorlesen?" Sie setzt sich elegant, wie eine Adlige. Ihr Mann ist sofort zur Stelle, um ihr den Stuhl an den Tisch zu rücken. Ich versteh die beiden einfach nicht. Mal wirkt es so als bestimme er was geschieht, so wie es sein sollte. Im nächsten Moment aber kuscht er vor ihr. Rabia beginnt mit ihrer vollen wohlklingenden Stimme vorzulesen. Es dauert einen Augenblick bis mir klar wird, dass sie beim Vorlesen simultan den Text in die

Zunge der Karawanen übersetzt. Das Ganze wirkt so fließend, als lese sie einfach nur vor. Zwei Mönche und ein Novize sitzen ebenfalls am Tisch und sollen mitschreiben was die Mando vorließt.

„Das Vermächtnis von Jabal ibn Famir. Ich spüre, wie der Ruf des Tores mit jedem Tag stärker und meine Lebensgeister schwächer werden. So habe ich begonnen meine Angelegenheiten zu regeln. Doch will ich diese Welt nicht verlassen, ohne zu berichten was geschah. Am Ende meines Lebens muss und will ich Zeugnis ablegen. Mein Wissen, das ich zwanzig Jahre lang tief in meine Herzen verschlossen habe, darf nicht mit meinem Tod verschwinden. Meine Name ist Jabal ibn Famir, vor fünfunddreißig Jahren habe ich mich der Allianz des Lichts angeschlossen. Damals war sie im Vergleich zu anderen Religionen nicht viel mehr als eine kleine Sekte, ein Geheimbund innerhalb der Lichtkirche. Dieser Bund war zu jener Zeit ein Zusammenschluss von Priestern, Gelehrten und andern gebildeten Menschen. Wir wollten das helle und reinigende Licht Ligtalkuros in die dunklen Hinterzimmer und Schatten der Paläste und Villen bringen. Der Adel des Oasen Reiches war verkommen und dekadent geworden. Sie interessierten sich nur für ihre Intrigen, Ihre Macht und ihren Luxus. Dass das alles das einfache Volk ins Unglück stürzte, war ihnen egal. Die Allianz des Lichts versprach dieses verkrustete System aufzubrechen. Es sollte schwinden wie der Nebel unter der strahlenden Sonne. Ihre Ideale und Ideen klangen so wundervoll in meinen Ohren. Priester aus dem Volk sollten über das Volk herrschen. Nicht mehr das Geburtsrecht, sondern die Fähigkeiten sollten bestimmen wer verwaltet und herrscht. Ich trat zu ihrem Glauben über, entsagte allen Göttern außer Ligtalkuro dem ewigen, dem reinigenden Licht. In den folgenden Jahren bauten wir unseren Einfluss immer mehr aus. Wir rekrutierten erst im Stillen und dann irgendwann offen und ohne Scheu.

Als unsere Stärke gewachsen war und wir gehör bei den Herren von Bybolan und Umkuhl gefunden hatten, konnte wir unser hehres Ziel vorantreiben. Das erste Ziel unserer Allianz war das Westblut. Uns war klar, solange die Mando unter der Führung ihrer Leitsterne die Westgrenze des Reiches schützten wäre es niemals möglich den Machtklüngel zu brechen. Leider ließen die Mando sich nicht überzeugen zu uns überzutreten. Sie waren fanatische Anhänger ihres eigenen Ahnenkultes und der Herrin der Wüste. Es war ebenso klar, dass es ein harter Kampf werden würden. Doch Niemand ahnte, wie lange es dauern sollte. Keiner wusste mit wie viel Blut der rote Stein der Berge getränkt werden würde, bevor wir siegen würden. Bybolan und ihre neuen Verbündeten aus dem Westen die Talerea traten im Frühling, im sechsten Jahr der Herrschaft von König Europhias III. zum Sturm auf die Berge an. Die Mando zeigten, warum sie Land auf Land ab als Krieger berühmt und gefürchtet waren. Unter der Führung ihrer Leitsterne, dieser lichtlosen Manda'ree fügten sie der Allianz schwere Verluste zu. Der ganze Feldzug stand nach einer Reihe verlorener Schlachten auf Messers Schneide, doch das Oasen Reich ließ sie im Stich. Es zögert in einem Moment als handeln geboten war. So konnten wir die Mando langsam zurückdrängen. Tal um Tal, Pass um Pass. Ihr Kampfgeist und ihre Hingabe an ihr Ideal waren bemerkenswert. Ein Jammer das sie sich uns nie angeschlossen haben. Nach Jahren des Kampfes fiel der letzte große Tempel. Ihre letzte Bastion, ihr letzter Rückzugsort und mit ihm auch der letzte ihrer der Hohepriester. Die Macht der Herrin der Wüste war im Westblut endlich gebrochen. Das ewige Licht konnte nun ungehindert erstrahlen. Das alles dauerte fast zehn Jahre, die Talerea waren nur noch ein Schatten ihrer selbst. So viele waren gefallen. Noch heute sehe ich stolze Talerea Krieger zusammenzucken, wenn irgendwo der alte Schlachtruf der Mando erschallt. Blut, Blut für das Westblut, zum Glück ist dieser Ruf so gut wie verklungen. Nach dem Fall der Berge

Im Reich der Herrin der Wüste

konnte wir uns endlich auf das eigentliche Reich konzentrieren, der Sturm konnte beginnen. Die Stadt der heilenden Orakel war das erste Ziel. Während Umkuhl vom Norden aus die Hauptstadt Talmik Azur bedrohte. Der ängstliche König zog dort den Großteil seiner Armee zusammen. Damit gab er den Rest seines Reiches preis. Die Stadt der heilenden Orakel, die heute Schimbal genannt wird, fiel ein halbes Jahr nach dem Wehklagen. Dem Exodus der Mando aus dem Westblut. Damals war ich stolz darauf das ich viele der geknechteten Menschen, die so schrecklich unter dem Adel litten, zum offenen Kampf überreden konnte. Wir eroberten die Stadt von innen, als die Allianz von außen angriff. Hier in Schimbal zeigte die Allianz das, dass reinigende Licht, das sie prediget, das Licht von Flammen war. Die Stadt brannte, die Bibliothek, die Tempel, die Menschen, die ganze Stadt. Die Streiter unseres Glaubens, die Silberschilde mussten beweisen, dass die Macht von Menekris durch Ligtalkuro gebrochen worden war. Egal wie sehr die Menekriden beteten. Es kam keine Armee von Knochensoldaten aus der Wüste, um sie zu beschützen. An diesem Tag nicht kamen sie nicht und auch an keinem Anderen. Blut und Tränen flossen in Strömen in diesen Tagen. Viele Menekriden verloren ihren Glauben und konvertierten zum ewigen Licht. Wer immer konnte verlies die Stadt und floh in die Wüsten. Damals war ich überzeugt davon, dass die Maßnahmen hart waren. Dass sie für ein größeres Wohl aber getan werden mussten. Was ich doch für ein Narr gewesen bin. Schon damals hätte ich erkennen müssen das sich die Allianz im Krieg verändert hatte. Doch habe ich Narr noch an unsere Ideale geglaubt.

Im Rausch des Sieges sammelte die Allianz all ihr Kräfte für den großen Angriff auf Talmik Azur. Alle waren sie gekommen, Bybolan, die wenigen Krieger der Talerea die es noch gab, Umkuhl und alle Söldner und Waffenknechte, die sich unsere Sache verschrieben hatten. Ich selbst war für meine Treue und meinen Erfolg bei der Eroberung von Schimbal zum Bannerführer erhoben worden. Meinem Banner folgten Sklaven und geknechtete Männer, die ihr Joch abgestreift haben. Sie kam aus Schimbal und den Oasen, die wir auf dem Weg zur Hauptstadt befreiten. Sie alle waren mutige und freiheitsliebende Seelen, die sich unserer Sache nur zu gerne anschlossen. Unser Heerführer nannte uns, seine Armee den Hammer des Lichts. Tage lang kämpften wir um die Wälle und an dem Toren von Talmik Azur. Doch alles, was wir erreichten, waren Tote, unzählige Tote auf beiden Seiten. Mich selbst hat ein Speer in die Hüfte getroffen. So dass ich was dann passiert nur aus der Ferne, von einem der Verbandplätze beobachten konnte. Unsere Weber schafften es endlich eines der Tore zu durchbrechen. Wie eine Sturzflut drängten der Hammer unaufhaltsam in die Stadt. Das Geschrei war selbst außerhalb der Stadt Ohrenbetäubend laut. Alles sah nach einem Sieg aus. Bis die furchtbare Rache der Herrin der Wüste über uns kam. Eine ihrer Töchter erschien auf den Mauern über dem Palast, so sagt man jedenfalls. Sie entfesselte einen noch nie dagewesenen Sturm der Magie. Eine Windhose entstand über dem Palast und wurde schnell größer, bis sie die ganze Stadt einfasste. In dem Wind wehten Sand und Knochenstück. Die Knochensplitter zerfetzten jeden der sich ihnen aussetze ob Freund oder Feind. Sobald Knochen und Sand auch nur eine kleine Wunde gerissen hatten, sog die verfluchte Magie des Sturms alles Leben aus den armen Opfern. Die Leichen zerfielen und weitere Knochensplitter schlossen sich dem Sturm an. Der Hammer des Lichts und die Stadt, beide verschwanden einfach in diesem Sturm. Die Sonne verfinsterte sich durch den Sand und die Knochen, bis nur noch ein gespenstisches Zwielicht das unvorstellbare Grauen erhellt. Als sich der Sturm endlich legte, waren von der Stadt nur noch Ruinen übrig. Allein der Palast stand noch, Aber weder dort noch in den Ruinen gab es noch eine lebende Seele. Nur das gespenstische Raunen und Wispern

Im Reich der Herrin der Wüste

all der armen Seelen die dahin gemetzelt wurden. Der Rest von uns war zum Rückzug geschwungen. Alle je die sich in die Verfluchten Ruinen wagten fanden dort den Tod. Die Höllen selbst hatten Einzug gehalten in der schönsten Perle des Oasen Reiches. Ich gebe zu als ich diese Zerstörung und das Gemetzel gesehen habe, begann ich zu zweifeln. Schimbal und Talmik Azur, die Perlen des Oasen Reiches wurden beide zerstört, nur weil die Priesterschaften zweier Götter in Krieg lagen. Weil das ewige Licht über die Tochter des Todes siegen muss. Nur weil Bybolan und Umkuhl die Macht des Oasen Reiches brechen wollten. Eine Dekade Krieg, unzählige Tote auf beiden Seiten. Vom unermesslichen Leide der überlebenden ganz zu schweigen. Das Reich ist zerfallen. Bybolan, Umkuhl und die Talerea so geschwächt das sie auf Jahre hinweg schwach bleiben werden. Die Allianz ist zerfallen die kläglichen Reste herrschen nun über Schimbal, doch ist nicht nur unsere Armee in Talmik Azur gestorben auch unser Ziel und Ideal haben den Krieg nicht überlebt. Die heutigen Herrscher unterscheiden sich kaum von den Alten. Wir haben eine Herrscher Kaste gegen eine andere getauscht, mehr nicht.

Ich schreibe all das nieder damit die Wahrheit was damals passierte nicht in Vergessenheit gerät. Wenn wir, die Zeugnis ablegen können, diese Welt verlassen haben. Auf das nie wieder jemand gezwungen ist einen solchen Sturm zu entfesseln. Der selbst unter den Menekriden als Sündenfall bezeichnet wird. Die Töchter der Göttin werden jetzt wohl Toten Maiden genannt. Der Name der Tochter, die alles ausgelöst hat und das Vermächtnis ihrer Schwester wurde ausgelöscht. Eine Tradition, ein Vermächtnis, das bis auf die erste Prophetin zurückgeführt wird, wurde mit einer einzigen Tat ausgelöscht. Angeblich wurden sie aus alles Aufzeichnungen getilgt. Der Fluch des Vergessens wurde über sie verhängt. Boten wurde in alle Teile des Reichs der Herrin der Wüte entsandt, um alle Spuren dieser

Frauen und ihrer Schwestern zu tilgen. Ich muss mir eingestehen, dass die Welt am Ende meiner Tage sehr viel dunkler ist als zu meiner Geburt. Obwohl wir ausgezogen sind das Licht in die Welt zu tragen. Meine Kinder und Enkel wachsen auf ohne den Glauben ihre Vorfahren. Sie lernen die Lehre des Lichts, um in der Welt einen Platz zu haben. Ich selbst habe allen Glauben verloren. An das Licht genauso wie an die Herrin der Wüste und ihre Richter. Obwohl ich bedaure das meine Kinder und Enkel wohl niemals eine Tochter des Tores sehen werden. Mir war es vor dem Sündenfall einmal vergönnt. Ihr aussehen, ihr fester Glaube und ihre atemberaubende Kunst waren etwas, was ich niemals vergessen werde. Seit dem Sturm des Todes wurde keine mehr in der Welt gesehen. Vielleicht hält Menekris uns Menschen nicht mehr für würdig uns ihre Töchter zu schicken. Wo so viel von uns ihr den Rücken gekehrt haben.

Mein Rat an alle die, die nach mir kommen und dies hier lesen. Führt niemals einen Krieg! Das Leid und der Tod, den ihr damit entfesselt kann durch keinen Gewinn gerechtfertigt werden. Selbst die edelsten Ideale verblassen in den Flammen des Kriegers zu Schemen und Geistern.

Gezeichnet Jabal ibn Famir am Tag des Erntefestes im zwanzigsten Jahr nach der Eroberung von Schimbal."

Rabia starrt weiterhin die Schriftrolle an, als könne sie nicht glauben, was sie soeben vorgelesen hat. Allerdings geht uns das allen so. Ein betretenes Schweigen hat sich breit gemacht. Als die dunklen Geister und Bilder der Vergangenheit, die mit dem Vorlesen der Schriftrolle heraufbeschworen wurde, sich unserer bemächtigen.

[Rabia]

Schimbal, Hallen der Weisheit

Im Reich der Herrin der Wüste

Immer und immer wieder lese ich die Stelle, in der der Autor dieser Zeilen beschreibt, wie diese Stadt Talmik Azur gefallen ist und was danach mit den Töchtern des Tores passiert. Ich kann es nicht glauben, eine einzige Tochter des Tores hat vor hundert Jahren dafür gesorgt das alle ihr folgenden Mädchen. Mädchen wie ich, verflucht sind. Das wir Glück haben, wenn wir nicht sofort nach unserer Geburt umgebracht werden. Oder Pech das kommt wohl auf den Blickwinkel an. War sie damals so verzweifelt oder ist der Zauber schiefgegangen? Das werde ich wohl nie erfahren. Auf der anderen Seite ist es beängstigend, wenn ich daran denke, was sie entfesseln konnte. Ob ihr Meister, ihr wohl auch immer Vorträge über verantwortliches Handeln gehalten hat? Ein seltsamer Gedanke und es wirft eine Frage auf. Wie viel von dem, was damals geschah weiß mein Meister? Hat er mir deshalb immer Vorträge gehalten? Verdammt, ich muss hier raus, ich muss meditieren und ich muss darüber mit jemanden reden. Schnell stehe ich auf. „Laran wir gehen!" Sage ich so bestimmt, dass alle Augen auf mir ruhen. „Ich, ... nach all der Dunkelheit und Tod in diesen Worten brauche ich frische Luft." Damit wendet ich mich zur Tür und überlasse es Laran mich einzuholen.

Er holt mich ein, als ich außerhalb des Herzviertels auf einer kleinen Mauer sitze. Er sagt nichts, setzt sich einfach neben mich und schweigt. „Du hast es gehört." Ich sehe ihn nicht an, starre einfach nur auf meine Füße. „Ja, jedes Wort." „Und?" „Und was?" „Du änderst jetzt sicher deine Meinung über meine Gabe." Wobei ich das letzte Wort mit Abscheu ausspreche. „Warum sollte ich? Ich weiß nicht, was vor so lange Zeit passiert ist." „Sei nicht albern." hauch deprimiert ich. „Du hast es gehört. Eine Tochter des Tores hat eine ganze Stadt vernichtet und damit ein ganzes Reich." „Ich habe gesehen, wie eine Tochter des Tores eine ganze Stadt gerettet hat. Wie sie ihre Gabe eingesetzt hat, um einen unbedeutenden Mando Soldaten zu beschützen. Das ist alles, was ich weiß. Alles, was ich wissen muss." Jetzt sehe ich ihn an, suche seinen Blick. Keine Abscheu, keine Angst, keine Falschheit liegt in seinen Augen. Und wieder beneide ich diesen Mann um seine unerschütterlichen Überzeugungen. Zweifel scheinen ihm so fremd zu sein. „Warum ist dir so wichtig was eine Frau vor so langer Zeit gemacht hat?" Fragt Laran nach einer Weile sanft und einfühlsam. „Weil sie mit dieser Tat mein Leben in einen Alptraum verwandelt hat. Weil ich mit der gleichen schrecklichen Gabe belegt bin." „Weißt du ich bin Mando, mehr sehen die Leute nicht. Keiner fragt wer ist Laran, was hat er vollbracht. Sie sehen einen Mando und sagen Wüstenräuber, feige Wüstenratte und ähnliches. Und doch bin ich stolz ein Mando zu sein, ein Sohn des Westblutes, ein Kind der Straßen." „Ja, aber du hast eine Familie, Freunde, die dich in der Ansicht bestärkt haben. Dir sagt nicht jeder das du verflucht bist und verdammt die Leute habe recht." „Nein! Sie haben nicht recht." Sagt Laran entschieden. „Du bist Rabia Azzarena, du hast in schwerer Stunde Größe bewiesen. Dein Herz ist mutig und gut du solltest nur mehr darauf hören. Lerne aus dem Fehler, den die Frau damals begangen hat." „Aber …" „Nein! Atrast Gra'schika'a" „Du weist das ich kein Mando spreche." „Ich sage immer Atrast Mando'a, ich bin ein Stolzes Mitglieder der Klans und Sippen der Mando. Atrast Gra'schika'a ich bin eine stolze Tochter des Tores, eine Priesterin der Wüste. Eine Gabe ist nicht gut oder böse, sie ist das, was du daraus machst. Frage die Menschen in Izaron und sie werden dir sagen das deine Gabe ein Geschenk der Herrin ist." „Ja und frage die Talerea und sicher werden dir sagen das ich ein Traum fressende Wüsten Dämonin bin." „Ja, aber das ist ja der Punkt. Die Berger sind unsere Feinde, der Mann, der dieses Testament geschrieben hat, war ein Kamatras. Wer weiß schon ob das alles so stimmt, was er geschrieben hat." „Irgendetwas muss dran sein. Immer hin gibt es keine Töchter des Tores mehr, nur noch Toten

Maiden." „Knappe einhundert Jahre, in denen die Menschen Babys getötet haben, einhundert Jahre, in denen der Wille unserer Herrin mit Füßen getreten wird." „Was meinst du?" Frage ich irritiert, normalerweise bin ich die Religiöse von uns. „Unsere Herrin ist streng, aber nicht grausam. Wenn sie die Welt mit einem Fluch bestrafen will, dann sicher nicht in dem sie Säuglinge verflucht. Das sie Seelen, die schon auf dem Weg zum Tor sind, zurückschickt, um ihren Willen zu dienen passt da viel besser ins Bild. Meinst du nicht auch?" Ich denke über seine Worte nach. „Ja, das ist ein schöner Gedanke. Der auch gut zu den Schriften der ersten Prophetin passen würde. Und zu dem, was der alte Priester gesagt." Ich seufze, „Lass uns gehen." „Holen wir uns was zu essen?" „LARAN!" fahre ich ihn scharf an, dann sehe ich sein grinsen. Er will mich grade nur auf andere Gedanken bringen. „Netter Versuch." Als ich in sein grinsendes Gesicht sehe kann ich nicht anders al auch zu lächeln, wenn ich nur ein schwaches Lächeln zustande bringe. Laran steht auf und reicht mir die Hand, um mich auf die Beine zu ziehen. Mit festem Griff ergreife ich sie. Er hat recht, aus der Vergangenheit muss man lernen aber leben tun wir im hier und jetzt!

15. Kapitel: Blutiger Gesang

Die Geschichte ist verstörend. Mir war nicht bekannt gewesen mit welchen Mitteln wir damals die Heiden besiegt hatten. Verrat, ich vermute Bestechung und anschließend verbrannten wir Tempel, Bücher und Menschen. Und warum das alles, um zu beweisen das das ewige Licht mächtiger ist als die Toten Göttin aus der Wüste? Jetzt hatte ich aus einige meiner Fragen antworten erhalten. Die Mando, die alten Mando waren die gefürchteten Dunklen gewesen. Aber wie ein Haufen Vagabunden die Talerea je aus den Bergen vertreiben will, ist mir ein Rätsel. Und doch währen alle Mando so wie diese beiden ... Ich kann es nicht greifen, aber irgendetwas ist an ihnen seltsam. Seine Aura beherrschten Zorns die es mühelos schafft mich einzuschüchtern. Und ihre stolze aufrechte Haltung und der Blick, der jedem sagt, ich bin mindestens so viel Wert wie du, wahrscheinlich aber dir weitüberlegen. Dann kämmen wahrlich schlimme Zeiten auf die Talerea zu. Ich schüttle den Kopf. „Bruder Scriptor meint ihr die Geschichte, die die Frau vorgelesen hat, ist wahr?" Der alte Mönch überlegt lange und schaut mehrfach auf die Mitschriften seiner Brüder. „Ich denke ja. Wie ich schon sagte, haben wir so gut wie keine Schriften aus der Zeit. Was verständlich ist, wenn es stimmt das die damaligen Silberschilde die große Bibliothek der Stadt niederbrannten, um die alle die ketzerischen und heidnischen Schriften der Totenanbeter zu vernichten. Das mit ihnen auch Schriften der Geschichte und Medizin verbrannten, ist bedauerlich. Vom Fall von Talmik Azur habe ich schon einmal gelesen. In meinem Studium hatte ich die große Ehre die Sturmzitadelle von Umkuhl besuchen zu dürfen. Dort gibt es einen Bericht, der das Thema am Rande erwähnt. In einem Text schrieb ein Priester des Trimados auf was ihm ein verwundeter Soldat, ein Überlebender des Feldzuges, erzählt hatte. Der Text besagt, dass eine Tochter der Menekris und ihre verfluchten Anhänger hätten versucht die ganze Stadt und alles, was darin war direkt in eine der namenlose Höllen der Menekriden zuziehen. Damals habe ich es für Übertreibung und fehlt gedeutete Fakten gehalten. Doch wenn es einen solchen Sturm wie ihn diese Schrift …" Er deutet auf die nun wieder zusammen gerollte Schriftrolle. „… beschreit wirklich entfesselt worden ist. Dann verstehe ich wie dieser Priester damals auf so etwas gekommen ist. Und ihr habt eure Antworten. Ihr wisst nun, wer die Dunklen waren, wer vor hundert Jahren wer die Region vor uns beherrschte." Nickend stimme ich zu. „Danke Bruder Scriptor das ihr die beiden Mando in eure Bibliothek gelassen habt." „Natürlich lasse ich den Text zur Sicherheit noch einmal von einen übersetzen der altes Mando lesen kann. Wenn er wieder in der Stadt ist. Wisst ihr, ob diese Frau eine Priesterin oder Gelehrte der Mando ist?" „Ich weiß es nicht. Wie kommt ihr darauf?" Nachdenklich antwortet der Bruder. „Sie liest flüssig einen sehr alten Text und übersetzt dabei simultan. Selbst viele meiner Brüder können das nicht in der dieser Meisterschaft wie sie es getan hat. Das sind nicht die Fähigkeiten einer Vagabundin." „Nein wohl nicht." Antworte ich langsam als ich versuche zu verstehen, worauf der Bruder hinauswill. „Sie könnte eine Priesterin sein. Jedenfalls hat sie in den wenigen Sätzen die ich mit ihr, in bei sein ihres Mannes gewechselt habe sehr fundamentale, menekridische Ansichten geäußert." „Vielleicht hat ihr das Schriftstück gezeigt, wie schwache ihre heidnische Göttin ist. Auf jeden Fall war sie zutiefst erschüttert als sie fluchtartig den Saal verlassen hat. Es hat Gründe warum die Frau das schwache Geschlecht sind. Sie sind für solche Erzählungen nicht stark genug, um sie zu ertragen!" stellt der Herr der Schriften überzeugt fest. Obwohl schwäche das letzte Wort wäre, was ich mit dieser Mando verbinden würde. „Bruder noch eine Frage. In dem Testament viel das Wort Toten Maid. Wisst ihr, was das Wort heute den Menekriden bedeute?" „Ich habe diesen Namen schon gehört. Es sind tot geborene Mädchen, die von ihrer Totengöttin oder den Dämonen aus ihren Höllen unheiligen Leben eingehaucht wird. Selbst die Menekriden fürchten sich vor diesen Abscheulichkeiten. Sie töten die Säuglinge, bevor sie ihre verderblichen Kräfte einsetzen können." „Seltsam!" „Was ist seltsam?" „Was ihr gesagt habt. Der Überlebende aus Izaron mit dem ich in Walik gesprochen habe, sagte das eine Toten Maid die ganze Stadt verflucht hätte. Während der Mando der Meinung war das, eine Toten Maid zu treffe ein gutes Omen und eine seltene Ehre wäre. So wie ihr es beschreibt müssen es lichtlose Monster aus einer dieser namenlosen Höllen der Menekriden sein." „Solange die Heiden diese Monster beseitigen, ist alles Gut. Sollte sich je eine dieser Monster in die Nähe der Stadt wagen werden die silberschilde mit ihrem kurzen Prozess machen. Sie werden nicht zulassen das so etwas wie in Talmik Azur auch in Schimbal passiert. Das Testament hat ja eindrucksvoll geschildert was passiert, wenn einem solchen lichtlosen Geschöpf erlaubt wird zu leben." Der Mönch hat sehr viel Vertrauen in die Silberschilde. Während meine Fantasie das Bild einer gehörnten Frau mit schuppiger Haut und vielleicht schlangen Haaren zeichnet oder einem ledrigen Schweif in mir aufsteigen lässt. Auf jeden Fall muss ein Geschöpf, das von der unheiligen Macht einer Totengöttin beseelt ist, ganz und gar unmenschlich sein.

Etwas später sitzen Astavo und ich unter dem Vordach einer Trinkstube und spülen den Staub der Bibliothek herunter. Hier im hellen Sonnenschein verlieren auch die düstern Bilder aus dem Testament ein wenig von ihrem Schrecken. „Astavo ich habe nachgedacht. Die Räuber oder Angreifer müssen ihre Informationen von irgendwo herbekommen. Es könnte doch sein, dass sie die Tore im Augen behalten." Diese Idee ist der letzte Strohhalm, der mir noch bleibt. Sonst wüsste ich nicht, wo ich noch ansetzen sollte. „Das ist sogar wahrscheinlich. Bezahlte Augen und Ohren gibt es sicher viel in der Stadt. Vater des Einfalls." Ich gehe über seinen leicht sarkastischen Tonfall bei diesem Beinamen hinweg. „Aus meiner Sicht wäre das lohnendste Ziel das Tor im Westviertel. Dort liegt das Viertel der Fernhändler, die Sklavenpferche und die größte der Karawansereien." „Schon Herr, aber was ist mit dem Süden die Karawanen, die zum Grünen Ozean und den südlichen Teilen der Berge des Wehklagens aufbrechen starten oft genug durch das Südtor. Und der Handel mit Umkuhl läuft durch das Nordtor." Hält Astavo mir gute Argumente entgegen. „Da hast du durchaus recht. Aber wir müssen irgendwo anfangen. Wir brauchen einen Ort von dem aus wir mögliche Späher ungesehen ausfindig machen können." „Efendi, Herr des Weitblicks, was machen wir, wenn wir Verdächtige erblicken sollten? Wir können sie ja schlecht gefangen nehmen. Die

Stadtwache wird uns das kaum durchgehen lassen. Auf der anderen Seite. Sollte Umkuhl damit drinstecken geht es um sehr viel Geld. Wer sagt uns das die Wache nicht in das ganze verwickelt ist?" Auf diese Frage kann ich nur mit den Schultern zucken. „Niemand sagt das Astavo, doch wenn es nur gut organisierte Räuber sind, dann habe sie eher Späher. Als ihr Geld mit der Bestechung von Wächtern zu verschwenden. Wir müssen uns am Tor umsehen!" Das ist tausendmal besser als nur hier rumzusitzen. „Herr der Entscheidung die Späher könnten auch draußen in Dünen oder in den Hügeln Richtung Gebirge liegen. Auch von dort könnte man die Tore im Auge behalten." Gibt Astavo zu bedenken. „Das glaube ich nicht, weil die Gefahr dort von den Patrouillen bemerkt zu werden sehr groß ist. Nein ich denke, wenn es Späher gibt, dann sind sie innerhalb der Mauern. Wo sie sich in der Menge der Menschen hier verstecken können." Bisher hatte gehofft, dass ich bei meinen Kontakten Mosaiksteinchen, die sich dann nach und nach zu einem Gesamtbild zusammenfügen. Leider hilft mir nichts von dem, was ich erfahren habe, weiter. Vielleicht sehe ich auch nur das Bild, das mir die Steinchen zeigen nicht. Denn alles, was ich sehe das unsere Welt in Dunkelheit versinkt. Während die Menekriden von ihren Priestern vor der Dunkelheit geschützt werden. Und das kann unmöglich wahr sein. Schimbal hat die mächtigsten Seher und Orakel der bekannten Welt. Wenn sich wirklich eine solche Dunkelheit die Stadt bedroht, müssten die Orakel es sehen. Die Priester und Mönche würden es deuten und die Stadt könnte entschlossen reagieren. Oder gibt es diese Omen? Nein, die Stadt hat Zeit sich mit sich selbst zu beschäftigen. Die Gefahr ist also nicht der Art groß. Also muss ich nur die Räuber und ihre Helfer finden. Doch ein kleiner Zweifel bleibt, ob die Priester die Omen auch korrekt deuten. Was ist, wenn die Deuter der Omen ähnlich blind verblendet sind wie der Bruder Scriptor? Wenn sie einfach nicht sehen wollen? Ich schüttle den Kopf, um diesen Gedanken zu vertreiben und konzentriere mich auf mein Ziel. Das Westviertel wird das Viertel der Händler genannt. Hier wohnen die Salzhändler, die mit dem Handel dieses weißen Goldes der Wüste Reichtum angehäuft haben. Manche von ihnen lassen auch Marimaan direkt für sich arbeiten. Aber egal wie groß oder klein die Karawane ist niemand der Salzkarawanen in die Welt hinausschicken will, kommt an den Salzherren von Schimbal vorbei. Die ihr Monopol auch mit Eisen und Blut schützen, sollte es notwendig sein. Hier gibt es Lagerhäuser die kleinen Festungen ähneln und Paläste, die denen im Nordviertel in nichts nachstehen. Die andere bedeutende Handelsware sind Sklaven. Aus Schimbal brechen immer wieder Expeditionen gen Süden auf, um die begehrten schwarz Häutigen Menschen zu beschaffen. Aber auch Wüstenbewohner und seit einigen Jahren auch immer mehr Talerea werden hier feilgeboten, egal ob sie durch Raub oder Schulden dieses Schicksal ereilt hat. Aus dem Norden, dem Herrschaft Gebiet von Umkuhl sind Sklaven fast noch seltener als aus dem Süden. Die Sturmfürsten in Umkuhl sollen den Sklavenhandeln nicht schätzen, wie es heißt. Die Sklavenpferche und Schulen schmiegen sich an die steilen Felswände auf den das Herzviertel über der restlichen Stadt thront. Pferche für die Arbeitssklaven und Schulen für Luxussklaven wie meine Suri. Auch Hauslehrer und Ärzte sind in Bybolan oft gekaufte Menschen. Mit den Sklaven gehen die Bordelle einher. Menschen die den Willen eines anderen gehorchen müssen. Schulen deren vorrangiges Ziel es ist den Willen ihren Schüler zu breche. All das sorgt dafür, dass egal welche Neigungen man hat, es sicher ein Freudenhaus gibt die sie bedient. Am Ende ist es nur eine Frage des Geldes und der eigenen Fantasie. Doch dürfen die Huren egal ob Mann oder Frau nicht auf der Straße arbeiten. Die Gesetze dieser ehrbaren Stadt verbieten es. Die käufliche Liebe darf nur in lizensierten Häusern stattfinden. Oder die Huren werden von den Häusern, in denen sie Dienst tun zu Haus besuchen entsandt zu Beispiel

Im Reich der Herrin der Wüste

für private Feiern der Oberschicht. Was schlussendlich den Sklavenmeistern das Silber und Gold in die Taschen spült.

Direkt neben dem Tor liegt die große Karawanserei. Dort sind Ställe, Unterkünfte, Schankräume und Lager unter einem Dach untergebracht. Von dort bin ich vor einem Jahr mit meiner Salzkarawane aufgebrochen. Wie vor allen Stadttoren ist auch hier ein großer freier Platz. Der oft genug dafür genutzt wird damit sich Karawanen formieren können bevor sie als langer Zug durch das Tor in die Welt hinausziehen. Ich muss schlucken. Wann immer ich früher hier war, brummte der Platz vor geschäftiger Betriebsamkeit. Doch heute ist es wir merkwürdig still. Tagelöhner stehen an einer Ecke, im Schatten einer ausgeblichenen Markise. Sie warten auf Kundschaft, die wohl nicht kommen wird. Mir war trotz allem nicht bewusst wie stark der Handel schon gelitten hat. Jetzt lasse ich mein Blick über den Platz schweifen, versuche auf alles irgendwie Merkwürdige zu achten. Doch ist das die Karawanserei von Schimbal, hier sind immer merkwürdige Fremde unterwegs. An den Rändern des Platzes sind einige Geschäfte, die direkt oder indirekt von den Karawanen leben. Ein Teehaus, ein Bordell, ein Stand der Essen verkauft. Auch Astavo lässt seinen Blick wandern. Dabei wirkt er nicht wie ein Karawanenmeister, sondern eher wie ein Jäger oder Späher. Er blickt die Burschen, die er beobachtet nie direkt an und doch bin ich mir sicher, dass er jedes Detail sieht. Leider fällt keinem von uns etwas auf. Es wäre auch zu schön gewesen, wenn ihr einfach nur herkommen müssten und uns sofort etwas auffällt was den Wachen seit Wochen entgeht. Im Anschluss hören wir uns bei den umliegenden Läden um. Als uns auch das nicht weiterbringt schauen wir uns noch ein letztes Mal um, bevor ich mit dem Teehausbesitzer ein Geschäft mache. Er hat über seinem Laden ein kleines Zimmer von dem aus man den Platz, das Tor und die Karawanserei gut überblicken kann. Für die nächsten Tage miete ich das Zimmer. Wobei ich einige

Anspielungen fallen lasse, die ihn überzeugen das wir Teil einer Untersuchung sind. Welche seitens der Machthaber stattfindet. Was ja auch stimmt nur halt nicht er Machthaber von Schimbal.

Einige Tage passiert nichts und bald denke ich mir das ich wohl doch wieder einer falschen Spur gefolgt bin. Doch dann fallen mir einige Gestallten auf. Die die letzten Tage auch schon so verdächtig unauffällig auf Platz und Karawanserei gestarrt haben. Und das grade jetzt, wo sich das erste Mal seit Tagen eine Karawane fertig macht. Oder sehe ich allmählig Gespenster? „Astavo diese düsteren Kerle sind wieder da: Heute stehe sie am Dattelstand an der Ecke. Wir sollten sie uns greifen, bevor sie eine Gefahr für die Karawane werden." Mein Karawanenmeister blickt lange durch das kleine Fenster des Zimmers auf den Platz. „Herr des Scharfsinnes, ihr hattet recht mit eurer Vermutung. Jemand scheint wirklich Tor und Karawanserei zu beobachten. Wie wollt ihr Vorgehen Gebieter der Verschlagenheit?" „Du holst unsere Leute und haltet euch dann außersichtweite an den Zugängen zum Platz bereit. Ich spreche mit dem Wachhabenden Offizier am Tor. Wenn die Wachen sich den Kerlen nähren, dann werden die bestimmt abhauen. Dann kommt eurer auftritt, ihr müsst die Flucht verhindern. Am besten kreist sie ein und treibt sie dann der Wache in die Arme. Was sagst du?" „Die Kerle werden nicht einmal wissen wie ihnen geschieht. Sohn der Planung, wenn nur das Wetter besser wäre." Der Wind frischt seit gestern immer mehr auf. Schon jetzt ist er stark genug, um Staub und Sand aus der Wüste aufzuwirbeln. Und er wird immer noch stärker. „Mit dem Sand und dem Dreck in der Luft wird es schwieriger sein sie zu verfolgen, wenn sie unsere Linie durchbrechen sollten. Herr der Jagd." „Dann dürfen sie die Linie nicht durchbrechen Astavo. Aber mit dem Wetter hast du recht, nimm alle Männer mit, aber haltet euch bedeckt." Astavo eilt davon und ich behalte die

Spione im Auge, während ich auf die Ankunft meiner Männer warte, gehe ich zum Wachhabenden Offizier am Tor.

„Herr Leutnant, ich habe berechtigten Verdacht, dass die Kerle, die sich seit Tagen hier herumtreiben, etwas mit den Angriffen auf die Karawanen zu tun haben. Ihr sollte sie euch mit euren Leuten mal genauer ansehen." Bei diesen Worten setze ich mein gewinnendstes Lächeln auf. „Es wäre eine Gelegenheit für euch was gegen diese Angriffe zu unternehmen." „Wir von der Wache schauen nicht nach Gelegenheiten, wir schützen die Stadt. Und wir schätzen es gar nicht, wenn irgendwelche Fremden uns belehren wollen, wie wir unsere Arbeit machen sollen. Herr Tarsur." Innerlich seufze ich. Bisher zeigt sich der wachhabende Offizier überhaupt nicht kooperativ. „Ich möchte euch auch nicht belehren, mir liegt nur die Sicherheit der Stadt am Herzen. Hier leben einige meiner Freunde und ich mache hier immer wieder Geschäfte. Wenn ihr nichts unternehmen wollt, dann wende ich mich an die Händlergilde das sie, was unternimmt." Das ist mein letzter Trumpf, denn ich noch ins Feld führen kann. „Warter Herr der guten Argumente, wir könne uns die Söhne der verborgenen Absichten ja mal ansehen. Aber ich warne euch, solltet ihr meine Zeit verschwenden dann werdet ihr euch noch wünschen nie auf meinen Posten gekommen zu sein. Sohn der düsteren Aussichten." Aber selbst jetzt legt er noch keinen Elan an den Tag, gemächlich gürtet er sich mit seinem Schwert. Als er damit fertig ist ruft er einen Feldwebel. „Feldwebel, Jusuf ihr werdet mit sechs Mann ein paar Reisende überprüfen!" gibt er dann endlich die Anweisung das sich jemand um mein Anliegen kümmert. Der Feldwebel salutiert. „Jawohl Herr!" Wie ich erwartet habe, marschieren die Wachen gradewegs auf die Männer zu, die ich ihnen gewiesen habe. Die Fremden in ihren unauffälligen sandfarbenen, weiten Kleidern versuchten sich dezent abzusetzen. Einer von ihnen beginnt sogar zu singen. Als wenn singen oder pfeifen so unauffällig wäre. Nur die Sprache, in der er singt, ist leider quer über den Platz kaum zu verstehen. Aber selbst die Bruchstücke, die der Wind zu uns herüberträgt, erkenne ich nicht. Was seltsam ist, denn auf meinen Reisen habe ich viele Zungen und Mundarten kennen gelernt. Auch wenn ich sie nicht verstehe oder sprechen kann, erkenne ich sie, wenn ich sie höre. „Halt stehen bleiben, im Namen des Lichts!" Ruft der Feldwebel laut und deutlich. „Hey ihr da stehen bleiben habe ich gesagt!" Bei diesen Worten zieht er seinen Säbel. Einer der Fremden ruft seinen fünf Gefährten etwas zu. Sofort ziehen alle aus den weihten Ärmeln ihrer Gewänder blitzende Klingen. Scheiße! Waffen sind doch für alle außer den Bürgern verboten. Wo beim ewigen Licht haben die Fremden Klingen her. Doch lange Dolche gegen Säbel und Kurzschwerter, da sollte der Ausgang klar sein. Ein zweiter Fremder beginnt zu singen. Was soll das? Die Wächter haben ersten Fremden fast erreicht, die ihrerseits jeden Fluchtversuch aufgegeben haben. Plötzlich fuchteln die Sänger mit ihren Händen. „Achtung Verteilen!" Ruft der Feldwebel erschrocken. „Astavo!" Rufe ich laut, in der Hoffnung das er mich quer über den Platz bei dem Wind hört. Meine Männer haben zwar nur Knüppel doch werden wir jetzt wohl alles brauchen, was wir aufbieten können. Denn auch mir ist endlich klar geworden, was die Fremden da treiben. Sie wollten mit dem Gesang gar nicht unauffällig sein. Die Sänger sind Weber und Weber sind schreckliche Feinde, so sagt man. Mir persönlich ist niemand bekannt der schon einmal in einen Kampf mit einem von ihnen verwickelt war. Die anderen vier Fremden bilden eine lockere Linie zwischen den Sängern und den Wächtern. Der linke der beiden Sänger beendet sein herumgefuchtelt und deutet mit seiner rechten Hand auf den Feldwebel. Ohne das ich erkennen kann was fliegt etwas von Sänger zum Feldwebel War das ein Messer oder ein Pfeil? Der bullige Mann stoppt schlagartig, greift sich an die Brust. Ein paar Zuckungen und er brechen zusammen und ich kann nicht glauben, was ich grade gesehen habe. Er war gut fünfzehn

Meter vor mir, als er sich in seinem zuckenden Todeskampf zu mir umdreht. Sein schmerzverzehrtes Gesicht war voller geplatzter Äderchen, schwarzes Blut lief ihm aus der Nase und seinen Augen. Erst als einer der anderen Wächter beginnt zu schreien, merke ich das ich vor Angst wie erstarrt war. Der Wächter schreit als würde er bei lebendigem Leibe gekocht. Im nächsten Moment explodiert er wie eine überreife Melone, die man auf den Boden fallen lässt. Die Splitter und Fetzen, die vor einen Augenblick noch ein kräftiger ein Meter siebzig großer Mann gewesen waren, wirbeln um seine Kameraden herum. Dabei reißen sie tiefe Wunden überall wo die Körper nicht durch eine Rüstung geschützt ist. Der Leutnant reißt ein silbernes Horn von seinem Gürtel und stößt hinein. Während ich nur entsetzt auf die Szene starre. Wie beim ewigen Licht kann ein Mensch explodieren? Oh mein Gott, was sind das für Kerle? Auf was habe ich mich das nur eingelassen? Das waren keine Räuber oder Spione das waren Weber. Weber die irgendeine exotische und verfluchte Art der Kunst einsetzen. Inzwischen haben sie die Hälfte der auf sie zukommenden Wachen getötet oder schwerverletzt. Das Horn des Leutnants neben mir klingt angesichts solcher Schrecken schwach und hilflos. Auch meine Männer, die auf die verfluchten Weber zugehalten haben, haben gestoppt. Niemand wag es sich diesen Webern zu nähren, die einen Mann mit einer einfachen Geste töten können. Der Leutnant stößt ein drittes Mal in sein Horn. Mit größter Ansteckung löse ich mich aus meiner starre. Mache einen ängstlichen Schritt nach vorn dann noch einen. Ich dachte immer ich sei ein mutiger Mann. Doch hier und jetzt sträubt sich alles in mir auch nur einen Schritt mehr auf die Fremden zuzugehen. Tatenlos sehe ich zu wie die restlichen Soldaten auf grausame Weise sterben. Dann klappert es auf dem Wall, einmal, zweimal, dreimal. Bevor ich mir klar wird, was das Geräusch verursacht, brechen zwei der Fremden zusammen. Darunter einer der Sänger. Unterarm lange Bolzen ragen aus ihnen hervor. Leider weiß ich das es lange dauert eine Armbrust neu zu laden. Wir also nicht so schnell weiteren Feuerschutz von den Mauern bekommen werden. Aus mehreren Richtungen erschallen jetzt Hornsignale und von überall kommen Streifen auf den Platz geeilt. Wieder beginnen der Weber zu singen. Die Sprache klingt irgendwie zivilisiert nicht wie die Zungen der Talerea oder Mando. Ich hatte die Mundart schon gehört, nicht die Sprache. Sie ist mir völlig fremd. Die Art wie der Sänger die Silben und Worte betont. Ich komme aber nicht darauf wo. Einen Augenblick später erstarrt mein Verstand und mein Körper vor grauen. Das Blut all der Toten steigt als feiner roter Nebel von den Leichen auf. Es sammelt sich um den verbleibenden Weber. Inzwischen sind die Zugänge des Platzens von Wachen und Soldaten abgeriegelt. Aber niemand wagt sich auch nur in die Nähe des blutroten Nebels, der um den Weber wirbelt. Weitere Armbrüste knallen auf der Mauer. Einige Bolzen finden ihren Weg in die Körper der Fremden mit den Klingen. Aber keiner vermag es den Wirbel zu durchdringen. „Der Blutige Morgen wird erhebt sich!" Ruft der Weber nun in der Zunge der Karawanen. Auf eine Geste verdichtet sich der Nebel zu einer Scheibe. Die sich wiederum in viele einzelne Speere teilt. Auf ein einzelnes Wort, das ich nicht verstehe, sausen die Speer los. Sechs treffen den Weber selbst. Alle anderen fliegen in alle Richtungen, wo Soldaten oder Wachen stehen. Ein Speer kommt in Richtung des Leutnants und mir. Irgendwie schaffe ich es meinen Körper unter Kontrolle zu bringen. Schnell hechte ich zu Boden und reiße den Leutnant mit mir. Kaum einen Herzschlag später schießt der Speer über uns hinweg, kracht mit lautem Getöse in die Stadtmauer und zerfällt zu schwarzen Staub. Wie Espenlaub zitternd schaffe ich es nicht aufzustehen. Irgendjemand sagt etwas zu mir. Aber die Worte erreichen mich nicht. Alles, was ich höre, ist das Rasen meines Herzens. Jemand packt mich an der Schulter. Langsam, ganz langsam dringen die Worte zu mir durch. „Seit ihr verletzt Herr

Tarsur?" der Leutnant kniet neben mir. „Alles in Ordnung?" Fragt er wieder. „Es geht schon." Sage ich unsicher. Langsam dreh ich mich auf den Rücken und betaste meinen Körper. Nirgendwo Blut, keine schmerzenden Stellen, gut. Neben mir kommt der Leutnant auf die Beine und reicht mir die Hand, um mir aufzuhelfen. „Ihr habt mir das Leben gerettet Herr Tarsu." Sagt er Dankbar „Das Geschoss hätte mich erwischt und dann wäre es mir wir dieser Wand ergangen." Sein Arme deutet auf die Mauer hinter uns. Wo das Geschoss eingeschlagen war, klafft ein Krater in den massiven Steinquadern der Stadtmauer. Er war etwa so groß wie zwei Männerfäuste. „Was im Namen des ewigen Lichts war das?" „Keine Ahnung Herr Tarsur. Vielleicht geben die Leichen ja einen Anhaltspunkt. Schauen wir sie uns mal an." Das war das Letzte, was ich tun wollte. Doch musste ich schauen, ob sie Hinweise bei sich hatten, die mir helfen das Mosaik zu verstehen. Auf wackligen Beinen folge ich dem Offizier. „Herr Leutnant wie könnt ihr so ruhig bleiben." Der Mann winkt ab. „Zwölf Jahre habe ich in den Patrouillen um die Stadt gedient. Nur dachte ich die wandelnden Skelette der Menekriden Priester seinen das schlimmste, was die lichtlosen Künste hervorbringen können. Doch das ..." Die nächsten Worte bleiben ihm bei Anblick der Leichen im Hals stecken. Die Totenkörper sehen schlimm aus. Ihr Haut ist aufgeplatzt, die Glieder verkrampft, das Fleisch ausgetrocknet. Als lägen sie eine Ewigkeit in der Wüste. Nur der letzte Weber nicht. Schnell halte ich mir die Hand vor den Mund. So schnell ich kann renne ich zu einer Mauerecke. Bevor sich alles in meinem Bauch einen Weg nachdraußen bahnt. Ich hatte die Wirkung einer Blutlanze in der Mauer gesehen und der Körper wurde von sechs gleichzeitig getroffen. Allerdings bin ich nicht der Einzige er so auf diesen Anblick reagiert. Als nicht mehr in mir ist was ich noch erbrechen könnte, gehe langsam zurück. Wo ich mich, aber darauf beschränke mir die ausgetrockneten Körper anzuschauen. Wie ich schon in den letzten zwei Tagen gesehen habe, trugen die Fremden lange, helle, weite Kleidung. Üblich beim Wüstenvolk, auch wenn ich diesen Schnitt noch nicht gesehen habe. Doch bin ich kein Schneider oder ein Kenner der hier vorherrschenden Mode. Mit jedem Augenblick kommen mehr Soldaten auf den Platz. Es folgen Priester und Männer mit silbernen Abzeichen an der Kleidung. Das waren die Silberschilde, die Wächter unseres Glaubens und die Leibwache des Hohe Priesters. Aber neu Informationen erhalte ich nicht, da meine Männer und ich vom Platz verjagt werden. „Astavo, ich brauch was Starkes zutrinken auf den Schreck!" Wenigstens sind meine Männer alle unverletzt. Der Weber hatte mit seiner letzten Attacke über ein Dutzend Seelen mit sich gerissen und nochmal so viele verletzt. Das letzte, was ich von dem Platz sehe, ist das die Priester Kugeln aus Licht heraufbeschwören, um den Ort des Grauens von aller Dunkelheit zu reinigen. Die Dunkelheit hat es also schon bis in die Stadt geschafft. Doch bleibt sie gesichtslos und geisterhaft. Aber wenigstens hat das Phantom jetzt einen Namen. Der Blutige Morgen. Wer oder was das auch immer ist.

Ende

Die Geschichte wird im 3. Buch „Der verlorene Traum" fortgesetzt

Milton Keynes UK
Ingram Content Group UK Ltd.
UKHW020640250923
429338UK00019B/1011